U0745135

科幻文学群星榜

华语实力科幻作品
群星奖大满贯

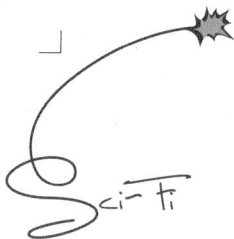

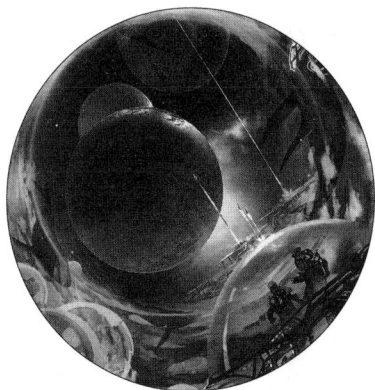

# K星寻父探险记

张静——著

山东教育出版社

图书在版编目（CIP）数据

K星寻父探险记 / 张静著 . — 济南：山东教育出版社 , 2021.6

（科幻文学群星榜）

ISBN 978-7-5701-1500-6

Ⅰ . ① K… Ⅱ . ① 张… Ⅲ . ① 幻想小说－中国－当代

Ⅳ . ① I247.5

中国版本图书馆 CIP 数据核字（2021）第 078181 号

K XING XUN FU TANXIAN JI

# K 星寻父探险记　　　　　　张　静　著

主管单位：山东出版传媒股份有限公司

出版发行：山东教育出版社

地址：济南市市中区二环南路 2066 号 4 区 1 号　邮编：250003

电话：（0531）82092600　　网址：www.sjs.com.cn

印　　刷：三河市冠宏印刷装订有限公司

版　　次：2021 年 6 月第 1 版

印　　次：2021 年 6 月第 2 次印刷

开　　本：880 mm×1300 mm　1/32

印　　张：7.5

印　　数：1-10000

字　　数：168 千

定　　价：25.80 元

（如印装质量有问题，请与印刷厂联系调换）

印厂电话：0538-6119360

# 《科幻文学群星榜》编委会

总策划：**李继勇** 北京书香文雅图书文化有限公司总经理
主　编：中国科普作家协会科幻专业委员会
总统筹：**韩　松　静　芳**

## 编委会：

**王晋康** / 中国作家协会会员，中国科普作家协会科幻创作研究基地主任，中国科幻银河奖终身成就奖及全球华语科幻星云奖终身成就奖得者。

**王　瑶** / 笔名夏笳，西安交通大学副教授，中文系系主任，科幻作家和科幻研究学者。

**任冬梅** / 中国社会科学院副研究员，科幻研究学者。

**江　波** / 科幻作家，全球华语科幻星云奖、中国科幻银河奖、京东文学奖获得者。

**杨　枫** / 成都八光分文化CEO，冷湖科幻文学奖发起人之一。

**李　俊** / 笔名宝树，科幻作家，全球华语科幻星云奖、中国科幻银河奖获得者。

**肖　汉** / 科幻评论者，北京师范大学文学院讲师。

**吴　岩** / 中国科普作协副理事长，南方科技大学教授、博士生导师，科学与人类想象力研究中心主任。

**陈楸帆** / 世界华人科幻协会会长，传茂文化创始人。

**陈　玲** / 中国科普作家协会秘书长。

**张　凡** / 钓鱼城科幻中心创始人，科幻研究学者。

**张　峰** / 笔名三丰，科学与幻想成长基金首席研究员，科幻研究学者。

**罗洪斌** / 中国科普作家协会会员，科幻活动家。

**姜振宇** / 四川大学文学与新闻学院中国科幻研究院院务秘书长。

**姚海军** / 科幻世界杂志社副总编，全球华语科幻星云奖联合创始人。

**贾立元** / 笔名飞氘，科幻作家，清华大学文学博士，清华大学中文系副教授。

**姬少亭** / 未来事务管理局局长。

**韩　松** / 中国作家协会会员，中国科普作家协会科幻专业委员会主任委员。

**戴锦华** / 北京大学中文系比较文学研究所教授，博士生导师，北京大学电影与文化研究中心主任。

**李继勇** / 北京书香文雅图书文化有限公司总经理。

**静　芳** / 北京书香文雅图书文化有限公司总编辑。

# 想象新时代

《科幻文学群星榜》是由中国科普作家协会科幻专业委员会联合其他科幻组织，共同推出的一套科幻书系。这是一个规模庞大的工程，目前来看也是独一无二的工程，基本囊括了中华人民共和国成立以来老中青几代具有代表性的科幻作家的佳作。这些作家以年龄看，最早的是20世纪20年代出生的，最晚的是"90后"。

这套书系的出版，恰逢中华民族实现第一个百年目标——全面建成小康社会。因此，它呈现了百年未有之变局中，中国人对一个崭新时代的想象。随后陆续推出的作品，还将伴随中国迈进基本实现现代化的伟大进程。

科幻文学作为一种年轻的文学品类，本身就是现代化的产物。1818年，世界上第一部科幻小说《弗兰肯斯坦》诞生在第一个实现产业革命的国家——英国。此后科幻文学在法国、美国、日本等工业化国家繁荣起来，进入蓬勃发展的黄金时代。科幻作品反映着科技时代人类社会的变迁和走向，反思当代人类面临的多重困境，力图打破所谓世界末日的预言，最终描绘出一个五彩斑斓、生机勃勃的新未来。

如今，地球上正在发生的最具"科幻色彩"的事件之一，便是中国的崛起。这个进程不仅改变了这个文明古国的命运，也影响着全人类的走向。中国奇迹般地成了拉动世界经济增长的有力引擎。人类历史上首次十亿以上人口的国家将要集体迈入现代化的门槛。中国科幻文学正是中华民族伟大复兴进程的见证者、参与者与推动者。

早在20世纪初，中国的一些有识之士便把科幻作品译介进来，掀起了第一次科幻热潮。它承载起"导中国人群以行进""改变中国人的梦"的使命。20世纪50-60年代，随着中国自己的工业和科技体系的建立，科幻作家们以满腔热情擘画了一个欣欣向荣的新世界。1978年改革开放后，中国再次向现代化进军，科幻迎来新的勃兴。作家们满怀豪情地书写科学技术为实现现代化、为谋求人民的幸福生活所创造出的神奇美景。进入21世纪，尤其是随着新时代的来临，这个文学门类也进入成长的新阶段。随着《三体》等作品的问世，中国科幻迎来了新一轮热潮。作家们描绘着古老的中华民族在实现全面小康和建成现代化强国的过程中所面临的新机遇、新挑战，谱写着中国走向世界、步入太阳系舞台中央并参与宇宙演化的新篇章。

科幻文学的发展折射着中国国运的巨大变迁。当今，海内外不同领域的人们对中国的科幻文学的空前关注，实际上是关注中国的未来，关注世界第二大经济体将如何持续演进，关注14亿人的创造力将怎样影响乃至重塑这个星球。从现实意义上来说，这套书系不但包含这些丰厚的信息，而且集中梳理了新中国科幻文学取得的辉煌成就，整理出新中国科幻文学发展的宽阔脉络；从一个特殊的侧面，还反映了中华民族从站起来、富起来到强起来的进程，见证中国走向更加灿烂辉煌的未来。

这套书系具有以下三个特点：

一是权威性。它由中国科普作家协会科幻专业委员会主持编选，并与国内多个科幻组织合作，其中包括得到了中国科普作家协会科学文艺专业委员会、科幻世界杂志社、南方科技大学科学与人类想象力研究中心、未来事务管理局、八光分文化、重庆钓鱼城科幻中心等的鼎力相助。编者从中华人民共和国成立以来的海量科幻文学作品中，精选出足以体现时代特征的作品。收入书系的作者，涵盖了雨果奖、银河奖、星云奖、晨星奖、光年奖、未来科幻大师奖、引力奖、水滴奖、冷湖奖、原石奖、坐标奖、星空奖等中外各类科幻大奖的获得者。

　　二是系统性。它收集了中华人民共和国成立以来不同时期作家的代表作。作者中有新中国科幻奠基者和老一代作家如郑文光、童恩正、萧建亨、刘兴诗、潘家铮、金涛、程嘉梓、张静等，也有改革开放后崛起的新生代作家刘慈欣、王晋康、何夕、韩松、星河、杨鹏、杨平、刘维佳、赵海虹、凌晨、潘海天、万象峰年等，以及以"80后"为主体的更新代作家陈楸帆、飞氘、江波、迟卉、宝树、张冉、程婧波、罗隆翔、七月、长铗、梁清散、拉拉、陈茜等，还有在21世纪崛起的全新代作家杨晚晴、刘洋、双翅目、石黑曜、王诺诺、孙望路、滕野、阿缺、顾适等，从而构成比较完整而连续的新中国科幻光谱，是对中国科幻文学发展历史的一次系统检阅。

　　三是丰富性。它比较全面地展现了广域时空中新中国的科幻生态和创作风格。这里面既有科普型的，也有偏重文学意象的；既有以自然科学为主体的核心科幻，也有侧重社会现象的"软"科幻；既有代表科幻未来主义的，也有反映科幻现实主义的；既有传统风格的写法，也有实验性质的探索。作品的主题涵盖了中国科技、社会、文化和民生的热点。从中可以看到，一个曾经积弱的民族，如今正活跃在地球内外、大洋上下、宇宙太空、虚拟世界、纳米单元、时间航线、大脑意识等各个空间。这里有中国政府和人民引领抗击全球灾难的描述，有脱贫的中国农民以新姿态迈出太阳系的故事，也有星际飞船和机器人在银河系中奏唱国际歌的传奇。

这套书系力求构建起一个灿烂的星空，并以此映射人们敏感而多样的心灵。爱因斯坦说，想象力比知识更重要。科幻是相伴人类发展进步而产生的新兴事物，是一个民族想象力的集中反映，是科技创新的艺术表达，在人们面前呈现出一幅幅奔向明天、憧憬和创建未来的美好画卷。许许多多杰出的科学家、工程师和企业家，在年轻时就受到科幻文学的熏陶和影响，因此走上了创造神奇新世界的道路。中国正在稳步建设创新型国家，需要更多富有创造力的人才脱颖而出。科幻文学也肩负着实现中国梦的责任，在点燃青少年科学梦想、激发民族想象力和创造力方面，起着不可或缺的作用。

这套书系将为广大读者尤其是年轻人打开中国科幻和未来世界的门户，有助于人们拓宽视野、开阔思想、激发灵感、探索未知、明达见识。它也将进一步促进中外科幻、科技、文化和文明的交流，为人类的共同发展做出中国的一份独特贡献。

中国科普作家协会科幻专业委员会

2020年10月1日

# 我是科幻海洋里的一朵浪花

伟大的科学家爱因斯坦说过："想象力比知识更重要，因为知识是有限的，而想象力概括着世界上的一切，推动着社会进步，并且是知识进化的源泉。"

20世纪80年代初，我邂逅了由王逢振和金涛老师选编的西方著名科幻小说选《魔鬼三角与UFO》，饶忠华、林耀琛主编的《科学神话》，以及《科幻海洋》杂志。这些书刊上刊登的科幻小说深深地吸引了我。例如西班牙作家的《魔鬼三角与UFO》、英国作家阿瑟·克拉克的《太阳帆船》、美国作家汤姆·戈德温的《冷酷的方程式》。这些科幻小说为我开启了另一扇崭新的文学之窗。我发现：文学一旦和科学幻想联姻，竟然那样的美妙！尽管当时我已经步入中年，却依然"想入非非"，决定尝试自己写一篇科幻小说投稿给《科幻海洋》——这个中篇科幻小说题为《神秘的声波》。

此时，国内一些报刊正把科幻小说当作"伪科学""精神污染"和"毒草"在批判，叶永烈先生的科幻小说《世界最高峰上的奇迹》，被认为是"伪科学"；惊险科幻小说《黑影》被说成是"思想上的黑影"；著名科幻作家郑文光、童恩正、魏雅华等人的科幻小说也被批成"精神污染"。初涉科幻小说的我却"固执"地认为：科幻小说和纯文学小说一样会有"良莠不齐"，把科幻小说整个类型当作毒草批判，是极端不公正的。我行我素，我还是毅然将我创作的第一篇科幻小说《神秘的声波》投给了《科幻海洋》。不久，我欣喜地收到了《科幻海洋》编辑部叶冰如大姐的来信，信上说：《神秘的声波》即将刊用，并且希望我继续为他们写稿。谁料，不久《科幻海洋》迫于当时媒体对科幻小说的舆论压力，停刊了。我的那篇科幻小说也如泥牛入海，从此杳无音信。

直到三年后，我突然接到天津新蕾出版社编辑李群老师的来信，邀请我参加在天津召开的全国首届科幻创作笔会。原来，我的处女作《神秘的声波》在《科幻海洋》停刊后，被细心的资深编辑叶冰如大姐转给了天津的《智慧树》杂志。随着国家改革开放社会大环境的改变，科幻小说终于见到了曙光。

在1985年的天津科幻笔会上，我见到了童恩正、刘兴诗、肖建亨等科幻小说前辈和科幻作家董仁威、吴兴奎以及当时的科幻新秀吴岩等人，还有《人民文学》的黄伊、《科学文艺》的谭楷和《少年科学》的沙孝惠等资深编辑。这次由《智慧树》和《科学文艺》杂志举办的笔会，是我国首次科幻笔会。之前，也就是从1979年至1983年，由于科幻小说受到一次又一次、一波又一波的批判，写过《小灵通漫游未来》等脍炙人口的科幻作品才华出众的作家叶永烈，在遭受长期不公正的批判后，"挂靴"科幻小说，改为纪实作家；写过著名科幻小说《飞向人马座》的科幻作家郑文光，中风病倒。来参加这次科幻笔会的童恩正、刘兴诗可谓也是"劫后余生"。

这次笔会的学习交流使我受益匪浅。尤其是当年的中国作家协会书记处常务书记鲍昌，特意从北京前来看望我们并且作了发言。他在讲话时将中国的科幻小说比喻为"灰姑娘"，他说："希望大家创作出好科幻作品，相信以后中国作协将会拥抱、接纳这位'灰姑娘'。"鲍昌的鼓励，使科幻作家们感到了温暖，增强了信心。

会后不久，我的第二篇短篇科幻小说《最美的眼睛》在《科学文艺》第十二期发表；接着，1986年1月，被搁置几年的《神秘的声波》也在《智慧树》发表，并且获得了首届科幻小说银河奖。就这样，我不知天高地厚地闯入了科幻的海洋，从此利用业余时间兢兢业业地徜徉在科幻海洋里，成了科幻海洋里一朵小小的浪花。由于担心"灰姑娘"受批判，所以我常用笔名"晶静"发表科幻小说。在我国科幻文学依旧低迷时期，我在《科学文艺》《奇谈》《科幻世界》（《科学文艺》《奇谈》是《科幻世界》之前的刊名）陆续发表了《最美的眼睛》《女娲恋》《织女恋》《盘古》《夸父追日》等科幻小说。由于那时科幻刊物发行量很少，所以作品影响有限。但是让我感到自豪和荣幸的是：在科幻文学低迷时期，我和早期的《科幻世界》共度艰难，结下了不解之缘。

与此同时，我还在上海的《少年科学》《我们爱科学》《课堂内外》等杂志发表了科幻小说，陆续出版了几部科幻小说集和长篇科幻小说，并且获得了若干省级以上科幻文学奖项；1986年5月15日，我应邀参加了在四川成都举办的我国首届银河奖颁奖大会；1991年参加了成都世界科幻年会；1997年参加了北京国际科幻大会。

想象力是文学艺术和科学发明创造的源泉和前奏，科幻小说可以丰富人的想象，启迪智慧。随着时代的进步，科幻小说逐渐被更多的人喜爱。记得1985年6月17日童恩正先生和我通信时对我的嘱咐："望你坚持写作，多写点与大海有关的科幻，吸引更多的青少年投身伟大的海洋事业，这也是你的职责。"童恩正先生的鼓励给了我自信，从此，我成了遨游在科幻海洋里的一朵浪花。除了工作、忙家务，我就孜孜不倦地"爬格子"。

我怎么会走上科幻小说创作之路的呢？我想这大概和我童年时代喜欢阅读童话，成年后有机会接触海洋工作有关。

我的童年在上海度过。我家住在当初的法租界，那里的居民贫富差别很大。我家虽然清贫，但是我可以从同学那里借到一些书籍。《安徒生童话》《格林童话》里的拇指姑娘、白雪公主、海的女儿、大人国小人国、皇帝的新衣、卖火柴的小女孩等童话故事，还有《鲁滨孙漂流记》《木偶奇遇记》《三毛流浪记》等童书，都给了我丰富想象力的启蒙，童年时所看的童话故事对我后来写作科幻小说的审美导向无形中有很大影响。成年后我还接触过不少苏联、俄国和西方文学作品，觉得科幻小说和其他文学作品有许多共同之处，为我创作科幻小说提高文学叙事和人物刻画能力打下了基础。

好的科幻小说除了要有丰富的想象力，还应该是一个融合科学精神和科学内涵的好故事。创作好的故事写作技巧固然重要，但是好故事更主要的是来源于生活的实践和积累。我退休前在自然资源部北海局（原国家海洋局北海分局）做过宣传、行政、基建等工作，建局初期我因工作需要，经常去偏远的、条件艰苦的海岛海洋站，要把海洋站的工作和好人好事总结上报，或做成幻灯片跟随电影组到基层放映。为此，我去过不少海岛海洋站。30多年前海岛生活艰苦，海洋站工作条件差，但是没有被污染的海洋自然环境优美，让我涨了不少见识。

我们单位还有海洋科考船、海洋环境监测船、极地考察船，这使我有机会和远洋船员以及科学考察人员接触，这些都为我业余创作科幻小说提供了学习海洋科学知识、接触海洋科考人员的机会，为我的写作提供了灵感和素材。当然，许多体验生活的机会是需要自己去争取的，要不怕苦，要做有心人。科幻作者关注生活，关注科学，注意积累，生活就会给你回报，创作时就不难有丰富的想象、好故事、好人物在脑海出现。

我以前在《少年科学》发表的科幻小说《浪花城》《大海的洗礼》《拖冰山的孩子》《穿越时空访南极》等，都受益于生活的启发和积累。20世纪90年代至千禧年前后，我陆续出版的几本科幻小说，其中很多也是海洋科幻题材。长篇科幻小说《沛沛的小白船》（科普出版社1999年6月出版）、《寻父探险记》（明天出版社2000年1月出版）分别获得山东省建国50周年儿童文学奖、首届齐鲁文学儿童文学奖。这期间，著名儿童文学作家邱勋老师（时任山东省作协副主席、山东省作协儿童文学委员会主任，中国作协儿童文学委员会委员），给了我很大鼓励和帮助。那时科幻小说作家被接纳为中国作协会员的简直凤毛麟角。我和邱老师素不相识，但是他对科幻小说丝毫没有"门户之见"，他通过我的科幻作品了解了我，并且于2000年介绍我加入了中国作家协会。加入中国作协后我继续徜徉在科幻海洋，创作少儿科幻小说，不久，我的长篇科幻小说《小活宝碧海探奇》获得文化和旅游部举办的蒲公英儿童优秀文学奖。

我创作的作品大部分是少儿科幻小说，现就少儿科幻小说的创作，谈谈我个人的一些体会和浅显的看法。

科幻小说是类型小说。我把科幻小说比喻为一只海鸥。首先它是小说，属于文学范畴，所以"文学性"是它的主体，是灵魂；而想象力和科学精神，则是它的两翼。科幻小说和其他文学作品一样，要有故事，有性格鲜明的人物、跌宕起伏的情节。与此同时，作为"科""幻"小说，它的文学主体的一侧要有丰富的想象力，另一侧要有一定的科学精神、科学内涵。只有这样，这只"海鸥"才能展翅翱翔，穿越于宏观或微观世界，光顾于遥远的未来或过去，驰骋于自然、社会、哲学、心理各领域。

幻想、想象力，是人类思维的一种特殊能力。儿童的想象力的培养，常常和家庭以及学校有关。十多年前，青岛少年宫的一位老师对我说，一次上美术课，有个孩子照着黑板上画牛，却把牛的方向画反了：牛头朝东却画成了牛头朝西，而且还把牛身咖啡色涂成了橘红色。陪伴在孩子身边的家长为此很生气，她苛责孩子，非要让孩子完全照着黑板上的样子重画。老师说，像这样的家长怎么可能培养出有想象力的孩子？是的，在二三十年前，许多家长不允许孩子看科幻、奇幻类课外图书，认为这些书会把孩子脑子弄乱，变得"想入非非"，影响正课；二三十年过去了，如今的儿童读物丰富多彩、天马行空，许多童话、奇幻、科幻类图书畅销，而且衍生出各种科幻游戏、科幻影视、科幻玩具、科幻主题公园等。如今的少儿科幻作品深受家长和孩子们的欢迎，这是可喜的时代进步。"保护想象力"也是时代的共识。

我认为童话和科幻小说在幻想方面有着相通的美学价值，写少儿科幻小说的作者不妨从童话中汲取一些营养和启示。但是借鉴不等于模仿。我在创作科幻小说时注意到本土文化元素，尽量使我的科幻小说具有中国风。我国有许多古老的神话，天马行空、丰富的想象，是神话的重要特点。我国许多原始神话存在"散杂""简单"的问题，这正好给予我们更多的想象空间。我以前发表在《科学文艺》的科幻小说《女娲恋》《夸父追日》《盘古》，以及这两年发表在《海底世界》的奇幻类海洋神话故事《精卫填海》《八仙过海》《龙女牧羊》《徐福渡海》等作品，都是从我国古老的神话中获取的灵感。

关于"科学性"，我认为在少儿科幻小说创作中，更注重的应该是科学精神和科学内涵的体现。少儿科幻小说的科学精神主要通过富有幻想的故事，体现人们勇于探索、探险，敢于创新，树立环保意识、天人合一思想，永远保持一颗对新鲜事物的好奇心等方面。作为儿童科幻小说，对于科学知识的描述不宜太深奥，简单明白即可。我特别欣赏阿基米德的一句名言："给我一个支点，我就可以翘起地球。"这句名言的前半句是科学依据，后半句是气势宏大的幻想。这是一句多么有逻辑、多么浪漫的科幻诗句啊！没有对如何翘起地球做过多的科学论述，只用一个"支点"，却把科学幻想描述得如此引人入胜。美国科幻作家汤姆·戈德温的科幻小说《冷酷的平衡》，描述了一位姑娘偷偷登上一艘宇宙飞船，想去见见在外星球作业的哥哥。这艘宇宙飞船的任务，是给在外星球作业得了重病的勘探人员运送救命的疫苗，途中驾驶员发现飞船载重失衡，找到了偷渡的女孩。为了保持飞船的平衡，及时挽救在外星球作业人员的生命（包括女孩的哥哥），女孩最终选择让宇航员将自己抛向太空。这个故事没有具体的科学知识传播，讲的只是一个科学哲理——科学是有规则的，违背规则就会失去平衡——这样的科幻故事同样感人至深。还有阿西莫夫的机器人三定律，提出对机器人服务于人的要求，内涵是体现对科学技术发展的忧患意识。由此可见，科学精神、科学内涵，是少儿科幻小说的科学性体现。

总之，科幻小说的主体是文学性，幻想性、科学性是它的两翼。这样，科幻小说才能飞得高、飞得远。

最后我想谈谈少儿科幻阅读的年龄段问题。人的生命进程是有一定规律的，除了特殊情况，孩子的成长在不同的年龄段有不同的认知能力和心理状态，所以科幻小说应该有儿童科幻和少年科幻的区分。无论是儿童科幻还是少年科幻，童真、童趣和可读性，都是少儿科幻作家描述故事时应该注意到的，只有当作家和孩子们平视时，才能和他们一同成长，才能写出被他们接纳和认可的作品。

我很羡慕现在创作科幻小说的年轻人，他们思维敏捷，学历高，知识丰富，在网络时代信息灵通，视野开阔。由此我体会到，既然要做一朵遨游于科幻海洋里的浪花，我就要活到老、学到老，向年轻的科幻作家们学习，尽力与时俱进，接受新事物，在科幻海洋里尽一份绵薄之力。

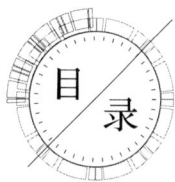

# 目录

Catalogue

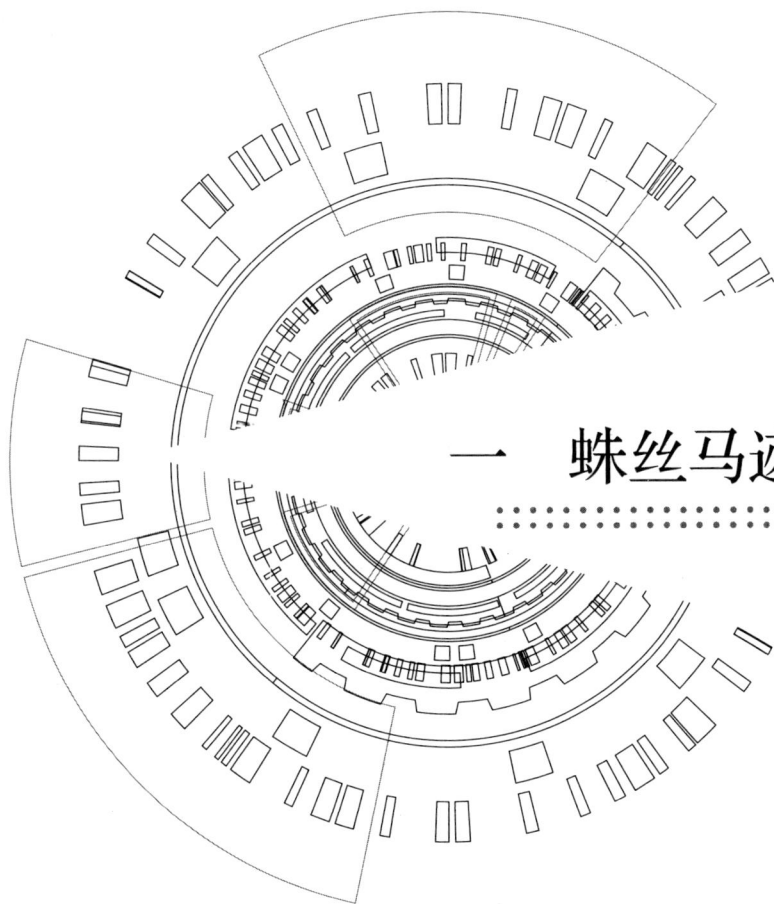

一　蛛丝马迹

左等右盼，暑假总算姗姗来临。树上的蝉声连成一片，就像我欢跳的心在歌唱。我特意把头发剪得短短的，穿上白色旅游鞋，蹬上我的山地自行车，兴高采烈地向我久违了的"老地方"驶去。

海湾依旧静悄悄。蓝莹莹的海水仿佛一下子涌入我的心，把我考试前的紧张和焦虑全都冲刷得一干二净。

"喂——我来啦！"我扯开嗓子，对着海中伫立着的"石老人"礁石喊叫起来。

呼啦啦，一群灰翅、白肚、红爪的海鸥被我从沙石上惊飞了，它们在半空冲着我"呱呱"直叫，以示抗议。我咯咯地笑了，忙把带来的面包屑撒给它们，权当是向它们致歉。

今天我特别高兴的原因是：老爸出远洋整三年了，该回来了。三年前，我快升初中三年级时，爸爸就是在对岸那座码头，乘"雪豹号"科学考察船离去的。临行前，他在众目睽睽之下动情地紧紧搂住我和妈妈，说不到一年就回来。

他不明白，那时我已经长得都快赶上妈妈高了，他还大大咧咧当着众人的面，在我额上、腮上亲了几下。我的脸红了，歪起脑袋说："爸，回来别忘了给我捎鹦鹉螺壳！"

邻居家的女孩有只漂亮的、白色的鹦鹉螺壳，壳上有红羽毛般的花纹，螺头弯弯如钩，呈墨蓝色，像是鹦鹉的嘴，两侧似乎还有一对亮晶晶的小眼，活脱脱像一只美丽的鹦鹉！我早就缠着爸爸要过鹦鹉螺壳，但爸爸总说，那是很少见的一种螺壳，人家爸爸是常年驻守海岛的海军，不知怎么幸运，才有机会捡到它呢。我不讲理地反驳爸爸说："哼，你还是海洋大学的教授呢！经常跟船出海考察，还捡不到一只鹦鹉螺壳？爸爸要赖！"

每当这时，爸爸总会用手指弹一下我的高额头，无可奈何地耸耸肩，浓眉下的双眼闪出慈爱的笑意，说："这丫头，越来越娇惯！"

那回，爸爸在临上船时居然对我说："澎澎，在家照顾好你妈妈，加把劲儿好好学习，考上重点高中，我给你捎个鹦鹉螺壳回来。"

他在舷梯上频频向我和妈妈挥手，高大的身影随着"雪豹号"的远去越来越小。妈妈挥舞着一方红纱巾，泪眼蒙蒙，嘴里小声嘀咕着："澎澎，你爸总是这样，哪一次出海考察的机会也不想放过。"

一年后，"雪豹号"回来了，爸爸却没回来。妈妈郁郁寡欢，不过在我面前她很大度地对我说："澎澎，你爸被留在南极考察站进行一项研究工作，还得两年才能回家。据说那里信号不好，这两年我们和他手机、电脑都联系不上……"

我知道妈妈思念爸爸，就安慰她："咳，不就两年吗？老妈，有我陪着您呢！想爸爸，咱们就多写几封信，请去南极的叔叔阿姨转给他！"

其实，我对爸爸的思念不比妈妈少，我夜里常梦到他捧着漂亮的鹦鹉螺壳回来了。

妈妈也许被我说服了，感化了？在我面前她渐渐露出了笑脸，从此对我格外呵护。我过生日，除了搬回蛋糕，还转给我爸爸从遥远的南极大陆寄来的生日贺卡。爷爷奶奶也经常接我去玩，去过寒暑假。

就这样，我一边掐着手指数日子，盼着爸爸归来，一边在家人温馨的关怀下从初中三年级读到了高中三年级。我考上了海洋大学，暑假后我就是一位大学生啦。

老妈说我长得亭亭玉立了，奶奶却说我不像个"姑娘"，像"小子"，嫌我总爱疯疯傻傻地去游泳、爬山、骑山地车，把脸蛋儿晒得黑黑的。嘿，管它呢，黑就黑吧，反正我不算漂亮，脑门儿太凸了，耳朵还有点儿向前"乍开"，两只眼睛虽然比较大，但眉毛偏偏长得不秀气，又粗又黑还略显短了些！唉，谁让我这副尊容长得像爸爸不像妈妈呢？谁让我是个姑娘不是小伙子呢？就连我的性格也烙上了爸爸的"遗传基因"：特爱大海，特爱笑，还有点大大咧咧。

平时，我的朋友一大堆。学习、远足、嬉闹，不论男生、女生，彼此相互帮助，又诚挚又纯洁。可是到金沙湾来，我都是天马行空——独来独往。一是因为这儿远离闹市，僻静空旷，海水和天空都特别蓝，人多了，就难以享受到这份空灵、虚缈的意境；二是因为离海岸不远处有一块直立的礁石，很像一位智慧的远古老人。瞧，它"下巴"撅起，胡须飘逸，双手背后相握，多神气、多豁达！我常常喜欢自言自语地向它说些悄悄话。最后一个原因嘛——就是影影绰绰的对岸，正是海洋考察船的停靠码头。老爸从那儿离去，一定还会从那儿归来。

我完全放松地躺在细细的金色沙滩上，四肢舒展，闭目养神，聆听海风絮语、海浪拍岸。远处偶尔传来渔村妇女招呼孩子回家的声音和鸡鸣狗叫声，显得格外亲切。

躺够了，我一跃而起，开始捡贝壳……记得我第一次到市里的海水浴场游泳，已经快上小学了。爸爸妈妈牵着我的手教我如何在水中蹬腿、呼吸。游够了，刚迈上岸，我就被沙滩上绚丽多彩、珠光宝气的贝壳吸引了。我拣了一大堆：有洁白的，有带花纹的，有粉红的，其中还有不少小小的螺壳。捡完后，爸爸又嘱咐我把大部分贝壳扔回大海，只留小部分给我做工艺品。

爸爸告诉我，现在的许多螺壳、贝壳比过去的轻薄，主要是因为人类过度捕捞海洋生物，加上海洋环境被破坏，大海里的生物缺钙了，所以它们的壳变轻薄了。我们应该让螺壳、贝壳"回家"，为海洋生物"补钙"。

长大一些，我才晓得那一颗颗亮晶晶的珍珠，就是从贝壳的内层长出来的。珍珠的光泽怎么那么奇异漂亮？贝壳制作出的贝雕工艺品巧夺天工，怎么那么传神？我的床头至今挂着爸爸亲手为我制作的一幅贝雕画。不知他经过了多少道"工序"，才完成了一幅令我遐思不尽的美妙图景：黑色的底板上，一艘古色古香的白帆船在默默航行，天上有一弯月牙和几颗星星。帆船亮闪闪的，映射出珍珠才有的特殊光泽。自从爸爸走后，我常常临睡前对着这幅画说："一帆风顺，爸爸！"

现在，我又拣了一大堆贝壳，坐到一块平滑的黑礁石上精挑细选。为了今后报考海洋大学，我参加了学校的海洋生物科研小组，所以对贝壳更多了一分了解。以前我总认为：贝壳的内层五光十色，孕育出的珍珠，一定含有很珍贵的特殊成分。其实不然，尽管它们很美，但和普通的建筑用的白石灰没什么两样，都是由碳酸钙组成。在海底，到处都有钙质生物遗骸形成的沉积物——钙质软泥，它们覆盖着大洋底层面积的47%。难怪海洋生物科研小组的指导老师说："真正的美，往往来自平凡，来自自然！"

一个被晒得黑黝黝的、结结实实的小男孩从渔村跑了出来。他光着脊背，只穿一条大红短裤。他跑到离我不远处，瞟了我两眼，似乎要炫耀一下他的本领，竟像泥鳅一般灵活地跃起，猛然跳进海浪里。

男孩顶多八九岁，却游得特别好：一会儿自由泳，一会儿蛙泳，一会儿仰泳。等他水淋淋地游完上岸时，我为他鼓起掌，冲着他由衷地赞叹道："嗨，你好！你游得棒棒哒！"

他睁大亮闪闪的两眼谦虚起来："还好，还好，比起那位绿姐姐，差着十万八千里呢。"

"绿姐姐？绿姐姐是谁？"

"人呗，大概是外国人吧，"他蹲到我跟前，"和你差不多，喜欢在这块黑礁石上看风景，喜欢捡这些没有用的小玩意儿。你们城里小姐姐都这样，对吧？"

"那外国绿姐姐常来？"我好奇地问。

"也不常来。我在海里碰上过几回，她可和气哩，总冲着我笑。她都是在傍晚来游泳。你们城里人和外国人花样真不少，把好端端的黑头发染红了，染黄了，她可好，干脆染绿了，连浑身皮肤也染绿了呢，所以我叫她绿姐姐！"

"哈哈哈哈……"我被他讲话不紧不慢、神气活现的样子逗笑了。

渔村里传来女人的呼唤声："二娃——回来！该写作业喽！"

小男孩露出缺了一颗门牙的洁白牙齿，笑了笑，憨憨地说："俺娘叫我了，姐姐再见！"

联想到我老妈也一定在家等我了，我就赶紧站起身来。可不是吗？今天我在爷爷奶奶家刚吃完午饭，正在厨房帮奶奶洗碗时，妈妈就来了电话："澎澎，今晚早些回家好吗？你爸的同事陆伯伯要来咱家，他有话对你说。"

"是不是爸爸要回来啦？一定是老爸请陆伯伯捎信回来了。"我高兴极了。

"反正……等你回来再说吧！"

噢，妈妈一定很激动，却故作镇静。唉！可不是吗？爸爸妈妈都是四十七八岁的中年人了。尤其妈妈，这两年乌黑的头发里已闪出了不少银发，他们怎么能像我这个"毛丫头"那样事事喜怒挂在脸上呀！

我整好背包，跨上自行车，风风火火往家赶。一路上兴高采烈地哼着小曲儿。

回到家，只见瘦瘦高高的陆伯伯坐在客厅的沙发上看我的作业，妈妈在厨房忙晚饭。

"怎么这么晚才回家，澎澎？快洗洗手，陪你陆伯伯喝点儿啤酒。今晚我特意做了几个你爱吃的菜！"妈妈比平时对我客气得多。

"这丫头，长得比你妈妈还高一头，挺秀气的！"陆伯伯半年没来我家，显得有点局促。他对着厨房里的妈妈说："吴婕，难怪人家都说女大十八变呢，你这闺女越长越俊……真是越长越俊……"

很少有人夸我长得好看，我心里美滋滋的，忙不迭地往陆伯伯的杯中加满茶水。哎呀，才半年，陆伯伯的手怎么变颤了。

"陆伯伯，您身体好吗？好像您有点儿手颤？"

"别胡说，澎澎，"妈妈端了菜来到客厅，"把筷子和酒杯拿来！"她迅速瞥了陆伯伯一眼。

我肚子饿了，嗅到了菜香味儿。再一瞧：哈，炒虾仁、炸鸡翅、家常豆腐……果然都是我最爱吃的、最过嘴瘾的菜。

"妈妈万岁！"我情不自禁地搂过妈妈的脖子，亲了她一下。

"永远长不大的馋猫。"妈妈瞅了我一眼。

喝啤酒时，陆伯伯的话越来越多。他先是谈海洋："丫头，知道吗？从太空看地球，地球是个蓝莹莹的大水球！因为地球的表面，有71%被蓝湛湛的海洋所覆盖。生命起源于海洋，人类总有一天要回归海洋。海洋是生命的摇篮、绿色的聚宝盆、风雨的故乡！海洋直接控制着地球上自然界的水循环，控制着空气的流动和昼夜气温的变化。地球上吸氧生命所需要的氧气，有一半是海洋表层植物的光合作用产生的！海洋里有许多奥秘，有许多宝藏，海洋是人类的希望……"

"对耶，我爸也这么说。"我和他碰了杯，"爸爸还说，陆伯伯和他从小就是好伙伴，一道在海边淘气，在海中踩水、扎猛儿、游泳，一块儿挖蛤、捉蟹；长大了，又一道考上了海洋大学。毕业后，您分到海洋研究所，他留校教学，还是有机会经常一起乘海洋科学考察船出海搞科研。来，陆伯伯，为您和我爸的友谊干杯！"

陆伯伯瞪大眼睛："你都知道？"

他似乎感动得泪水将要夺眶而出。

"这丫头记性好着呢！"从不喝酒的妈妈，也倒了一杯啤酒慢慢细啜起来。

"爸爸该回来了吧，妈？"

"嗯——吃完饭，让陆伯伯……告诉你。"妈妈有点支吾。

可是陆伯伯却转了话题，谈起了心理学。说什么中国人重视了对人的智商的培养，却忽视了还有一个"情商"问题。一个有抱负的人，除了应具备良好的智力因素，还应该有良好的心理素质，要乐观、有毅力。因为心理素质，对一个成功者起着至关紧要的作用，这就是后天的坚忍不拔、坚强勇敢……"澎澎，你的名字很好：有气派！"

陆伯伯酒喝得略多了些，脸有点儿红，话也特多："你知道吗？18世纪的精神分析专家弗洛伊德认为，人格结构可分为三个层次：本我、自我、超我。可以这么说——本我，仅是一个具有生存本能的自然人，一个维持自我生命，为吃喝和基本生理需要而生存的人；自我呢，除本能之外，是一个有意识的，懂得维护自身利益，同时又会压抑不合理欲望的、有自觉行为的人；超我，则是一个投身于社会，能够超脱个人不合理私欲，有道德意识，能替他人、集体、社会乃至整个人类着想的人。这样的人明白'人人为我，我为人人'的道理，是一个具有高尚超我品格的人，这样的人理所当然地受人尊敬。澎澎，你妈妈希望你的品格能和你的名字一样，像大海一样澎湃、豁达！希望你的'情商'也和你的'智商'一样的高……来，干杯！"

灯光下，陆伯伯的双眼明亮而又扑朔迷离。

我不懂他话中的"哲理"，却又很爱听。他的话比妈妈那些唠唠叨叨的关心更合我的口味。

吃完饭，妈妈打开播放机放音乐。悠悠的古筝曲显得很温馨。爸爸如果这时候回家该多好！我忍不住问陆伯伯，爸爸究竟哪天回来啊？

没想到的是，陆伯伯以特有的冷峻，告诉了一个我完全不能接受的不幸消息——爸爸三年前就在"雪豹号"上失踪了，至今下落不明！海洋部门花了很多精力，用快艇、直升机在太平洋上他失踪的海域四处寻找，以后又去邻近的海岛多次寻找，全都杳无音讯。现在可以判断：他一定是在甲板上独自观测水文资料时，不慎落水身亡的。从他的观察笔记上分析：他是三年前初秋的一个傍晚，发生不幸的……

"妈妈，这不是真的！"我使劲拉住妈妈的手，求救似的望着她。妈妈却背过脸去……

我斩钉截铁地说着："不是真的，你们骗人。"泪水却忍不住哗哗落下。

我把茶几上的玻璃杯碰到了地上，身体一下子跌进沙发里。我用靠垫捂住发蒙的脑袋。我不要听陆伯伯的说教和妈妈的劝慰，我绝不相信！

"爸，爸——您回来！回来！没有鹦鹉螺壳也没关系！我只要您回来……"

我哽咽着，反反复复这样呼唤着我的爸爸。不知哭了多久，呼唤了多久，我才想起，妈妈一定比我还难受，便悄悄擦干眼泪，直起身来。

没想到，陆伯伯在阳台上闷闷地抽烟，妈妈在我面前静静地坐着，没掉一滴泪。不过，她头上的白发在白炽灯光下固执地蓬展着，闪着银光抖抖索索地跳入我的眼帘。

"澎儿，妈哭了三年，泪早已干了。别怨妈不及时告诉你这件事，因为我也一直不相信，一直期盼着他能奇迹般地回来。何况那年你还小，又忙着考高中，妈妈不忍心啊……"

我扑到妈妈身旁，捂住妈妈的嘴，然后紧紧搂住她。我突然觉得妈妈这么瘦弱，她的两肩像用刀削过一般。我已经高出她一头，我不该再让妈妈伤心了。

"对不起，陆伯伯。我刚才……"话没说完，我又抽抽搭搭哭了起来。泪水流到了妈妈的脸颊上，她终于忍不住也号啕大哭起来。

可不是吗？三年来，她只能背着我悄悄落泪，哪能真正地放声哭一场啊！

陆伯伯临走前，给我留下一本爸爸的考察日记。他嘱咐，看完了，就还给他去存档。

这一夜，我彻夜未眠。幽幽的灯光下，我仿佛看见爸爸在"雪豹号"上忙忙碌碌的身影。爸爸的笔记记得很细，有许多地方我看不懂，但也有许多是我在学校课外海洋科研活动中学过的。

我反复翻阅"考察日记"最后几天的记录，想从中寻找爸爸失踪的蛛丝马迹。凭直觉，我感到在生活上虽不很讲究，但在工作上一贯认认真真、一丝不苟的爸爸，绝不会在风平浪静时无故坠入大海！

翻着，翻着，有两页笔记引起了我的注意。

## 5月12日　风和日丽

"雪豹号"驶近一座小岛。海水碧蓝，清澈见底。水下，一簇簇绚丽的珊瑚交错相拥，形成的珊瑚礁在透过海水的阳光照射下，显得美丽无比。各种藻类、贝类和海星也隐隐可见。阳光把海水映照得迷惑诱人。我和几位水手乘坐红色小艇向小岛靠近。

突然，从海下传来"当当当"的奇异声音。我们警觉地停下小艇仔细观察：哈，原来近两米深的水下暗礁旁，有条墨绿色带白斑的约30厘米长的怪鱼，正摇着尾巴朝后退几下，又使劲儿往礁石冲去，用它的脑袋拼命撞击礁石。"当当"声就是这条怪鱼发出的。

水手们都啧啧称奇，说从没见过这种鱼，它想干什么？不要命啦？其中有一位胖水手说："我听当渔民的爷爷说过，海里有一种锤子鱼，头硬得可以用来当锤头钉箱子。"

正说着，又有几条怪鱼游来猛地朝礁石撞去。这回总算看明白了，原来怪鱼是用头在撞礁石上的白色海螺。不一会儿，它们就在撞碎了壳的海螺旁狼吞虎咽起来。

我忙从露出海面的礁石上捡起一只海螺，当作诱饵夹到钓线上放下去，一条大鱼很快上了钩。嘿，足有10公斤重。那位胖水手找来一根钉子，凑到一只放食物的木箱前，让我捏住鱼尾抓住鱼身，用鱼头"锤"钉子。还真神，只"当当"几声，钉子就扎进木箱了！再看那怪鱼硕大的前额，纹丝未伤。

我们都纵声大笑：难怪叫锤子鱼呢，果然名不虚传！和水手在一起，我很快乐。

## 5月13日 多云

我查了资料，资料上说：在赤道附近的浅海里，生活着一种叫撞击鱼的鱼类。它体色斑斓多彩，体形粗壮，整天叮叮当当地敲着暗礁。撞击鱼长着十分坚硬的头骨，利用游泳时的冲力，猛烈地碰撞暗礁表面上的贝类和珊瑚，摄食贝肉或珊瑚虫。

据澳大利亚海洋生物学家们调查：1966年至1969年间，著名的珊瑚礁——大堡礁和夏威夷群岛附近的珊瑚礁，突然大面积毁坏下塌，原因有：荆冠海星大量繁殖，它们无情地吃掉珊瑚虫，造成了珊瑚下塌；海星的天敌梭尾螺大批出现，随之，以珊瑚虫和梭尾螺为食物的撞击鱼也猖獗起来。据测定，一条约20公斤重的撞击鱼，平均一年可吃掉2至3吨的珊瑚虫。在100平方米的珊瑚礁中，只要有这样一条撞击鱼，就能使一个巨大的、生机勃勃的珊瑚礁全部毁坏倒塌……

看来，锤子鱼和撞击鱼是可以画等号的。奇怪的是：这儿离赤道还很遥远，水温偏低，撞击鱼怎么会在这片海域出现？

前一阵子我们在考察中发现：有好几座不小的珊瑚礁和一座颇大的珊瑚岛在短短的一个月中神秘消失了，是不是和撞击鱼有关呢？

这是一个蹊跷的问题，我要好好研究、考察一番。但是其他几位专家说这样的研究意义不大，没有经济价值。在茫茫大海中，珊瑚礁很多，沉没了，长出了，生生不息，这是大自然的选择，无可非议。然而，我心里想得却更多，也许很荒谬。所以，还是少数服从多数吧，我个人是没能力探究这个课题的，它需要耗费不少资金。

唉！但愿我的想法是天方夜谭。

我希望这次环海考察能幸运觅得一只鹦鹉螺壳，带回家给我那宝贝丫头交差。说真的，我真想家！

## 5月16日　晴　傍晚

在陆地上看日出、日落，太阳总是红彤彤的，真可谓"朝阳似火、残阳如血"。可是在海上，我居然有幸看到了一次落日时神奇的绿光。

刚才，在浩渺的海天连接处，夕阳正缓缓沉入大海，把海水染成一片金黄。突然，就在海水即将吞没落日的瞬间，残留的太阳顶端喷射出碧绿的火焰。绿光又亮又美，为天空和大海罩上了一层神秘的绿纱，我仿佛置身于迷人的童话世界。可惜，美景不常，绿光很快消融在万顷碧波之中了。

这是一种罕见的天文光学现象。它必须具备这几个条件才能发生：空气清净透明，能见度高；大气中含水汽量少，没有雾和云彩；地平线光滑平直。这样，包裹在地球表面的大气层中空气密度的差异，可对阳光发生折射作用，从而使不同颜色的光线分解。波长较短的紫光、蓝光和绿光折射得厉害，所以在落日沉海的瞬间，人们可以见到美丽的太阳绿光。

由此可见，这一带洋面空气清新，水质洁净，环境未遭污染。

不可思议的是，在绿光消失之后不久，我仿佛看到一个绿色的似人似鱼的生灵，在向我们"雪豹号"的船舷游来……它仿佛在向我召唤，不时直身站立于渐暗的海面对我微笑……甲板上的人早已离去，唯有我独自留在甲板上。我有一种孤独感，便打开考察笔记，记录下我所见到的绿光和梦幻般出现的绿色人形……

老陆来到我身边，我告诉了他"绿人"的事。他仔细看了看海面，又举起望远镜观察，然后拍拍我的肩说："什么也没有。大彭，或许这几天咱们都有点儿累了，静下来容易出现幻觉！"

也许他是对的，人在海上有时是会出现幻觉。真有趣……

爸爸的笔记就此中断了。

听陆伯伯说，爸爸"失踪"那晚，因他久久没有回住舱，当同舱室人员去招呼他回舱室睡觉时，他已无影无踪，只留下了这本笔记。船上的水手、科学家们事后分析都认为：从笔记上看，失踪者曾经神情恍惚，幻觉中出现过"绿人"。很可能，他是在恍惚中探身去寻找"绿人"而失足落水的。

失足落水？不，不！我太了解我爸爸了，他是一个很慎重的人，不可能失足。出现幻觉？不、不，他不是那种想入非非的人。他精明、理智，他是个严谨的科学工作者。

爸爸，凭着您给我制作的这幅贝雕画，就足以证明您的细心！这么多年了，这幅画还是那样栩栩如生：每一颗小贝、每一粒小螺壳，都牢牢粘在底板上，经过您亲手磨制雕琢的贝壳在精致地熠熠生辉。这么一丝不苟的您，绝不会无故恍惚而失足！

对，您说仿佛见到一个绿色的、似人似鱼的生灵？昨天下午我在金沙湾海边听那个穿红裤衩的男孩说什么来着？……对，他说，有位绿姐姐游泳特棒！而且，都是傍晚去游泳——那绿色生灵和那绿姐姐，难道会有什么联系？爸爸的失踪，难道和"绿人"有什么关系？

可是，爸爸是随"雪豹号"科学考察船行驶在太平洋W海域失踪的，"绿姐姐"是在这座海滨城市近郊的海湾出现的。我的联想是不是太出格，太玄乎了？不过，不过——"绿色生灵""绿姐姐"这两个概念本身就很特殊啊！既然我不相信爸爸离开人世，我就应该找到他。也许，爸爸正需要亲人的帮助啊！

爸爸，爸爸，我一定要找到您！……

妈妈披着睡衣来到我的卧室。

"孩子，睡吧。你爸如果在世，他一定希望你坚强！你要注意身体，以后继承他的事业。"

"爸没去世！妈，我看了他的笔记。"

我把自己的联想讲给妈妈听。谁知她苦笑着频频摇头，说外国女孩儿染五彩头发的都有，染绿发不稀奇。那男孩说的绿发姑娘就是游泳本领强些，说明不了什么。妈妈安慰我说，一定是因为我太想念父亲了，才会产生一些古怪念头。

"你想念爸爸可以理解，但切切不要再胡思乱想了。我们活着的人，就该好好地走我们的人生之路。"她在我额上亲了亲，睡觉去了。

我知道自己无法说服妈妈。可是深信爸爸仍在人世的信念，使我固执地相信自己的联想。我决定：明天傍晚再去金沙湾，寻找那位绿姐姐。

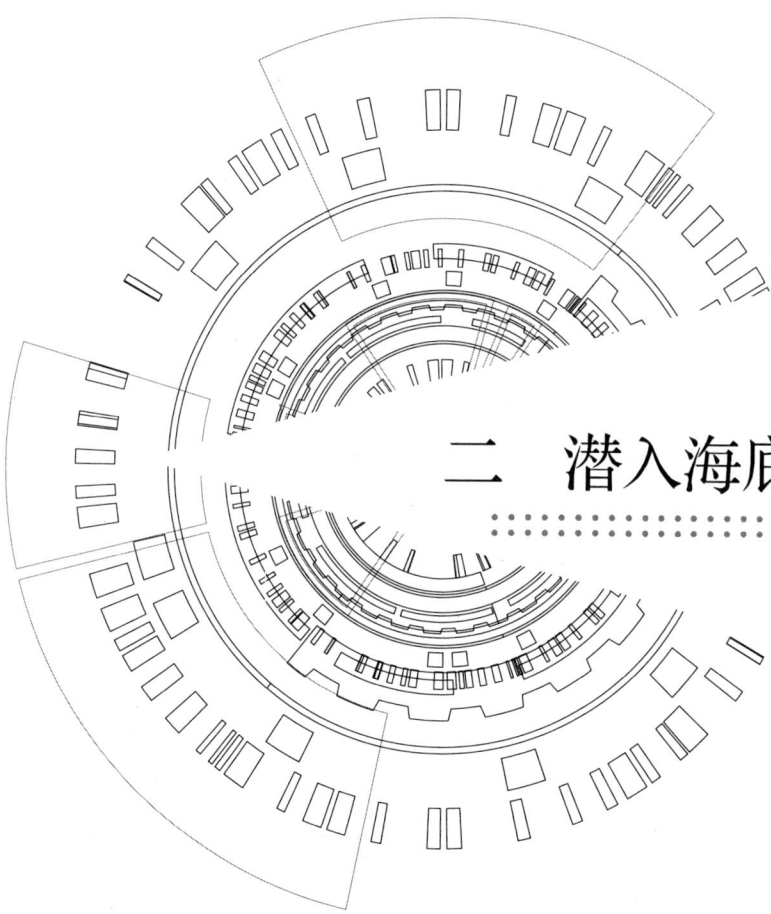

二　潜入海底

再次来到金沙湾，心情和昨天已大不一样。我不再尽情地喊叫，不再向石老人"问好"，不再稀罕那些白翅、红嘴的海鸥。

我登上远离黄灿灿沙湾的一座小山丘，静静地等待那位渔民孩子所说的绿姐姐。也许，她真是一位金发碧眼的外国留学生？那也无妨，我只想验证我的联想。如果她像我所猜测的那样和大海有关，我就有可能找到我的爸爸！

我准备了望远镜和照相机。

我没有像爸爸那样见到太阳落山时的神奇绿光，那是连海上都少见的奇景。可是我看到了鲜红的夕阳像喝醉了酒的醉汉似的大红脸，一颤一颤地直往海水中沉落。瞬间，它射出了金黄色的、玫瑰红色的光芒，就像五光十色的胡须铺展在海面上，虽然美，却有几丝凄戚。唉，用"残阳如血"这个词形容，真的很妥帖。

天渐渐暗了，渔村远远传来渔妇清亮的嗓音："二娃，游过了瘾早点儿回来，你爹要查你功课！"

我一阵激动。因为那小男孩是绿姐姐的朋友，我盯住他，也许就会见到她！

我忙不迭地举起望远镜：只见那男孩依旧穿着红裤衩、光着黑脊梁，连蹦带跳地朝风平浪静的海滩奔去，然后毫不犹豫地跃入大海的波涛中。在海里，他像一条梭子鱼，游得很欢快，还不断变换着姿势。

可是我对他的游泳不感兴趣，一心只是想着他说的那位绿姐姐。可是一直盼等的绿姐姐根本没出现。我侧转身向小路望去，也没有什么外国女孩来海边。时间一分一秒地过去了，又等了半个小时，仍一无所获。

月牙儿挂上了天幕，几颗星星跳到月亮身旁来凑热闹。也许妈妈说得对，我太固执、太犟，爸爸考察笔记上出现的"绿人"，真的仅仅是幻觉。

等等，再耐心一点儿！咳，那小男孩快上岸了。他如果走了，天全黑了，还有什么"戏"呢？啊，那岸边黑礁石上，不是分明坐着一位少女吗？她什么时候出现的？瞧瞧，小男孩游过去了！他们在说话，在笑，甚至在打闹！

可惜天暗了，我越看越模糊。她是不是绿姐姐呢？我得赶快过去，过去和他们一道玩。不行，不行——要是她不愿意看见我，游走了怎么办？对，我先给她个信号，唱支歌！听说音乐是心灵沟通的最好桥梁。我的嗓音不错，唱唱试试。我告诉自己先别站起来，要隐蔽些。嗯，唱什么呢？对，摇篮曲，这曲子很抒情呢，谁都有童年的记忆啊！

> 月儿弯弯挂树梢，
> 风不吹来草不摇，
> 树上的小鸟，
> 河边的青草，
> 都睡着了，都睡着了。
> 我亲爱的小宝宝哟，
> 我亲爱的小宝宝哟，
> 妈妈哄你睡着喽……

我很动情地唱着，想到小时候不论是爸爸还是妈妈，晚上都是这样在小床边为我催眠的，心里涌起一阵酸楚。

奇迹出现了：那个少女从礁石上立起来，痴痴地朝我这边张望。接着，那个叫"二娃"的男孩气喘吁吁地向我奔来。

"哦，原来是你！"月光下他两眼闪闪发光，高兴地说，"大姐姐，昨天下午你不是来过了？还捡贝壳？你的歌可真好听，绿姐姐都听迷了。"

"绿姐姐是谁？我没见着啊！"

果然是她，我心中一阵惊喜，嘴上却故意这么说，边说边用眼角儿偷偷瞟着海边，心里嘀咕着：你千万别走啊，拜托！

"就是俺昨天说起的那个外国人呗！她的中国话说得可好啦。大姐姐，走，我带你去见见她。她说特爱听你刚才唱的歌！"

"好吧——"我故意漫不经心地站起来，背上小包，随他走向海边。

果然，月光映照下的她，披着翠绿色的长发，忽闪着比常人大得多的绿眼睛，由于周身裹着印度妇女常用的那种披纱，我看不出她的肢体和肤色。从脸部看，似乎是淡青鱼肚白的那种肤色。

"嘿！你好。"我尽量抑制住心跳，向她伸出右手。可是她羞怯一笑，露出银色的两排小牙，没和我握手。我讪讪地自我介绍："我叫彭澎！"

"你好！我……我没法和你握手，别介意好吗？我叫阿莱娜。你唱得真好听！"

她说话的声音很特别，好像从胸腔里发出的声音，有点儿闷，但吐字很清晰。她和我年龄相仿，顶多十六七岁。

"哎，你俩挺有缘，对吧？你们都稀罕那些小贝壳什么的，还都爱唱歌！再说啦，绿姐姐，咱俩认识好久了，你都不告诉我你的姓名，偏偏刚见面就告诉彭澎姐姐。真不公平。哼，往后别指望我再陪你玩！"

"去去去去，你再淘气，看我不拖你下海！"阿莱娜掬起一捧海水朝二娃泼去，二娃做鬼脸嘻嘻哈哈逗她。

我惊奇地发现，她的脚在礁石上极不灵便，偶尔从纱裙中露出的，竟仿佛是鱼的尾鳍——灰绿色的薄膜、柔软分节的鳍条在溶溶月色中晶莹闪亮。

二娃只顾打闹，对这些视而不见。我心中却像敲小鼓似的激动万分，表面上还掩饰着惊喜和一丝恐惧……她是谁？美人鱼？海底另一世界的高级生灵？天外来客？她为什么出现在这里？她和爸爸笔记中提到的"绿人"是否有联系？

渔村里星星点点亮了灯。二娃的妈妈站在阳台上远远地召唤儿子回去。二娃应了。临走，他歪着脑袋问："阿莱娜大姐姐，你究竟是哪国人？暑假完了就回家去吗？"

"我家在太平洋。暑假以后不来了！"

"太平洋上有许多岛国，我们老师说的。……我该回去了。两位大姐姐，明天见！你俩再耍一阵儿吧，等凉快些再回去哦！"

我很感谢二娃把我介绍给阿莱娜。我俩使劲儿向他挥挥手，他欢快地光着脚板、踩着沙滩向渔村奔去。我和阿莱娜不约而同地相视一笑。

年龄相仿的女孩极容易心灵沟通。阿莱娜开朗真挚，她请我再唱几支歌。我唱了。忧伤的歌使她绿幽幽的大眼蓄满泪水；欢快的歌使她咧嘴又笑又晃悠身子。最后，她双臂抱膝，仰望天穹，喃喃地说："你姓彭名澎，是澎湃的澎对吧？你一定爱大海。我叫你澎澎，这样更亲切，行不？其实我来岸边只为了看星星。你瞧，密密麻麻连成一片的银河系，多么壮观啊！在太阳系的那一侧，喏，就是那一颗不起眼的K星，——是我最最牵念的一颗星！"

"为什么？"我谨慎地问。

"不知道。也许是有一个遥远的梦。我总希望有朝一日能够飞到这颗有点闪绿光的星星上去。"

"你家真在太平洋？"

"当然咯——这还有错？"她睁圆了眼。

"是岛国？"

她垂下眼皮："我没这么说，是二娃说的。"

接着，她反攻为守："你有心事，对吗？你的歌声告诉我的。即使你唱快乐的歌，我也听得出，其实你很伤心。有时，我也这样！"

听她这样说，我控制不住自己，忍不住哭了起来，哭得悲悲戚戚，把她弄得不知如何是好，坐立不安。

"啊，都怪我，都怪我，我不该惹你伤心！对不起，我不是故意的。……哎，你别哭了，要不然，我也会哭的！能告诉我是什么原因吗？是谁欺负你了？有什么委屈？说出来也许会痛快些。"

我向她讲述了爸爸三年前失踪，只有我坚信他还活着，人们都认为他已去世的事，讲述了我对爸爸的思念和想去寻找他却不知怎样做的心事。

她静静地听完后，长叹了一口气："我理解你的心情。我和哥哥也一直在商量，想寻找我们的父母。阿依莎阿姨答应，等我明年满十八岁加入成人行列，就领我们参加一次特别行动，去寻找我失散了十多年的父母。"

"特别行动？你和父母失散十多年了？"

"就像是一场迷茫的梦。我和哥哥都只隐约记得：在一片绿幽幽的世界里，突然白雾弥漫，一股刺鼻的酸味令人窒息。阿爹和阿妈匆匆把我俩推进一艘大船，流着泪朝我俩挥了挥手。……此后，我和哥哥昏睡了许久许久，醒来时发现，我们已从绿幽幽的世界来到一片蓝湛湛的新世界。

"从此，我们和一群差不多大的孩子，在这个新世界中跟随许多陌生的叔叔、阿姨以及一些很威严的人一起生活、成长，建设着一座美丽的蓝色家园。可是我们的心中都惦念着梦幻中的绿色世界和自己的父老乡亲。老师告诫我们要努力学习，以便迎接一次即将来临的神圣的特别行动。所以，我们都认真地学习，遵守纪律。至于特别行动意味着什么，我们谁也不明白，我们只是在耐心地等待命令。

"时间越是接近那神秘行动，我就越想念阿爹和阿妈。这就是今晚我听了你唱的摇篮曲之后，特别激动的原因。我的记忆中也有一个摇篮曲，也很动听。"

噢，原来她也有苦恼，甚至比我更不幸。我不禁把她搂住，像大姐姐似的拍着她特别柔韧的肩背："对不起，阿莱娜，都是我不好。我只知道向你诉苦，没想到你比我更苦。咱俩是同病相怜呢。"

她感动万分，伏在我肩上呜呜痛哭。后来我扳着她的双肩说："哭什么，别哭。你和你哥哥有机会参加一次特别行动，就有机会找到父母，他们正等着自己的儿女呢。"

她擦干了泪水："嗯，你说得有道理。你也一样啊，既然你坚信你爸爸活着，为什么不找他去？对了，你说他碰到过绿人？在太平洋什么地方？"

"太平洋的W海域，那儿环境没有被污染，有时能见到落日发出的绿光！"

"啊，澎澎，你碰到我很幸运！实话告诉你吧——我就是W海域海底碧泱国的绿人！说不定，你爸爸就在我们碧泱国呢。"

这回，轮到我破涕而笑了。

她伸出手给我看：皮肤绿莹莹的，又光滑，又细腻，掌心和她的脸一样，鱼肚白色。

我紧紧握住她的手直摇晃："阿莱娜，快带我去碧泱国，快！"

她笑了，随即又皱起眉。她严肃的脸庞与她的年龄很不相符，沉思良久才对我说："你必须要有思想准备——我们碧泱国很封闭，陆地人不能随便进。进了，一般出不来。少数出来了，也被进行了'遗忘'处理。还有，那是一片水下世界，在陆地生活惯了的人较难适应。如果你爸爸在我们那儿，可能是他被留在海底帮助我们碧泱国搞科学实验。如果真是这样，我们的国王不会轻易让他自由，想找到他一定很费周折！"

我因阿莱娜在节骨眼上那么沉稳，又那么懂情理而十分钦佩和感激她。我表示，决心既下，困难再大，也阻挡不了我去找爸爸。我还对她信誓旦旦，保证一切听她指挥。

"嘿，我不行，讲讲空话还差不多。我哥哥才叫棒呢，"她忽然又孩子气地笑了，"咱俩全得靠他，他点子特多。第一步，我们先把他争取过来。"

"行，那快走。我跟你跳下海吗？"

"嘻——你真逗，凭你这点游泳本领能去太平洋？来，咱筹划一下。"阿莱娜告诉我，她有一艘液氢游艇停在附近海底。她让我回家安排一下，找个借口出远门，别让孤单的妈妈太担心。最好再带一些生活用品和与爸爸联系时能用得着的东西。

"记住，不要带你们陆地人使用的手机。在我们那里，你们的手机不但发不出信号，还可能惹出许多麻烦。明晚我俩依旧在这里会合，然后一道启程。"

突然间，我感到害怕，怕这仅仅是一个梦，怕一旦离开阿莱娜，梦就醒了，再也无法去找爸爸了。阿莱娜安慰我说，她是一个守信用的人，绝不食言。然后，她用手指尖挠了挠我的胳肢窝。一阵轻痒袭遍周身，我忍不住咯咯地笑个不停。

"怎么样，不是梦吧？做梦哪能被挠得这么痒？"

"我信你、服你了！好，我这就回家，明晚八点见。"

"嗯——九点吧！我得向小二娃告别。再说啦，咱俩的事不能让任何人知道，晚一点隐蔽些。"

"那好，明晚九点见，不见不散！"

她除去身上的披纱，月光下周身绿莹莹的，胸部和下身有很薄的鱼皮服遮挡，尾鳍一挺，站立在礁石上向我回眸一笑……啊，她真比童话中的美人鱼还美。

扑通一声，她已纵身轻盈地跳入海中，飞快地消失在波涛里。

回到家时，一件出乎意料的事，使我刚刚平静了一点儿的心烦恼不已。

在骑车回家的路上，我心中涌起一阵痛楚的感觉：我舍不得妈妈，怕我走后她更孤单；但是我更想念爸爸……当我轻轻打开家门、走进客厅时，却隐隐看到妈妈的卧室门微微敞开着，里边有男人低沉的说话声。

平时，客人从不进我和妈妈的卧室，都在客厅谈话。现在是谁，竟在这么晚的时候还留在妈妈的卧室里？我好奇地向门里张望，不由得"怒发冲冠"。原来是陆伯伯正用手帕替妈妈擦泪，另一只手还紧紧握住妈妈的两手。只听他说道："吴婕，别伤心！澎澎不会做出出格的事的。她一时接受不了她爸去世的事实，可以理解嘛！"

"唉！老陆，真是'有其父必有其女'啊！她爸爸痴痴迷迷在笔记上留下仿佛见到过'绿人'的傻话，偏偏女儿也痴痴迷迷说有个渔家小男孩见过一位'绿姐姐'！你不知道，她很任性，说不定会去找她爸爸呢！你看，到现在还没回家。我四处找不到她，才打电话把你叫来……我俩的关系，是不是该告诉她？家中没个男人，孩子缺少父爱，心理上会产生……"

我听不下去了，转身走进自己的卧室，把房门锁住。

为什么？为什么？妈妈坚信爸爸已去世，还要为我另外寻找"父爱"。她怎么可以说爸爸笔记上的记录痴痴迷迷？怎么可以说我和爸爸同样痴痴迷迷？她怎么可以时隔三年，直到昨天才告诉我爸爸不幸失踪的事，今天又急急忙忙要为我找个新爸爸？妈妈，妈妈，我真傻，我还挂念着自己走后您是否会孤单。哼，原来您早有了……

我用枕头把脸捂上，不愿让他们发现我回来了。我屏住气呜咽着……

他们还是发现我回来了，慌慌张张敲我的卧室门。我久久不理睬他们，他们明白我对他俩有意见了。

陆伯伯在门外沉静地发表了一篇"演说"，我嘴上不服，听着听着，心里却有些软了。

"澎澎，不论你是否在听，我都要说。三年前，你妈听到你爸爸失踪的消息，和你一样，她坚信他仍活在人世。她哭泣、担忧、思念，但为了你健康快乐地成长，她很快振作起来，又当爹、又当娘，强忍痛苦抚育着你。

每当逢年过节或是你的生日，她就来求我模仿你爸爸的笔迹和口气为你写信、送贺卡、送小礼物。随着时光的流逝，你爸爸始终杳无音信，她的梦也渐渐苏醒了，头发也过早地花白了。但她始终替你着想，努力做一位称职的母亲，外加一份父亲的职责。她辅导你功课，陪你去博物馆，鼓励你参加课外海洋科研活动。

在医院，你妈妈还是位勤奋、出色的内科医生。她认为只有这样，才能为女儿作榜样，才对得起失踪的丈夫……但是，别忘了，澎澎，你妈妈不是不食人间烟火的仙人，她也有凡人的七情六欲，她的内心深处是那么孤独寂寞。告诉你吧，我、你爸和你妈是中学同学，成年时的好友，我一直悄悄地爱着她。可是她选择了你爸爸，我成了他们永久的好朋友。如果不是你爸爸出了事，我们永远只是朋友……

"孩子，我不想表白什么，"门外传来妈妈柔和的声音，"我很高兴看到你成了一个健康、秀气、坚强、聪明的大姑娘。暑假后你将上你所向往的海洋大学，去奔你的前程了。这三年来，你陆伯伯对我们母女默默地关照着。他是个好人。直到前几天，有关单位再次寻找你爸没有下落，并推断他早已落水身亡，你陆伯伯才向我表示：愿和我结为伴侣……孩子，人生短暂，中年之后最怕孤寂。你陆伯伯十年前就离异了，所以……今晚你知道了，我也不必瞒你：妈妈打算下半辈子和你陆伯伯共同生活。很抱歉，我们不该在你得到父亲失踪消息不久，就让你承受又一次感情上的波折——我们不是有意的！"

我平静下来，隔着卧室门告诉他们：我想通了，大人的事我不干涉，现在，我只想静静地休息。

听到我这么说，陆伯伯大声松了口气，走了。他的脚步声在楼梯上显得很沉重。

妈妈的卧室传来的忧郁的二胡曲告诉我：她又将久久失眠。

我坐到写字台前，含泪给妈妈写了封信。

亲爱的妈妈：

短短的两天里，我经历了有生以来最悲伤、最不理解的事。我为爸爸的失踪悲伤，我为您这么快忘掉爸爸而难以理解。当然，对我来说，知道爸爸失踪的消息才两天；对您来说，得到这个消息已整整三年。也许我太年轻，对事情的认识过于简单、幼稚，所以妈妈，尽管走您自己想走的路吧，女儿无权干涉。陆伯伯是个好人，虽然现在我有点恨他，但是我还认为他是好人。

妈妈，您仔细看过爸爸的笔记吗？难道您看不出其中有许多问号吗？那片海域有许多珊瑚礁很快塌陷了，为什么？那片海域可以见到罕见的太阳绿光，比起别的海域环境格外清新，是否有谁对这片海域很青睐？

一向工作严谨、踏实慎重的爸爸梦幻般地见到"绿人"向他召唤，难道仅仅是梦幻？

妈妈，您一定又要说我想入非非、牵强附会了。唉，有什么办法能向您讲明我的想法、我的感情、我的直觉和思考呢？

我想外出旅游散散心，和一位与我差不多大的女孩同行，暑假结束前我就回家。妈妈，我取走了这几年您、爷爷、奶奶给我的压岁钱和零花钱，还有爸爸的笔记本——请转告陆伯伯，我回家后就把爸爸的这个笔记本交还给他。

请别为我担心！我已是十七岁的大女孩了。

请别问我去哪儿，这是我十七年来第一次恳求您给我独自旅行的自由。

放心吧妈妈，我不会有事的。您多保重，妈妈！

爱您的女儿澎澎

写完信，我收拾出一个小包，除日用品外，还带上了我的袖珍摄像机、照相机和爸爸那本淡蓝色的笔记本。

忧郁的二胡曲不紧不慢地从妈妈的卧室传来，我既难受又兴奋，和衣躺在床上迷迷糊糊做起梦来……

那是三四岁的我，骑在爸爸的脖颈上去观赏一年一度的糖球会，妈妈挽着爸爸的胳膊，我的手上举着枣红色的亮晶晶的糖球，十分得意地看着熙熙攘攘的人群，看着一簇簇插在草编柱形架子上的一串串糖葫芦。我笑呀，唱呀，两条胖墩墩的小腿不由自主地随着"糖葫芦儿甜，糖葫芦儿脆，糖葫芦儿酸溜溜……"的歌谣踢蹬着。

突然，我觉得不对劲儿，身子直往下沉，低头一看，爸爸没了；再找妈妈，妈妈也无影无踪不知去向。一瞬间，人海变成了茫茫大海。

我吓得叫不出、哭不得。幸运的是，我扑通落水时，海面上跃出了一头可爱的海豚，把我接住了。我稳稳当当地骑在了它的脊背上。我转忧为喜，跟随小海豚乘风破浪，在蓝湛湛的水面上戏耍。

正玩得高兴，谁知好景不长，一头张牙舞爪的牛头海兽朝我和海豚扑来。"爸——"我失声喊叫。爸爸及时乘一艘小艇赶到，很神气地举起激光枪，"刺、刺、刺"，几道耀眼神光直朝海兽刺去，海兽立即沉入海底。

"爸爸！"我兴高采烈地向爸爸伸出两臂，可是爸爸和他漂亮的小艇在烟波浩渺中消逝了。我痛哭流涕，从海豚背上翻落下来……

一身冷汗浸透我的胸背——噢！原来是一场噩梦。

我从床上跳起，走向窗前：月朗星稀，树影婆娑。我的心渐渐平静下来，再回头看看墙上挂着的贝雕画：洁白如玉的双帆，翩翩相随的海鸥，波光粼粼的浪涛，似乎在召唤我。

我跟随阿莱娜万里迢迢入海寻父，是凶？是吉？今夜为什么显得如此漫长？我实在等得焦心，便拧开床头小灯，信手捏起一枚硬币，高高举起，向地上抛去……

扔了三次，两次正面朝上，正合我的心意。我自己安慰自己：此行必定成功，爸爸准能找到！

记得妈妈曾说过：良好的心理暗示，有利于办事顺达。她可能早忘了这句话，可我牢牢记住了。乐观、勇敢、坚定、向前——我对自己这样说：光明在前！扔硬币固然是迷信，但我把它当成一种良性心理暗示了。我安心了，一觉睡到天亮。

妈妈上班之前还为我热好了牛奶、煎好了鸡蛋。我心里酸酸的，突然觉得对不起妈妈。我走后，她不知该多么焦虑、伤心！

我急匆匆地吃了早饭，又给爷爷奶奶去了个电话，告诉他们我要外出旅游。没想到老人豁达地说："孩子，你是应该出去散散心！"

此后整整一个白天，我在忐忑不安的期盼中度过。我努力去看一些有关大海、海底、海洋生物方面的书，不过只是走马观花、囫囵吞枣。急用先学嘛。

天还没完全暗，趁妈妈下班还没回家，我就背着我的小行囊向金沙湾走去。一路上我尽情欣赏着人间风情，吃了些羊肉串，又喝矿泉水、嚼巧克力、看霓虹灯，甚至驻足观赏民间艺人捏小面人儿，在一个街心花园听人吹小号、拉二胡……说真的，要到海底去了，天有不测风云，谁能保证事情一帆风顺呢？现在多吃点、多看点、多听点，没错。我心中升起一种颇为"悲壮"的感觉，磨磨蹭蹭地走到了金沙湾——正好，差十分钟，就是阿莱娜和我相约的时间。

今晚的月儿十分明亮，潮水猛涨。远处稀稀落落有人在散步。但毕竟离市内远了些，没有了夜市的喧哗，没有了灯火的辉煌，显得有几分凄凉。阿莱娜还没到，我站在黑黑的礁石上一分一秒地数着、盼着，眼看腕上的手表九点已到，她怎么还不来呢？我有点失望，有点沮丧。

"嘿——我在这儿！"

水面浮起一只硕大的海龟，绿莹莹的大眼有如两盏圆圆的小绿灯，令我惊喜不已。阿莱娜从它身旁的波涛中冒出。她那似乎永不会沾湿的绿色披肩长发，在海风中飘扬飞舞，美妙无比。

"喂，下来呀，澎澎！"她催促我。

"可是，可是——你说的液氢小游艇呢？我可没你那游泳、潜水的天赋啊！"

她咯咯笑了，一撺"大海龟"脑门上的暗键，"龟"背便敞开一扇门洞——原来，这就是她的宝贝游艇！我被逗笑了，蹦下礁石，爬上"龟"背，钻进舱洞，阿莱娜这才跟着我轻盈地一跃而入。她腰肢柔软如泥，真叫我羡慕。

呵，舱室内灯火辉煌，令我惊异万分：这小小的游艇，居然如此豪华。

驾驶座前的仪表光洁简明，用箭头表示着升降、前后、左右，还有我看不懂的介于象形和形声之间的曲曲扭扭的蝌蚪形的文字。灯光不是从一只只灯泡闪出，而是由舱壁柔和地辐射出来。淡绿的光芒很宁静。座位两短一长，是高级皮制的，柔软又舒适。

"喏，给。"阿莱娜塞给我一团灰色的东西。我展开一瞧，原来是一件人工海豚服：外面是经过处理的富有弹性的海兽皮，里边夹层有无数类似血脉的小细管儿，另外还有一个可与海豚服分离的头套。

这是阿莱娜送给我的礼物。穿上它，海豚服内的控制系统全由头套微电脑芯片感应指挥，可以随时从海水里分解出氢和氧，利用液氢转化为动力，氧气正是我呼吸所需要的。

"怎么样，澎澎？如果你后悔，现在还来得及哦，你随时可以回家！"阿莱娜严肃且认真地问，"一旦你下定决心去我们那个海底王国，就比较难回家了。即使找到你父亲，也得费很大周折才能返回家园。"她从驾驶座上回转过身来盯着我的眼睛。

我也睁大眼盯着她，极其认真地答："难道我在开玩笑吗？不！如果我爸爸能在那里生活，我想，他的女儿也一定能。只要找到父亲，就如我们中国人的一句老话那样，'赴汤蹈火，在所不惜！'更何况，还有你这样热心的好朋友帮我呢。"

阿莱娜不再说什么，用她绿色的指尖按了一下驾驶台上的蓝键。她驾驶小艇时判若两人，既专注又沉静。从反光镜中我隐隐看到：这艘看似笨拙的海龟形游艇，在大海中却出奇地灵便。它头部伸直，四肢舒展，俨然是一只勇往直前的"大海龟"。

再通过圆圆的小窗向外眺望：海滨的灯火渐渐远去，林立的高楼变成儿童玩具似的模型。接着，海面上船只越来越稀少，月色朦胧中的大海宁静温馨，浪花哗哗地从游艇两侧飞速滑过。

我庆幸自己所作的决定，对着茫茫夜海凝神遐思：碧泱国究竟在哪里？是谁在大洋深处建立了那个水下王国？为什么陆地上以至高无上智慧生灵自居的人类，至今没有发现这个神秘的水下世界？我的爸爸在那里吗？

不知过了多久，大约已是午夜吧，小艇速度明显减慢。"喂，澎澎，要下潜啦。要不要见识见识水下的情景？"阿莱娜自启航以来，第一次跟我讲话。

"好，见识见识！"

我以为下潜一定很好玩儿，漫不经心地回答着。灯刚灭时，舷窗外银色的月光便倾泻进来，星星也显得更加明亮。深蓝的夜空像蒙上了一张银白色的纱网，令人神往。随着小艇的下沉，月亮和星星渐渐模糊了，咕咚咕咚的水声，使我觉得大海这个无边的大怪兽像在吞食我们乘坐的"大海龟"。

我的心也跟着下沉、下沉。慢慢地，模糊的月色完全消失，四周漆黑一片，伸手不见五指。天哪！我们坠进了可怕的无底深渊。我恐怖地想大声尖叫，却下意识地立刻用牙咬住舌尖——我怕阿莱娜笑我软弱。

无声无息，黑咕隆咚。难道就是在这样黝黑的地方有个所谓的碧泱国吗？即便有，也绝不会像陆上那么有生气。爸爸怎么可能在如此恶劣的环境下生存至今？也许还是妈妈说得对，我真的太任性、太犟。……我有点儿后悔了，恐惧伴随可怕的黑暗攫住了我的心，由于恐惧，我的心收缩得阵阵疼痛。

"怕吗？"传来阿莱娜由胸腔发出的声音。我骤然觉得她是那么陌生。我并不十分了解她啊——她会不会是水下异类来骗我的？

"不怕！"我硬着头皮从嗓子眼勉强挤出这两个字眼儿，泪水却不争气地哗哗地落了下来。

"嘻——你撒谎！"她笑了，"要知道，我们绿人的眼睛在黑暗中也能看清东西。你流泪了，对吗？"

我向她看去，在乌黑的空间，两团莹莹绿光从她眼睛的位置闪来，就像猫头鹰的眼睛在夜间觅食。我不寒而栗。显然，这绿人姑娘在驾驶座前返身凝视我，她在窥探我的心。我的心跳到嗓子眼了，可我硬着头皮还是说："不，没流泪，我有沙眼。"

爸爸，爸爸，您在哪儿？我该怎么办？在这该死的不上不下、漆黑一片的水下，她会伤害我吗？

就在我战战兢兢、胡思乱想的当儿，她的一只手，紧紧握住了我的手。凉丝丝、滑溜溜的……

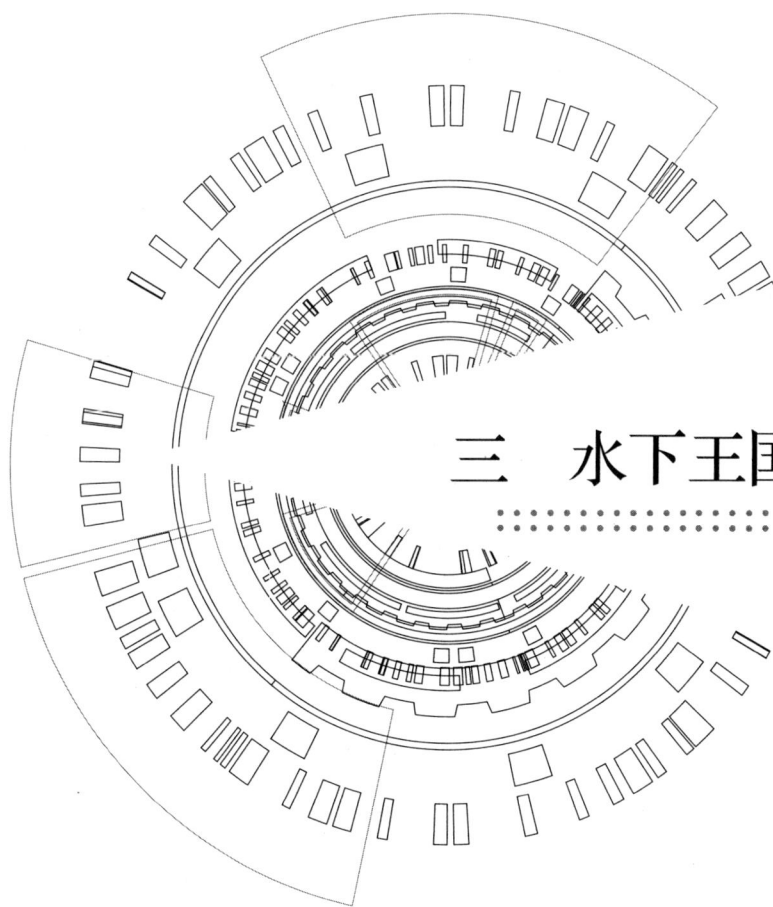

# 三　水下王国

"勇敢些，澎澎，黑暗不算什么，在寻找你父亲的道路上还会有许多坎坷，只有挺起胸膛勇敢前进的人，才会到达目的地！知道吗，这番话是我的老师对我说的，因为我以后的路比你更漫长！"

她手上的握力，她言词的诚挚，使我沉静下来。世间万事万物皆有异同，异类又有何妨？我还要进入一个未知的异类世界，胆怯是万万要不得的。我悄悄抹去眼泪，挺起胸膛。

舷窗外的波涛完全静止了，一片隐隐约约、星星点点的蓝光映入我的眼帘，好似星星落到了沉寂的海底。小艇继续往下沉，我终于看清：啊！是一盏盏漂亮的蓝灯，没有电线连接，没有灯杆挑住，轻轻摇曳在海水中。一些海底鱼儿如鮟鱇鱼，正竖起当诱饵用的"小竿儿"，亮起竿端的小"灯"，和这些圆形的、葫芦形的、塔形的蓝灯争奇斗艳。

"那是磷光灯，是由海洋生物身上的磷光做能源制成的。"

"磷光灯？收集海洋生物身上的磷光菌制成的灯？真不可思议。"我喃喃自语。

"我们早这么做了。还有更好看的呢！三年前我们从陆地请来的几位教授，教我们把磷光菌收集到变色罩里，碧泱国才变得五彩缤纷！"阿莱娜说，"我暗自思忖，这几位教授中，也许有一位是你的父亲，所以，我把你带来了。你看，下边，就是我们碧泱国。"

我起身俯瞰窗外，简直不敢相信自己的眼睛：海底一座座小山丘上，矗立着一幢幢螺形的、拱形的、贝形的、金字塔形的银白色、浅蓝色、粉红色的小楼，赤、橙、黄、绿、青、蓝、紫各色磷光菌灯，把人工铺垫的贝壳道路以及各种美妙无比、用珊瑚骨建成的建筑照得五光十色。我顿时觉得自己不是在水下而是在天空，不，应该说仿佛在天堂……

海鱼形游艇像是直升机在往下降。我还看到：有许许多多小游艇穿梭在灰蓝色的海水中。它们奇形怪状：有的像鲨鱼，有的如海豹，还有的像海豚、螃蟹。

"好聪明的碧泱国绿人，他们充分运用了仿生学原理，让这些小游艇在水下像海洋生物一样游动自如。"这回我没出声，只在心中悄悄嘀咕着、分析着。我还在想：在这种环境中，自己必须胆大心细，多动脑筋，只有这样才能找到爸爸。

阿莱娜告诉我，别看这儿灯光灿烂，车流如织，其实现在仍是拂晓前的后半夜。那些"车"是上完夜班回家的鱼人开的。对大部分公民来说，现在正是甜睡的最佳时间。所以，到达她家时，务必小心谨慎，不要发出响声，以免惊动别人。

海龟形游艇终于降落到一处僻静幽暗的海底山包上。山包上晃悠悠的橙色小灯，很像我家居民小区里的路灯，给我带来几分亲切、几分沉静、几分安全感。

我们的游艇前面，是一幢圆柱、拱顶、红珊瑚骨砌成的古色古香的城堡式的小楼。阿莱娜隔着小艇前窗，在朱红色大门前，竖起食指，对着门上电脑荧屏晃了几下，大门就向上启开了。游艇进门后，涌进的海水很快随着闭门声轻轻排出。这里是排水过道。

第二道门开启，才是真正的楼梯、走廊、房间。洁白的鱼骨楼梯、珍珠门帘，经过加工的海底绿石、磷钙石砌成的墙壁，显得典雅高贵。

阿莱娜把我领进二楼她的房间时，我这才好奇地想起：她的尾状下肢，是怎样走上楼梯、迈进房间的呢？回头一望，不知什么时候，她竟站在我的身后，不解地看着我惊愕的眼睛。我不好意思地把目光滑向她的"两腿"：与她的细长身段相比，那腿虽显短了些，却能够行走自如。

她笑了："呀，澎澎，你别大惊小怪！我套上了一对假肢，就和你以后必须套上海豚服一样，都是为了适应各种不同空间的生存环境啊！好了，咱俩是先睡一会儿，还是先吃点儿什么？"

我想了想："我不饿，也不累。阿莱娜，请你帮帮我，先拟订一个寻找我爸爸的方案，行吗？"

"这方面我可不行。这样吧，我去找我哥哥阿格壮，他见多识广。不过嘛……"她狡黠地冲我眨眨眼，开玩笑地说，"他可是碧泱国姑娘们追逐的白马王子哦，你那么秀气，要是让他喜欢上你，那麻烦就大了！"

"去你的，别瞎扯！"我不以为然，"找我爸爸的事最要紧，哪有心思找白马王子？"我撺她去找阿格壮。

阿格壮是什么模样？像阿莱娜一样善良吗？我正想着，只见一个睡眼迷蒙的年轻人被顽皮淘气的阿莱娜推了进来，他嘴里叽里咕噜说着似乎无可奈何的埋怨的话。见到我，他突然怔住了。他待了一阵，甩甩头，揉揉眼，接着，眼中便射出奇异的绿色、橙色交错的光。

我也怔住了：他真的很帅！高大矫健，很圆很深的大眼睛明亮如炬。肤色不像他妹妹那么绿，是那种近似墨绿但很光洁的海底玉色，满头的绿色鬈发又密又浓。他的假肢和我们陆上小伙子的真腿难分真伪，发达的胸肌和臂上结实的腱肉说明：他健康、有朝气。难怪阿莱娜说他是这水下王国女孩们追逐的白马王子。

不知为什么，阿格壮突然紧紧锁住双眉，回身冲他妹妹低声斥责。阿莱娜先是辩解，后是压着火气与他争吵。他们从胸腔发出的语声又闷又低沉，还咕咕哝哝的，我压根儿听不懂，但能明白他俩在为我发生"口战"。

被妹妹激怒了的阿格壮虽没有大吼大叫，只是眼中射出可怕的紫色火焰，咄咄逼人。只见阿莱娜大颗蓝色的泪珠儿滚落下来，她的哥哥仍旧毫不怜惜地朝我匆匆投来怒气未消的一瞥，又冲他妹妹毫不留情地瞪了一眼，打开房门大步流星地走了。……

阿莱娜返身紧紧搂住我，冤屈地痛哭流涕。我知道，她哥哥责难她了。我觉得事情开头就很不顺。

我对阿格壮的初次好印象顿时化为泡影。哼，原来这一个面善、心冷的鱼人小伙子，跟他的妹妹完全不同，他毫无恻隐之心！身为水下高级智慧生灵，他真不怎么样。瞧着吧，不用他费心，我在阿莱娜的帮助下照样可以找到爸爸。只是——阿格壮不至于出卖他妹妹的朋友吧？想到这儿，我的心发慌了：呀，千万千万别在没找到爸爸前，就被抓走，变成白痴。

"阿莱娜，你哥哥会不会出卖我？"

"他敢？他知道那样做会在碧泱国失去他唯一的亲人。"她抹着泪水，"只是我估计错了，原以为他能帮助咱们。可是他说我在盲目冒险，弄不好害了自己、毁了你，还破坏了我们兄妹寻找在外星球的父母的计划，甚至会影响他们参加碧泱国的一次特别行动。"

"你后悔了？"

"是的。对不起，澎澎，我送你回家吧！我太莽撞，我怕让你失望，不但让你找不到父亲，还可能丧失智力和记忆！"她可怜巴巴地看着我。

这时我反而倔强起来：一是，这个水下王国的神秘吸引着我，我要好好儿见识见识这海底王国的"庐山真面目"。我凭直觉感到，身为海洋学家的父亲很可能是被这里的绿人召来为他们服务了。二是，既然这些海底绿人有智慧在水下建起一个国度，他们一定也有情感。我要和他们斗智、斗勇，同时用我寻找父亲的真情感动他们。更何况，既然有像阿莱娜这样善良的少女，一定还会有其他好心肠的海底人！我一定能够找到父亲。于是我告诉阿莱娜，我不回去，也不连累她，只求她先帮我找个地方安顿下来。

她感动了，终于很义气地说，是她把我带到了碧泱国，就要竭尽全力帮助我。她还说，这样也好，她帮助我寻找父亲，也是对自己的锻炼与考验，以便在"特别行动"中找到她的父母。

"那么，我们抓紧时间睡一觉，天亮再想办法。"

她轻按墙上的键钮，一张舒适的海兽皮单人床便弹了出来。她让我睡在床上，自己蜷曲在沙发上呼呼睡着了。真的，她实在比我还累、还操心。虽然看上去，她比我年龄还小一些呢。

一觉醒来，就嗅到香喷喷的鱼子饼味儿。阿莱娜笑吟吟地给我端来了早餐。经过加工的鲸鱼奶和新鲜碧绿的腌海藻，令我馋涎欲滴。我顾不得客气，很不文雅地坐在床上就把所有的美味吃了个精光。真好吃，我连盘子都舔得光光的。

"告诉你个好消息，今天下午庆典宫举行碧泱国建国20周年大庆。庆典上，国王格瓦鲁要为有功人士颁奖，其中包括陆地来的专家。我刚才看到通知，就去找我的老师要来了两张票。下午咱俩就去庆典宫看看领奖人员中有没有你爸爸。澎澎，这可是难得的好机会哟。"

"真的？"我欣喜得一个鲤鱼打挺，从床上蹦了起来。

"嘘——"她用纤纤食指堵在嘴唇上，"这幢小楼上还有哥哥和另外两家人呢，谁知道他们在不在家。现在，我们先来乔装打扮一下。你套上我的鱼皮服，戴上我演戏用的绿发套，还有绿色的隐形眼镜。万一出了什么意外，如果你被发现是陆地少女，你就装傻……懂吗？就是装疯卖傻。你知道的，凡是未邀而至的陆地人来到碧泱国，都会被注射一种脑神经麻醉剂，他在碧泱国将成为白痴，即便个别人有幸回到陆地智力渐渐恢复，对碧泱国的记忆也将永远消失……"

"变成白痴？这样很不人道！"我愤愤地说。

"我不知道。但这是保护碧泱国的一种办法。"

"那么，阿莱娜，你为什么要帮我？你不担心我对碧泱国有危害吗？"

"因为我尝够了想念父母的苦楚。我知道，你不会恩将仇报来害我的。如果真那样，你会受到惩罚的！但是你不会，我凭直觉感到，你和我同样善良！我们女孩子总爱相信直觉，对吧？"

我紧紧地和她拥抱，彼此忘记了对方是"异类"。

下午，经过乔装打扮的我，俨然是一位海底的绿色鱼人姑娘了。我随阿莱娜乘坐她的海龟游艇去庆典宫参加庆祝大会。

嗬，我真开了眼界：在这水深约1000米的海底，太阳朦朦胧胧像个玫瑰红的大气球在头顶晃晃悠悠；四处张灯结彩，五彩缤纷的磷光灯下系着写满弯弯曲曲蝌蚪形、蚯蚓形文字的彩绸。除了各式仿生艇，还有训练有素的海豚驮着嘻嘻哈哈的鱼人男孩、女孩在水中追逐嬉戏。

更令我惊讶的是：在熙熙攘攘的人群中除了绿色的鱼人，还有许多头大眼圆，四臂四足，会变肤色的东跑西窜的章鱼人；上身如马，面长如人，下身呈弯钩形，直上直下浮浮沉沉的海马人；背部有绿纹，头小眼鼓，四肢带蹼的蹦蹦跶跶的蛙人。无论是高傲的鱼人，还是有点呆板的海马人，以及聪明的蛙人、灵活的章鱼人，全都在兴高采烈地游呀，唱呀，声音有的低沉，有的高亢，有的如哨音，有的像鸟鸣。看得出：他们等级严格，绿色鱼人趾高气扬，其余的水下公民都对他们毕恭毕敬。

看来我们到了闹市区。这里水道宽阔，两边小楼鳞次栉比，店面辉煌。由海蛇皮、鱼皮、海藻纤维制成的各式时装挂满服装店；海鸟蛋、海兽乳制品、煎虾饼、蛤类贝类海藻制品等，从饭馆中飘出诱人的香味儿。"车"来人往，熙熙攘攘，好一派海底闹市风光！

到了高科技区，我更显得笨头笨脑。

"阿莱娜，那高塔是什么？"

"温差发电塔——磷光灯仅可用来照明，但碧泱国需要电力开矿、通信、看影视、做美食，所以我们充分利用上层水暖、下层水冷的温差来发电。"

"啊，那幢伸出无数细管的蓝楼呢？"

"海水淡化厂。它把淡水送到各家各户。"

"那用网拦住的山丘上，有一架架帽形的金属物是什么？"

"不知道，那儿只有专家才可以进去。澎澎，你的问号真多，有点唠叨呢。"

海龟形小游艇飞快地游过高科技区，前方有一座银光闪耀水晶宫似的巨大拱形建筑物，令人瞩目地展现着特有的宏伟气势。透过小艇圆窗，我见到很多条幅挂在门前。除蝌蚪形文字的大条幅外，另外两侧小条幅分明用我完全能看懂的英文和汉文写着："热烈庆祝碧㳀国建国20周年大典"。我不免好奇，忍不住又问阿莱娜，难道碧㳀国公民也写英文、汉文？她摇摇头说，只有少数人跟语言学家学习过英文、汉文。她和哥哥阿格壮是其中之一，为的是引进陆地文明。

"好了，澎澎，等你进入我们的庆典宫，就不要再说话了，你的发音和语言会惹麻烦的。"

是的，是的，我切不可忘乎所以，我必须睁大眼找我爸爸，这是我唯一的任务和目的！

直到游艇开入庆典宫的排水过道，我才发现，这幢水晶宫般的建筑，是由一个水下山洞改建成的。过道是环形的，早已停满了各色豪华游艇，就像咱们陆地常见的有许多轿车停在某个会堂门前的停车场一样。

我突然担心自己的两腿和鱼人的尾鳍不一样，是否会被识别出来，是否会被抓捕。

幸好，进入宫厅之前，各种鱼人都已经郑重地套好了假肢，正衣冠楚楚地依序入厅。于是我毫无阻挡地和阿莱娜挽臂迈入圆形的水下宫殿。

一股浓郁的香气弥漫在空间，很好闻，啊！那准是由抹香鲸胃中吐出的一种结石加工而成的"龙涎香"散发出的香气。本来心情紧张的我，在这种怡人的香气中渐渐安宁、平静下来，心情也舒畅了。

再仰首望去，拱形的圆厅顶端，开着硕大的透明天窗，绿幽幽的海水夹着海菊花、水草，小鱼、小蟹在上面游动。四壁悬挂的彩灯，像陆地都市的霓虹灯似的在不停变化着色彩。

和我平时在学校和剧院看惯的主席台以及台下一排排座位极不相同的是，他们把台子设在圆形大厅的中央，四周一圈圈珊瑚骨座椅层层围绕主席台。鱼人们陆陆续续把大厅塞满了，音乐旋律的节奏也渐渐变快。我无暇再顾及四周的情景，只把两眼使劲儿盯在主席台上，因为阿莱娜悄声说，国王快到了，他将发表演说，然后为专家们颁奖。

一阵奇特的欢呼声骤然扬起，随着鱼人们绿色的目光的转移，我看到大厅正门外，在众鱼人的簇拥下，走进一个威严高大、留着绿色山羊胡、双目炯炯的男士和一个娇小美丽、面目和善的女士。男士头上金碧辉煌的王冠告诉我，他就是碧泱国国王，那披绿纱的，一定是王后。

"格瓦鲁！格瓦鲁！格瓦鲁！"

鱼人们拍着巴掌欢呼，蛇皮鼓、海螺号随欢呼声敲击、吹奏。格瓦鲁稳步迈上主席台。他取下王冠由王后捧着，稀疏的绿头发露出了光亮的头顶。看得出，他们的国王很操劳。这时，人们终于肃静下来。

格瓦鲁国王用胸腔发出的洪亮声音开始演讲。我正担心听不懂他的话时，台上右侧的壁挂荧屏，映出了英文、汉文演讲词：

"我亲爱的碧泱国公民们！尊敬的嘉宾们！碧泱国成立整整20年了，20年的成就告诉我们，我们迢迢亿万里从遥远的家乡迁徙到这里来，用我们的智慧和勤奋建立起这样一个新家园，是值得的！我们的大政方针是完全正确的！我们前程似锦——碧泱国只是一个未来的蓝图，我们将会开创一个更辽阔、更美丽的新世界！"

又是一阵热烈欢呼的浪潮。国王在列举了碧泱国的一系列成就后说：

"还是在我很小的时候，我亲爱的父亲——你们的老国王曾对我说：'这儿的水不绿了，水草不香了，瘟疫随时会漫延。去吧，孩子，去寻找一片洁净的碧水。只有找到夕阳沉落时会放出绿色光芒的地方，才能找到我们洁净的生命之水——那才是我们新的栖息地！'现在我要告慰我的父亲，我，格瓦鲁，终于找到了这个崭新的栖息之地。而且，我将率领我的公民们，为了到达那里，进行一次特别行动。我们一定会成功，我们的目的一定会达到！"

鱼人们有的欢呼，有的流泪。我内心在悄悄地把这位国王的话，和爸爸的工作笔记中的记载一一作对照：绿太阳、洁净的空气和水质……看来，爸爸所记录的W海域下面，正是碧泱国的所在地。再加上爸爸所描述的绿人，嗯，这里肯定有文章。我最初的猜测和联想没错！爸爸很可能就在碧泱国。

国王又滔滔不绝地列举了碧泱国取得的成就，然后，他很郑重地说："在举国欢庆的时刻，我们不能忘记这颗蓝色星球陆地上的专家们对碧泱国所做的贡献。例如陆上的英国海洋学家，教会了我们收集海洋生物身上的嗜盐菌，提取磷光制成照明灯，还发明了变色灯罩，才使我们黝黑的水底变得光辉多彩而又不会污染环境。他还提出，用海洋生物治理水路的障碍。引来并大量繁殖了撞击鱼，从而使大量的珊瑚礁可以自然倒塌清理，而不需动用任何爆炸物，让我们的城市由此可以没有阻碍地建设起来。

还有陆地上的一位中国科学家，他帮我们建起了温差发电站，与此同时，他还配合我们研制出海水淡化的化学配方，为我们节省了大量资金，而且不必再去耗时费力地用蒸馏法淡化海水。现在，我以碧泱国国家的名义，向他们两位颁发一级海底玉石勋章！"

鼓乐齐鸣，掌声雷动。一位金发碧眼的老人，神情郁悒地走上台来。当国王把一枚系着蓝丝带的又大又亮的玉石勋章套到他的脖颈上时，他并不欣喜，只是礼貌地点了点头。然后，他颤悠悠地用深陷的蓝眼，仰望大厅天窗外灰蓝的海水和自由自在游动的小鱼，用英语说：

"鱼人朋友们，我们拥有同一颗星球。我们人类生活在陆地，你们鱼人生活在海底，理应相互帮助，共同生存发展。所以，我从50岁一直为你们工作到70岁。但是，至今我仍弄不明白，碧泱国为什么如此封闭？为什么不与陆地文明直接交流？你们聪慧勤奋，许多方面远远超过陆地文明，你们完全不必……"

"对不起，先生，您讲得够多了，请回！"国王礼貌而威严。一个虎背熊腰、长绿色络腮胡的鱼人大汉，毫不迟疑地"搀扶"着老人离去。

我的心中一阵愤懑。可是我没忘我的身份和任务，强忍住想呐喊的冲动。

接着走上台的中年人，宽阔的肩膀、沉稳的步伐，可惜我只顾着看那个老人，只看到他已经返身面对国王的背影，这让我十分失望。

国王为他套上亮闪闪的海底玉石勋章。他转过身来。突然，我感到这是一张熟悉的脸庞：粗黑的眉、又高又突的额头、撅着的礁石般的下巴。但是，不对，浓密的黑发怎么稀疏、花白了？热忱的、含笑的目光怎么冷峻了？而且，那对颧骨没这么高啊！

"我想说的是，罗伯特博士的演说很合我的心意。我祝贺碧泱国取得的成就。但是……"

教授的话刚开头，国王就毫不犹豫地打断了他："我明白您的要求，教授！等我们的特别行动完成之后，我也许会还你们自由！"国王的大圆眼中，闪出两道难以捉摸的绿焰。这时，我看到教授做了一个我所熟悉的动作——他双臂一张，头一昂，两眼朝上，不屑一顾地望着虚空，微微耸了耸双肩。

不知怎么的，台下哄笑起来，哈哈哈哈，咯咯咯咯，嘻嘻嘻嘻。原来，鱼人们也懂幽默。国王有点儿尴尬，但他还是做出宽容的样子，示意刚才那个绿络腮胡大汉，把教授"请走"。

啊，爸爸！那准是我的爸爸！他和朋友们辩论，和妈妈偶尔争吵，对他的上司有什么不同见解，甚至对我向他耍赖、撒娇时，总是运用这种不屑一顾、无可奈何的动作和表情，这是我再熟悉不过的动作和表情。他的幽默感总能"化险为夷"而又不失身份。对,是他,准是他!

我悲喜交加,不由自主地喃喃呼唤起来:"爸爸!我亲爱的爸爸……"

我猛地起立,想冲上台去抱住他,并要大声告诉鱼人们:"他是我的爸爸,你们放了他!"我伸出了双手、张大了嘴……一只绿色的、滑腻腻的大手从后边捂住了我的嘴,另一只大手强行把我按回座位。阿莱娜的臂膀也及时套住了我的腰。

我能感觉到,后面伸来的那一双手在微微发抖。我哭不得叫不得,眼睁睁看着爸爸被绿络腮胡大汉"带走"了。我急得直跺脚,可脚又被死死踩住了。再看周围,鱼人们正在为台上刚刚开始表演的舞蹈而翘首凝视,全然没有注意到我。

"你不要命啦?带彭教授下台的是碧泱国有名的警长巴尔特。你的喊叫会毁了你父亲和你自己!"

阿莱娜小声在我耳边说:"只要你认准了他就是你爸爸,往后的事就有希望啦!"

我慢慢安静下来,意识到自己的确太鲁莽。堵我嘴的大手松开了,我的脚也自由了。

我回首朝身后看去,只见两束怒气未消的绿光直逼我的双眼,像要把我穿透了似的。啊,原来……他竟是阿格壮,那位满头绿鬈发的英俊鱼人少年!

他示意阿莱娜领着我随他离开这座热闹非凡的水晶宫。我们钻进了海龟形小游艇。一路上,他用碧泱国的语言斥责阿莱娜,阿莱娜很知趣地默默开着自己的游艇,也不理睬我。

我自知理亏。思念爸爸的委屈和受责备的羞愧,使我不由得抽咽着哭泣不已。

眼泪没有打动他俩,他们仍不理睬我。我不知小艇要往哪儿开,他们要送我到哪儿去。回陆地?不!没找回爸爸,我决不甘心!

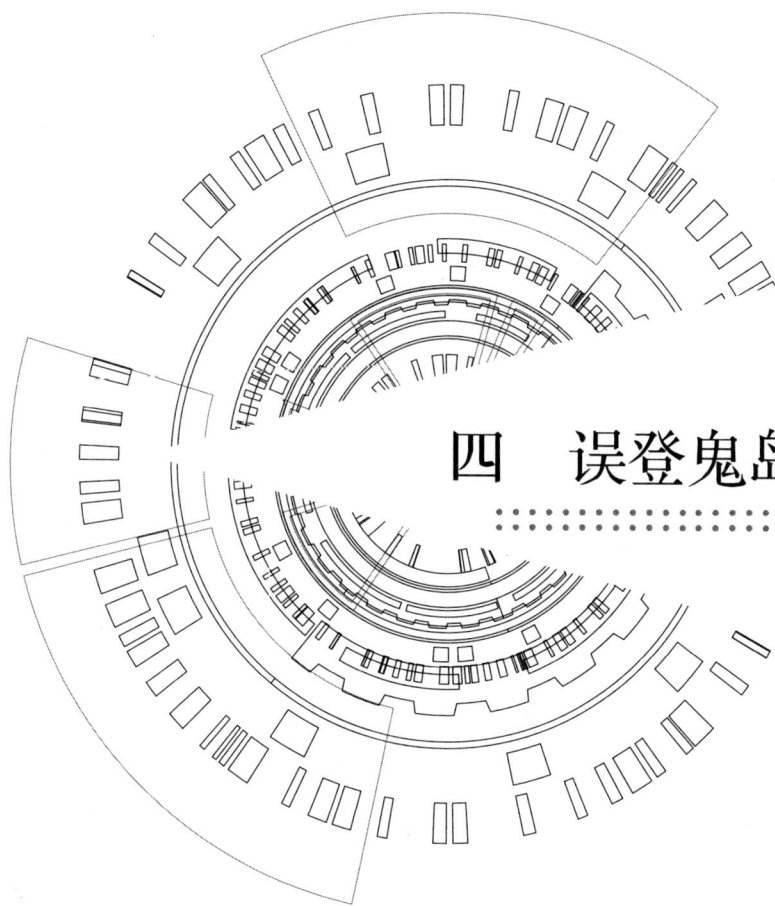

# 四　误登鬼岛

正当我思忖着如何说服阿莱娜、阿格壮不要"撵"我回陆地时，水中传来阵阵紧迫的铃声。反光镜中映出我们的小游艇后边，追来了两艘黑乎乎的虎鲸形的警艇。艇前的红灯有节奏地一闪一闪，似乎在发出警告。

"你给我们惹麻烦了，尊贵的小姐。"阿格壮冷冷地用汉语说，"我一整夜都在担心妹妹带来的客人会惹是生非，所以今天一早就盯着你俩。"

"哥，求求你快想想办法吧！澎澎，警艇追来了，咱们得听我哥的。"阿莱娜话音中带着哭腔。

我惶惶不安地看着火气十足的阿格壮。他却闭上眼，好像不想看到我那副可怜巴巴的样子，但还是很冷静地对我说：

"现在，只好委屈你装疯卖傻——不论警探问什么，你都装聋作哑。阿莱娜，你做好准备，陪你的这位冒失朋友到拘留所待一阵儿。你务必装成一个贪玩、好奇的捣蛋鬼，谎称你的朋友只是一个痴呆人，尽量和他们周旋，争取时间，让我设法搭救你俩。"

"谢谢你，不，求你了，帮帮我，阿格壮……"我颤声说。

"不必！我是为了阿莱娜，她太让人操心了，谁叫我摊上了这样的妹妹呢？"

铃声越来越紧，越来越近，我们被迫停下。

警艇里跳出两个穿紧身黑鱼皮制服的章鱼人警察。他们几乎没有腰肢，直接从圆滚滚的胸前伸出八条柔韧有力的"腕手"和"腕足"，淡紫色的大脸上鼓出一对圆溜溜的褐色大眼睛。他们在游艇的前窗亮出了一块金属小牌。

阿莱娜顺从地打开小艇的顶门。章鱼人警察跃入排水舱，待水排尽，才正式进入我们的小游艇。他们叽里咕噜地向阿莱娜询问。阿莱娜一会儿咯咯笑，一会儿淘气地做鬼脸。章鱼人警察只好不耐烦地转身去"查询"阿格壮。他一本正经地咕咕噜噜，似乎在责备妹妹，又对我无奈地直摇头。

警察开始向我提问了。起初，我真的因为听不懂他们的话而愣愣地张口结舌；后来，又被他们那副尊容吓得瑟瑟发抖。突然，其中一位警察用英语狡黠地问："喂，小姐，刚才在庆典宫，有人听到你喃喃地叫爸爸，是吗？你从哪里来？"

天哪！那座漂亮的水晶宫里有密探？我该怎么办？对，阿格壮让我装疯卖傻。怎么装？笑！对，笑是我唯一的出路。于是，我冲着他俩笑。

"嘿嘿……嘿嘿……"

章鱼人警察面面相觑，眼中露出狐疑的神态。

"嘻嘻……嘻嘻，嘻嘻！"

他们开始对我皱起红红的眉毛。

"哈哈……哈哈，哈哈！"

我使出浑身解数来装疯卖傻。幸亏我在学校有演戏的经验和才能。我笑的样子一定十分滑稽，居然逗得阿莱娜忍不住咯咯直笑，连阿格壮也咧开了嘴。嗯，看来他俩对我的表演也认可了，我心里暗暗有点得意。

咳，这一招还真灵。两位警察先生商量了一阵，不再盘问我，回到警艇，挟持着我们的游艇向拘留所驶去。

"真棒，你表演得很出色。"阿莱娜小声说。

"还不错。"阿格壮说。他的眼神柔和了许多："到拘留所就照这样办。"

不知为什么，我对这位鱼人小伙子对我的认可挺介意的。我隐隐地感觉到他冷峻的外表下，有一颗真正的高级生灵才会有的恻隐之心。

我曾经听爸爸说过，生物进化过程中，常会因环境的影响出现某种变异。但在宇宙中由于存在着大量的相同元素，所以，如果某个星球上有高级智慧生灵的话，那么也会是大同小异。何况碧浃国是在地球的大洋之中。难道这些水下的高级生灵，没有与陆地人相同的情感和心灵吗？阿莱娜的善良证明，鱼人中一定有许多好人。其中应该包括她的哥哥。他是多么爱他的妹妹啊！

想到这里，我安心了许多。

拘留所在一处僻静的水下岩洞里，游艇不准入内。我马上就得下艇从狭窄的水道游进去。糟了，糟了，自己还从没有在如此深的水下游过泳，要是露出马脚就麻烦啦。

细心的阿莱娜递给我那套连着头罩的海豚服。

"可是我……已经化妆成了鱼人，再穿海豚服，警察会怎么想？"

"刚才我已经告诉他们，你是化了装的陆地低智商'痴呆人'！"阿莱娜叹口气说，"我们随机应变吧！"

我一边脱去鱼人服，一边套上海豚服。眼睛恰好可以从头套两侧的海豚眼看出去。可是怎么游呢？

"你想怎么游就怎么游，这种服装是专为陆地人设计的，头套有接受你脑电波的装置！"阿格壮说着，毫不客气地托着我上到顶舱。

顶舱门洞打开了，一股碧幽幽、凉飕飕的海水扑面涌来，阿格壮的大手毫不迟疑地用力把我推向海水。我吓得头脑一片空白、天旋地转，眼看着自己灰白的"海豚腹部"翻转向上，身子直往下沉。

"喂——该死的陆地姑娘！上来，上来！前进，前进！"章鱼人警察伸出他的长长腕手，一把揪住我的"海豚"尾，迫使我翻过身来。

"唔——往上，往上！往前，往前！"我赶紧命令自己。说来也真灵，我歪歪扭扭地游了起来，既没感受到海水巨大的压力，也不觉得有前进的阻力，而且肺部自然扩张、收缩，新鲜的氧气源源不断地被我吸进鼻腔。哈，真是一件绝妙的海豚仿生服！

阿格壮开走了海龟形小游艇。阿莱娜陪我进了岩洞拘留所。

这里有很多章鱼人看守警，他们个个严肃威武。每一间牢房都灯光幽

046

暗，但十分整洁。干海草铺垫的床、高高的圆窗，蕴藏着神秘又沉闷的气氛。

我和阿莱娜被关在同一间小屋内。

"抱歉，阿莱娜小姐，你和这个傻姑娘被拘留关押了。等警长下午提审后，再确认你们是否有危害碧泱国安全的行为。"一位章鱼人警察故意用我听得明白的汉语对阿莱娜说，同时观察我的表情。

我只好呆若木鸡——我不想装笑了，心里真担心会被永远关押在这死气沉沉的地方。

对面关押室一扇扇沉重的铁栅门内，坐着好奇地盯着我们的鱼人、海马人囚犯，还有闷坐着的、垂头丧气的陆地人。

我真想和那位绅士风度十足的中年陆地人搭搭腔，问问他是怎么来到碧泱国的。可是我忍住了。我决心不再给阿莱娜添麻烦。

更让人憋屈的是，我和阿莱娜不敢交谈——门外看守森严，屋内也很可能有监听器什么的。

干脆，睡觉，养精蓄锐嘛，谁知道等会儿警长怎么提审我，我得留点儿精神。

我朝阿莱娜打了个哈欠，示意她和我一道打个盹儿。她微微点点头。于是，我们一同倚在干燥又香喷喷的海藻上呼呼大睡。

睡得正香甜，只觉得有一条滑腻腻的蛇缠住了我的一只胳膊，耳边响起吆吆喝喝的声音。惊醒一看，原来是章鱼人警察来押我和阿莱娜去审问。

我迷迷糊糊地随他们走进审讯室。原以为警长也是八条腕、紫红脸的章鱼人，谁知却是刚才在庆典宫舞台上维持秩序，把我爸爸押下台的那个胖墩墩、长绿络腮胡子的巴尔特警长。

他客气地用我听不懂的话向阿莱娜发问，阿莱娜一脸俏皮相，眉飞色舞地和他周旋。他很耐心地听，不时地用敏锐的绿眼光扫视我。

"姑娘！"警长突然用很不熟练的中国普通话审问我，"你从陆地上来干什么？哼，别耍花招！我——巴尔特警长，什么都看得出来。看着我，看着我的眼睛！"

这突如其来的袭击使我招架不住，我不由自主地把目光转向他的眼睛。两束冷冷的诡谲绿光紧紧逼视着我，我意识到自己上当了。

"嗯？你听明白了我的话？"巴尔特得意地冷笑起来，络腮胡子直愣愣地在肥厚的腮帮上跳跃。呀，老奸巨猾的警长！

他收住笑，板起脸："要知道，我要对碧泱国的安全负责。阿莱娜小姐说她不认识你，但见你痴痴傻傻觉得好玩，才把你带去庆典宫。嗯，现在我问你，你有公民证吗？你什么时候来碧泱国的？为何而来？不说实话，你会后悔一辈子的。说实话嘛，我可以叫人送你回陆地。"

我看到阿莱娜担心的眼神，知道没退路了，必须硬着头皮和警长周旋。我将计就计紧盯着他那两盏绿酒盅似的眼不放，又用指尖指点他那墨绿瞳仁中我的身影。我嘿嘿笑，笑得极不自然，就干脆哼哼唧唧唱小曲儿。当然，只哼调，没有词。再没招了，干脆，闭眼打瞌睡。

"哼，别来这一套！"警长毫不懈怠，"行了，阿莱娜小姐，看来你上她当了。你可以走了，把这陆地小妞交给我。另外我奉告你，你已经差不多17岁了，不该再淘气。遇到不明身份的陆地人闯入碧泱国，应当立即报告警察，怎么能随意带她乱跑，甚至去参加庆典？嗯，鉴于你尚未年满18，不惩处你了，请赶紧离开这儿！"

这会儿，该阿莱娜上火着急了。我强捺住惊恐仍闭紧双眼，听到她抖抖颤颤地问："巴尔特警长，您想把她……怎么样？其实都是我不好，她是个可怜的智障者，并没做错什么……"

阿莱娜有点语无伦次，说话结结巴巴的，显然她吓坏了。她一会儿故意说汉语，好让我明白自己的处境；一会儿怕不合适，又叽里咕噜用鱼人特有的语言恳求着什么。

"你们听着，不久，我们碧泱国将有一次重要的特别行动。为此，必须戒备森严。凡有陆地来的不速之客，都要注射遗忘针剂。你的这位朋友不像真正的痴呆人。我必须执行公务，待她打完针，即送往'太平院'，那儿有各种各样真正的痴呆人。"

不！不！我的心在哭喊。我不能从此丧失记忆！我的青春年华、我想当海洋学家的梦想、我要搭救我爸爸的愿望，怎么可以变为泡影？我是不是应该提出抗议？不行，那我会更加暴露无遗的。冷静，冷静！不到万不得已，绝不停止装疯卖傻。

两个章鱼人警察走过来，用可恶的长腕缠住了我的两臂。我本能地挣扎，一个劲儿"不！不！"地尖叫，但我强忍住不去呼唤阿莱娜。

阿莱娜扑过来抱紧我，不停地喊叫。但她哪是他们的对手？她见我被架走，失声痛哭。

我被架到一间有浓烈药水味儿的医务室。

"你们不能这样！我没有罪！你们这群野蛮人！"我终于绝望地大声抗议。

"哈！我早就知道你会开口，"巴尔特兴高采烈，"喂，医生，她正当年少，需加大剂量！"

一个瘦高鱼人男子在专心配制药水，默默点了点头。

完了！我太惨了。爸，妈，我对不起你们。

正在这时，走进来一位很苗条的鱼人女士。她匆匆瞥了我一眼，就微笑着向巴尔特点头打招呼。

"阿依莎，今天怎么提前来接班？"

"您的夫人刚刚打电话给我，请您早点回家。警长先生，这儿的事交给我吧！"他俩都是用汉语对话。

"救救我！阿姨！"我抱着最后一丝希望，恳求这位女士。可是她却十分麻利地用一块白纱布堵住了我的嘴。接着，我的胳膊在一位该死的章鱼人腕手的紧紧缠绕下，被这位女士狠狠扎了一针。

给我扎针的鱼人女士大眼中流泻出莫名的绿色光焰，燃烧着我的心。我哭不出，喊不出，绿色光焰仿佛变成碧绿的海水淹没了我，一切都无声无息，渐行渐远……难道，我就这样了结了17岁的金色年华？无奈的我失去了知觉……

不知过了多久，一串串咯咯的笑声，好像从遥远的天涯传来。我抖动睫毛，使劲儿睁开沉重的双眼，恰恰碰上阿莱娜那双天真美丽的大绿眼，眼里溢满甜甜的笑。

笑什么呢？我这是在哪儿？唔，我刚才被注射了遗忘剂。我变痴呆了？所以她觉得我可笑？

不对，不对，我躺在一间淡蓝色的屋里，窗外有水星、水母和五颜六色的海葵。床前除了阿莱娜，还有阿格壮和那位眼角有细纹、绿发中夹有黄发、目光柔和如玉的鱼人阿姨。嗯，是她给我注射的遗忘针剂。只是，那个又凶又狡猾的胖警长巴尔特和他的章鱼人警察不在了——咦？我的记性不是完好无损吗？

我没有变痴呆！我高兴得一骨碌从软软的床榻上蹦起，紧紧握住阿莱娜的双手连声问："我没变傻，对吗？这是怎么回事儿？怎么回事儿？"

阿莱娜指了指冷峻的阿格壮："这是我哥哥阿格壮的功劳。"

阿格壮指指女医生："这是老师的功劳。她是拘留所的医生，业余时间教我们陆地的汉语普通话和英语。"

噢，是这位女医生救了我，我感激的泪水夺眶而出。

女医生向我伸出纤细的绿手："认识你很高兴，我叫阿依莎！听说，今天上午你认出了你父亲？"

"是的，他叫彭正辉。"

"噢！大名鼎鼎的彭教授，我们很熟悉呢，我常常给他当翻译，你以后叫我阿依莎就行。"

"您……为什么救我？"我开始冷静，多了个心眼。在这个我不了解的水下国度里，首先必须学会保护自己。我担心她有什么企图。

"很简单，从你父亲那里，我学会了高级生灵间的一种崇高的情感——彼此尊重！"她一改在拘留所里那副冷漠样子，笑吟吟地说，"现在你到了我家，安全了。来，先洗个澡，然后吃晚饭，有什么事餐桌上谈。"

"阿依莎老师偏心了！刚认识澎澎，就冷淡我。"

阿莱娜故意撒娇，插到阿依莎老师和我中间，美滋滋地冲着我又笑又挤眼。

更令我吃惊的是，在鱼人阿姨漂亮洁净的餐厅里，坐着三位陆地儿童。经介绍，他们中那位双目失明的黑人男孩叫菲菲；那位失聪的金发碧眼的女孩叫艾丽；那位我的中国同胞，是下肢瘫痪的强强。

"他们是在碧泱国被害致残的吗？啊？"我紧张又气愤。

"不是，不是。大姐姐，"强强对我说，"我们三人参加海上夏令营活动，菲菲失足落水，我和艾丽为救他也落水了。幸亏遇到了阿依莎老师，把我们从巴尔特警长手中救了出来。现在她跟我们学英语和汉语，给我们的报答是治好我们的残疾，就放我们回去！"

这三个孩子大约十来岁。看到他们快乐活泼，和阿依莎老师亲密无间的样子，我的心安逸了。

多么鲜美的晚餐啊！有清蒸的贻贝、螃蟹，有腌制的海藻、虾籽酱，甚至还有烤面包。阿莱娜说，那是碧泱国公民在封闭起来的水下岩洞里种植的一种类谷物做成的。阿姨告诉我，这也有我爸爸的功劳。是他教会鱼人如何把岩洞的水排出，如何在泥沙中播种、管理、收获庄稼。

喝了一种用粮食和海藻酿制成的酒，难得开口的阿格壮开口了："喂，澎澎，以后千万别再冒冒失失，如果没有我们的绿色通道，你早就成了无知无觉的傻人儿了。"

"澎澎，我很荣幸你的父亲彭教授把我当作他的学生。他多次说过，宇宙间的高级生灵都应和平共处，残害别人是不人道的。"阿依莎老师把目光移向半空，"他真诚地帮助我们，用行动向我们传播地球陆地人的文明。自从和他频频接触，我悟出了做人的道理。也许巴尔特警长觉察到了我的变化，便将我调离专家翻译处，让我干老本行——拘留所医生。"

阿依莎老师笑了笑，继续说："这样也好，我和我的学生阿格壮一道，找了几位志同道合的人成立了绿色安全通道，专门搭救那些误入碧泱国的陆地人，使他们免遭不幸。澎澎，我刚才给你注射的只是镇静剂，仅仅让你昏睡两小时。然后，由阿格壮扮成痴呆人病院的接待员，把你接到我家来了。我是拘留所的医生，前些天又借口研究语言，经过王室同意接纳了一些被认为没有不安全因素的残疾陆地儿童。所以，我这儿很安全。你先安心住几天，让我们好好想想办法，使你们父女团聚，——以后，咱们就是朋友啦！"

我心里酸酸的，望着阿依莎老师两汪清澈如泉的眼睛，感激万分，可是很难说出"谢谢"两个字来表达我的心情。两行热泪再次滚出眼窝，心中百感交集。

阿格壮坐在我身旁，像老大哥似的伸出结结实实的深绿色胳膊揽住我的肩，嘟嘟哝哝用不太熟练的汉语劝慰我：

"别伤心，别伤心，小妹妹！你们不是有句老话吗？——既来之，则……则干之！"

"错了，错了，"强强笑着纠正，"是'既来之，则安之'！"

我在友谊的港湾和大家的笑声中振作了起来，笑着说："阿格壮大哥讲得也对，'既来之，则干之！'我要继续努力，争取早日和爸爸团聚。

你们三个小家伙，也要好好努力，配合阿依莎老师医治好残疾，早日回家！另外，阿莱娜、阿格壮、阿依莎老师，如果你们有用得着我的地方，我一定尽力效劳。"

"哇！好大的口气，"阿莱娜嘲笑我，"能找到你爸爸就很不错了，别再想东想西。也不怕吹嘘过火，吹破了你漂亮的腮帮子。"

就这样，我们大家嘻嘻哈哈伸胳膊踢腿地打闹起来。

阿依莎老师不但不嫌烦，反而美滋滋地欣赏着我们的那番热闹劲儿，好像她也年轻了许多。

艾丽习惯地摁亮了墙壁上的一颗小键。顿时壁上那方玉白的屏幕上，出现了电视画面。画面上的鱼人先生正在播报新闻。接着，巴尔特警长阴冷的胖脸出现了，大家不由得静穆下来。画面左侧的中英文显示着他的讲话内容：

碧决国的公民们请注意：今天下午，我拘留所的医生为一位涉嫌危害我碧决国安全的陆地小姐注射了丧失记忆的针剂，随后此人竟被一个自称为痴呆病院接待员的青年接走了！据查，痴呆病院并没有接收到这一病员。

这位陆地不速之客何时进入碧决国境内的？身份如何？来意是什么？都有待查明。鉴于今年本国将有一次关系种族繁衍生存的特大行动，请公民们务必警惕外来密探搜集我们的情报，破坏我们的重要部署。公民们：凡见到这位年龄约17岁、黑短发、丹凤眼、厚嘴唇，长有一对细长腿和黄皮肤的陆地少女者，务必及时报告本警长……

刚才的高兴劲儿被一扫而光。这时，我才为连累了阿格壮而深深歉疚。下一步该怎么办呢？壁上屏幕显示出的文字更令人焦虑：

　　今晚十时，警察局将进行一次全面搜查，请各位公民密切
配合！

　　为什么如此大动干戈？我只不过轻轻呼唤了一声爸爸，值得这么惊天
动地吗？

　　阿依莎老师冷静地为我分析说，第一，我来的时候正是碧泱国特别行
动的前期。尽管公民们还不明白那是一次什么样的行动，但都知道那必然
是和碧泱国的前途命运息息相关的一次行动。所以警方对陆地来的人特别
敏感。第二，涉及我的爸爸。也许，他是这次特别行动至关紧要的人物。
我呼唤爸爸的喃喃声，恰恰在他领奖时出现，警方可能认为，这是陆地人
前来搭救彭教授的信号，警方肯定担心碧泱国被陆地人发现，担心特别行
动有被摧毁的危险。

　　"真没想到事情会这么复杂。"阿莱娜向我投来歉疚的目光，反倒使
我更加惴惴不安。

　　大家都把目光集中到阿依莎老师那儿，希望她有办法，拿个主意。我
更是心急如焚。果然，她迅速给出了方案：首先，安排我和阿格壮从她家
地下那条通往"境外"的安全水道逃离；然后，让我们去往一座名为"极
乐岛"的地方，等待她和绿色通道组织联系妥当，设法救出我父亲，我们
父女相会后一同回归陆地；最后，她通过王后赦免阿格壮，因为王后是阿
依莎老师的表姐，比较好沟通。

　　我们都觉得这个方案极好，并马上准备出发。

　　阿莱娜也想跟我们走，但被阿依莎老师严厉的目光阻止了。她说那座
岛在碧泱国境外，鱼人少去为好！

　　现在，轮到阿格壮乔装打扮了。他戴上陆地白种人的面套、臂套、手

套和金黄色发套。如果不是他的假肢蹒蹒跚跚，完全可以和一个欧洲的英俊小伙子相媲美了。

我们和阿依莎老师、阿莱娜、强强、菲菲、艾丽一一拥抱告别。

阿依莎老师在我脖子上套了一串据说是海底宇宙陨石磨制成的红宝石项链，并嘱咐我说，有事，她会通过中间那颗宝石镶嵌的微型通话机和我联系。

我和阿格壮登上阿莱娜那艘快捷的海龟形游艇，顺着一条黑黝黝的窄窄水道，默默地向"境外"驶去。

阿格壮不敢开灯。幸亏他那对猫似的大眼在夜晚能看清一切。哦，上帝保佑我们尽快逃离被搜捕的危险吧！唉，连我这个"无神论"者也虔诚地默默祷告起来。

许久许久，海底突然显得宽阔起来。

"谢天谢地！我们驶出碧泱国国境了！"阿格壮突然大声欢呼，把我吓得够呛。

忽地——他一下打开了小艇所有的灯：前灯、尾灯、舱顶灯、艇底灯，就是没打开座舱灯。这样，我们可以清清楚楚地看见：宽阔的海底，星罗棋布地分布着许多海底山。这些圆形的海底山，实际上是一群顶部已夷平的沉没的火山岛。地质学中称它们为盖奥特。它们显得那么庞大，那么壮观。

阿格壮高兴地把小艇升到水面。我担心地问他，这么快上升，我怎么没患上可怕的减压病？他笑笑说，这游艇有平衡水压的装置，让我不必担心。

浮出水面后，我第一眼见到的便是满天亮灿灿的星斗和银光迷离的银河。在星光的映照下，远远望去，水中的盖奥特好像是一片被砍伐过的森林，到处留着一个个高低不平的"树墩"。难怪我听陆伯伯说，盖奥特与众不同之处，就在于它们是平顶。

可是极乐岛在哪儿？我觉得一阵疲劳袭来，希望快些找个地方休息。

"到了，前边有一座不大的岛屿，大约是极乐岛！"

"对，一定是！"我欢快地叫着，哼哼唧唧唱起歌，疲劳一扫而光。

"你的歌唱得不错，很动听！"离开碧泱国，阿格壮显得轻松多了，爱说话，也变得会笑了。

天已蒙蒙亮，拂晓的海面静谧安详。渐渐地，东方露出金黄的、玫瑰红的光晕，太阳快出来了。

"在碧泱国这么多年，我还从没见过日出。澎澎，我们先在这儿停泊一阵，我要好好儿看看日出。"

他打开圆圆的舷窗，大海特有的清新扑鼻而来。新鲜的空气让人心旷神怡。

"阿格壮，快到后边来。你瞧，这两扇窗正好朝东。"

他走到我身旁，屏住呼吸等待神奇的日出风光，绿色的大眼闪耀着欣喜和激动。

啊，一轮下弯的金红色的弧，顶破了灰蓝的海面。接着，它活泼地一跳、一跃，露出了半圆形的红彤彤、亮闪闪的"脑门儿"，海面开始波光粼粼。不过，只一会儿，一张像淘气的胖娃娃的大红脸，探头探脑地从海平线展露出来了。与此同时，它把无数条赤、橙、黄、绿、青、蓝、紫的"彩带"和像包装精美的"糖果"撒向海面，海面顿时变得生机勃勃、富有朝气。

最后，太阳娃娃含着大海妈妈的一滴金色的乳汁，恋恋不舍地腾空跃起，投入到天宇之父的怀抱……

天亮了，海鸟出巢了，鱼儿欢腾了，不远处的小岛也钻出雾的被窝，来迎接我和阿格壮。我和阿格壮忍不住大声欢呼……

我们继续前进。不料，一个意外的情况使我们既失望又伤心。原来，我们只顾着逃跑，小艇离开碧泱国国境后选错了方向，前面的这座小岛，竟是位于西太平洋的一座"鬼岛"。岛上荒无人烟，灰烬遍野，乱石之中只有些断壁残垣。

阿格壮和我刚刚登岛，就被岛上凄凉的景象吓得目瞪口呆。我们看见，在一座废墟上，赫然写着英文"鬼岛"两字。下边一行小字写着："令人伤心的岛"。

"怎么回事儿？澎澎，难道你们的陆地和岛屿，全是这副惨样儿？"阿格壮失望地问，目光黯然失色。

"噢，不！我们快离开这座鬼岛！"我催促。

"难道你相信有鬼？"

"相信我，离开这儿之后，我再告诉你缘由。"我拉起阿格壮的大手，跌跌撞撞地逃离鬼岛，跳上小艇，迅速朝东驶去。

一直足足开了两小时，小艇才飞驶到碧水悠悠、天宇湛蓝的海域。

这时，我才把自己过去在海洋科普讲堂听到的一个真实故事，告诉阿格壮。

"鬼岛是西太平洋马绍尔群岛中的一个小岛。第二次世界大战之后，美国曾在那儿进行原子弹试验。他们前后总共在岛上进行过24次核爆炸试验，使海滩、树木和各类海鸟全都化为灰烬，空气、地下水、土壤也严重受到核污染。20世纪70年代，曾有被赶走的鬼岛居民陆陆续续返回家园，但后果十分凄惨：有四分之三的10岁以下儿童患了甲状腺肿瘤，还有的妇女生下了可怕的畸形儿。人们只好再度离乡背井，纷纷远走他乡。据科学家估计，至少要过150年，人们才能返回这座岛上正常生活。为此，这个被污染、留有大量放射性物质的荒岛，就被人们称作鬼岛。"

我一口气把这事讲完，仍心有余悸。

阿格壮侧转身，怅然说："一个似曾相识的故事。我不明白他们为什么要这样做。澎澎，真没想到，地球上有这样不愉快的事。"

他把驾驶键按到自动操作的位置上，取过一只有喷嘴的红色小瓶，先往自己身上、脸上喷洒，又冲我没头没脑地喷洒一种药水。

我莫名其妙，他倒笑了，说这是在消毒，瓶中的药水是专门消除各种被污染的病毒的，碧泱国公民每个人都有这玩意儿，为了以防不测。

我不得不又一次为这个水下王国"有备无患"的精明而暗暗喝彩。可不是吗？如果不是这药水，谁能保证我和阿格壮不受毒气污染呢？

就在我为消毒水赞叹不已时，阿格壮已从仪表中搜寻到"极乐岛"的正确位置。

我们忠诚可爱的海龟形小艇立刻毫不懈怠地，又载着我们继续东行。

"鬼岛"的阴影早已从我们心中消失到九霄云外去了。可是，"极乐岛"究竟是什么样子呢？

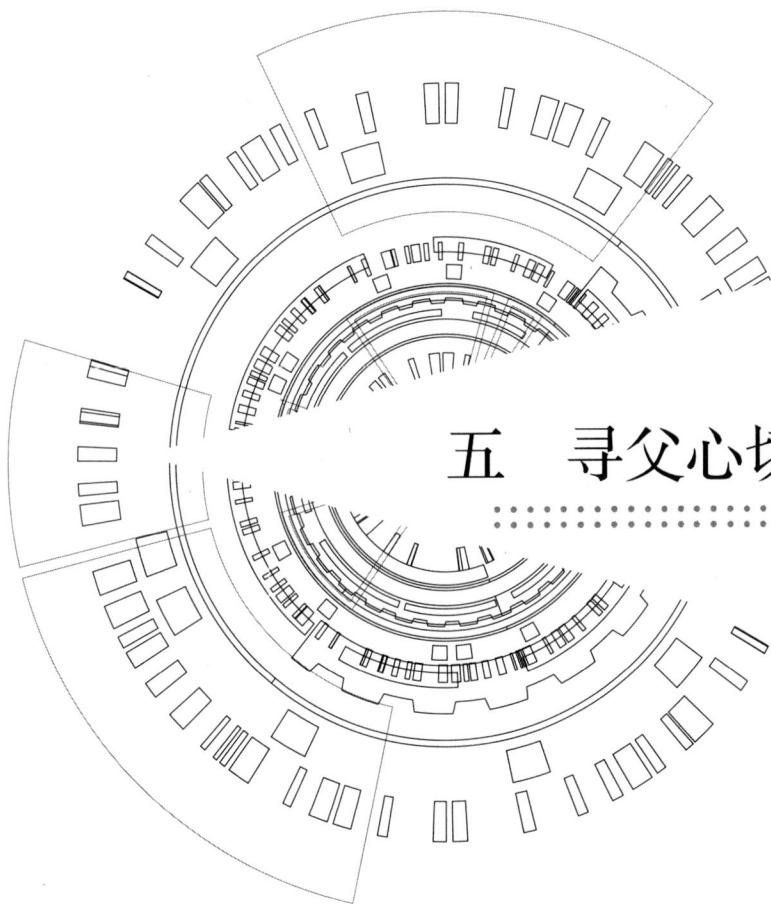

五　寻父心切

这是一个草木葱茏、鸟儿鸣啭的美丽小岛。

靠着海滩的岸边有几座由树枝、干草搭成的尖顶亭式小屋。由于气候温润适宜，这种小屋足以栖身。

奇怪的是，岛上空无一人。这会儿，轮到阿格壮向我讲极乐岛的故事了。

"这座小岛是我们绿色通道发现的，由于它每隔两三个月都要被淹没十几天，远远望去，时隐时现，神出鬼没，所以没有陆地人敢在这里定居。阿依莎老师就把这儿当作隐藏被碧泱国无辜陷害者的转移站。有好几批被她救助过的陆地人，都是先在这里躲藏一下，然后等时机合适再用小艇把他们送返家园。只是这些人必须被注射局部遗忘剂，把他们对碧泱国的记忆抹去。"

"那么爸爸和我，也会丧失对碧泱国的记忆？"

"毫无疑问！"阿格壮毫不含糊地望着我，"我们搭救你们，但不愿用自己国家的命运作代价。澎澎，刚才我看到了鬼岛，更理解绿色通道这一理智的选择。希望你能理解。"

我无言以对。是的，只要能和亲爱的爸爸一道返回家园，忘掉碧泱国又何妨？

不远的树林中飞来一对翠蓝色的鸟，其中一只静静地落到我们面前的一棵小椰树上。它先是轻歌慢吟，接着放开嗓子唱起清脆动听的歌。我和阿格壮走进一幢有草墙的凉亭小屋，一边吃阿依莎老师给我们准备的压缩食品，一边观看那只美丽的蓝鸟。它身子后仰，倒挂在树枝上不停地欢乐歌唱，还不时地抖开它那漂亮的羽毛。羽毛迎风招展，露出诱人的五颜六色，终于引逗得另一只蓝鸟也飞到它的身旁，和它一道亲昵地相对而歌。

这大概就是极乐鸟了，真美！阿依莎老师曾向我们提起过它们。据说极乐岛的名称，就是根据它们的名字而起的。

天穹蓝得无边无涯，美丽的极乐鸟在蓝天上歌唱飞翔。小屋散发出清新的草香味儿。放眼望去，大海碧波荡漾，小树林郁郁葱葱——哦！这里真是一个世外天堂！

我和阿格壮过起一种与世隔绝的生活。

白天，他捉鱼、捕虾、采野果；我烧烤、烹煮、整理小草屋。黄昏，他教我碧泱国的鱼人语，我教他中国的普通话。晚上，我们在星光下跳进暖暖的海水中，痛快淋漓地游泳。在他的指点下，我的鱼人语和游泳技能大有长进；在我的帮助下，他的中国话也越说越流利。

夜里，我钻在草屋的干草堆里，听着极乐鸟夜间的啁鸣安睡；他呢，在小游艇中打盹儿、值班，以防不测。

整整两个星期，我几乎忘掉了他是水下鱼人。只有在阳光下看到他橄榄绿的肌肤，在月光下看到他闪闪发亮、刚健的鱼尾，才会想起他是谁。他呢，也习惯了我没有一条弯弯的柔韧的鱼尾，却有两条细细的长腿。他见我能在沙石和海滩上飞跑、蹦跳，羡慕得直咂舌。可一到海里，又轮到我惊叹他的游泳本领了。

阿格壮像大哥哥一样呵护着我。我喜欢他牵着我的手往大海中跳，喜欢他讲碧泱国的故事，喜欢他维修小游艇时精细麻利的样子。唉，如果不是为了爸爸，我宁愿时间永远凝固在此时、此情、此景中，我愿和这位大哥哥永远留在极乐岛，像美丽的极乐鸟那样自由自在、无忧无虑地生活。

大约在上岛半个月的那天上午，我正伴着阿格壮去小树林采野果，脖颈上那串项链中的一颗红宝石一闪一闪地亮个不停。

我按阿依莎老师的嘱咐按下红宝石上的小黑点儿，顿时，阿依莎老师亲切和蔼的声音传来："阿格壮、澎澎，告诉你们一个好消息：昨天巴尔特警长在电视屏幕上宣布，丢失的痴呆少女已经找到，并已送回痴呆人病院。我经过调查了解，该少女实际是陆地上的投海自尽的少女，因脑部撞击岩石而丧失记忆，被我们的一位警察发现，误认为是澎澎。因此，你们可以尽快返回碧泱国。"

阿依莎老师还告诉我们，目前澎澎的父亲任务繁重，被监视得十分严密，与他联系还要等待时机。

听到这个消息，我和阿格壮感到很欣喜，决定立即启程，仍通过水下绿色通道返回阿依莎老师家。

临行前，我俩在小小的极乐岛上恋恋不舍。那对可爱的蓝色极乐鸟又飞到我们的小草屋前唱起歌来，仿佛在为我们送行。我们掬几捧岛上甜甜的泉水喝个够，还摘了几只椰子带上小艇。

"世界上多一些这样洁净的地方该多好。再见，极乐鸟！再见，极乐岛！"阿格壮说。

哈，现在，我居然能完全听得懂阿格壮的鱼人语了。

我第一次感受到，原来表面严肃的阿格壮，其实内心也是多愁善感的。我甚至看见他绿幽幽的大眼中噙着蓝晶晶的泪花儿，看得我也鼻子酸酸的。

我们乘坐海龟形游艇日夜兼程，第三天晚上，正好赶到阿依莎老师家吃晚饭。使我惊讶不已的是：强强扔掉双拐，会走路了；菲菲也睁开明亮的大眼，见到了光明；艾丽不但听得到声音，还能连比带说地开始发音，学着说话。

他们争着告诉我，阿依莎老师医术如何高明：她用海兽视网膜修复了菲菲两眼损坏了的视网膜；用鱼类的听石，替代了艾丽损伤了的耳朵里的听石；又用珊瑚虫的骨骼，修复了强强变形的下肢！他们讲得眉飞色舞，我的心也跟着激动不已。

但是他们不愿去极乐岛，不愿接受遗忘碧泱国的那一针，他们很孩子气地求我替他们说情。

"澎澎，我已光荣地获准，成了阿依莎老师绿色通道的正式成员。明天我就要护送这三个孩子去极乐岛。大约逗留一星期，等他们完全康复，就会有人去极乐岛接替我送孩子们回陆地。可他们不配合，你好好劝劝他们吧！"阿莱娜请求我帮她劝解三个孩子。

于是，我向三个孩子介绍极乐岛的美，讲解为什么要遵从阿依莎老师的决定。——因为她既要对他们负责，又要对自己国家的安全负责。况且注射那一针，对他们今后的生活没有任何影响。我还告诉他们，阿依莎老师已使他们成为健康与健全的人，这是最珍贵的。

果然，我的话很有说服力，孩子们乐呵呵地接受了绿色通道的安排……

此后，经过乔装打扮，我成了一个可以以假乱真的鱼人姑娘，而且，我已经可以流利地和鱼人对话了。

我寻找一切机会去打探父亲的消息。

据我估计，碧泱国面积最多相当于我们陆地上的一个小城镇。我和阿莱娜、阿格壮一道外出，几乎熟悉了这儿所有的街区。阿依莎老师还把她自己的另一艘海星状小游艇借给我——这是一艘浅黄色底子上面缀有紫色或深褐色斑纹鲜艳夺目的游艇。驾驶这类星状游艇的鱼人，身份都比较高贵，可以避免一些诸如警察搜查等麻烦。据说，它是前几年王后送给阿依莎老师的30岁生日礼物。有了这艘小游艇，我方便多了。

究竟到哪儿才能找到父亲呢？那天，我忽然想到，在庆典宫里格瓦鲁国王隆重颁奖时，曾夸赞父亲建立水下温差发电站有功。他会不会去那儿检查工作？我抱着试试看的想法，把海星状游艇向温差发电站开去。

发电站门外严肃地站立着两位褐色皮肤的海马人，即使有小鱼小虾像蚊子似的叮咬他们，他们也绝不动弹，绿豆般的眼珠却转个不停，警觉地观察四周。

　　我故意放慢速度驾驶游艇在发电站四周旋绕。也许因为是海星状小艇的缘故，没人前来盘问我。

　　啊！真是功夫不负有心人，有两位陆地人在一位章鱼人警察的陪同下乘小艇出来了。其中那位宽肩膀、高额头、浓眉毛的中年人，不正是我魂牵梦萦的爸爸吗？

　　我高兴得忘乎所以，真想把小艇直向他们冲去。不过我很快沉静下来，没有喊叫，没有拦截他们，……我记住了上次的教训，决心智斗。

　　待他们的小艇驶离温差发电站，我便通过传声器，用鱼人语向父亲乘坐的小艇发话："尊敬的警察先生，今晚王后有个小型宴会，特派我前来发电站接彭正辉教授参加宴会。由于刚才本人游艇出了点故障，来迟一步，"我努力控制住兴奋和惶恐的心情，振振有词地编造说，"怎么样？烦劳警察先生送教授到我的艇上。"

　　"请问小姐是谁？"

　　该死的、狡猾的章鱼人警察！我怎么没想着早点取个鱼人名字？

　　"我吗？我是王后的外甥女儿……阿丹娜！"情急之中，我只好胡诌了一个名字。碧洑国许多少男少女都叫"阿×"或"阿××"，幸好我知道这些，就只好入乡随俗了。

　　"有证件吗？"警察还是一丝不苟。

　　"没见我开的是什么游艇吗？你有资格开这样的游艇吗？这不是最好的证件——王室的证件？"我有些着急，反正豁出去了，振振有词地，"哼，要不要我马上禀报王后，说你干扰她的宴请安排？"

　　"小姐息怒！小姐息怒！本警察有眼无珠，请您千万不要怪罪，我只是例行公事。"

　　警察变得唯唯诺诺，忙不迭地说："阿丹娜小姐请停船，我这就送彭教授过来！"

我的五脏六腑由于兴奋、紧张，都绷得紧紧的，好像快爆炸了。只见父亲他们那艘灰色的小艇已向我的海星形小艇靠拢。

他们浮到我的小艇上方，我打开了顶舱，迎接他们那艘小艇伸出的垂直过道——哈！我那高高大大的爸爸，弯身走进了我的游艇。

我努力控制住感情，用传声器向警长道声谢谢，立刻开足马力把小游艇驶出很远很远……

在一座僻静的水底山丘旁，只有水母和海葵静悄悄地舒展着它们的触须和腕足。我把小艇停泊在那儿，返身朝着怔怔的父亲颤声说："爸爸，难道您不认识我了？……我是澎澎啊！"

爸爸一愣，但马上冷漠地摇摇头。噢！我明白了。我赶紧取下我的鱼人头罩。这时，爸爸的两眼才发亮了。

我离开驾驶座扑向他，呜呜哭了。爸爸也呜呜地哭出声来。然后，我抬起头，用手去为他抹泪——奇怪的是，爸爸并没有流泪。唉，他一定早已流干了泪水。我可怜的爸爸！

"你怎么来的？谁让你来的？"爸爸问。

我把一切告诉他之后，他才问："你妈妈好吗？"

我不想让他伤心，只说家中爷爷、奶奶、妈妈都好，盼着他回家。

"这里不安全，澎澎，你想把我接到哪里去？"爸爸的声音有点发闷。

"阿依莎老师家。那儿有个专门搭救陆上来客的绿色通道组织。爸爸，我一定要把您带回家！您知道吗？我天天都盼着您回家，盼您带给我鹦鹉螺壳。"

"鹦鹉螺壳？那是什么？"爸爸目光有些茫然。也许，他经历的事太多，早已把对我的允诺忘了。看到他已经花白的头发，我不忍去责怪他。

"噢，对了，我替你做的贝雕画，还挂在墙上，是吧？那是一艘帆船。"

一股温馨的暖流流过我的周身。我又想哭了，但我忍住了。想不到爸爸催促我说："噢，开船吧！带我去阿依莎那儿。她是王后的表妹，当过我的翻译，对吧？"爸爸讲话比三年前简练得多。唉，我已经17岁了，也许他不便像当年那样对我亲呢，显得有点拘谨。

我偷偷地笑了！可不是吗，我哪能老像小孩子那样缠着爸爸？再说，这里也不是诉离情、话家常的地方啊。

我赶紧把海星状小游艇开往阿依莎老师家。令我失望的是，她不在家。她留言说值班去了。看得出，爸爸也很失望。

"别急，爸，我打电话给阿格壮。"

"阿格壮？谁？"爸爸显得很机警。

当阿格壮在电话话机的小荧屏上出现时，他们俩都显得很吃惊。我把来龙去脉对阿格壮说了，并请求他火速赶来，帮我考虑下一步是否该带着我爸爸去极乐岛。

阿格壮没有任何表情，只说他尽快过来。倒是站在他身旁的阿莱娜在电话屏中欣喜万分，眉飞色舞地告诉我，强强他们已安全返回陆地。现在又看到我救出了父亲，连声说："真是好戏连台，好戏连台哦！"

她欢呼着，向我和我爸直挥手，然后风风火火地催着阿格壮和她一道快些来看我爸爸。

阿格壮和阿莱娜很快来了。

两位男士见面时彬彬有礼。不知为什么，阿格壮和我爸握手时久久低着头，仿佛在思考、观察着什么，随后才抬头，很客气、很礼貌地对我爸微微一笑。

阿莱娜却不管三七二十一，搂着我爸爸很亲热地在他的腮帮上亲了一下，父亲随即文雅得体地在她额上亲了亲。

我张罗着要给爸爸做饭。"爸，这儿有海鲜，我给您包一些饺子，就是您最爱吃的三鲜水饺——可惜，这里没猪肉，用鱼肉代替，好吗？我跟我妈学的，饺子包得又快又好呢。嘿，这饺子准比我刚才对海马人警察胡诌的'王后宴'上的美食更好吃。"

我特别想露一手，让爸爸喜欢。可是他茫然地喃喃自语："水饺？什么水饺？噢，我不想吃东西。"然后，他迫不及待地把脸转向阿格壮，"水下绿色通道，怎么回事儿？我们什么时间启程？"

唉，爸爸在碧泱国一定思乡心切了，他只想着回家！可是阿格壮不理解他的心情，岔开话题对阿莱娜说："妹妹，你陪彭教授聊聊，我和澎澎去老师的工作室查一下资料，看绿色通道有没有去中国黄海的更好路线！"

进了阿依莎老师的工作室，阿格壮把门一关，便瞪大圆眼向我射出怒气冲冲的绿紫色光焰。我莫名其妙，吓得抖抖瑟瑟。他比任何时候都严厉，压低嗓音责问我，眼中的烈火像要把我烧焦了："你呀你！'成事不足，败事有余！'弄不好，我们的绿色通道全要毁在小姐你的手上。请问你们父女相见时，他流泪了吗？"

"哭了，很伤心，但流不出泪……"

"他不知水饺是什么，他还有什么不该忘的事忘记了吗？"

"他答应捎鹦鹉螺壳给我的，但记不起来了……他倒记得给我做的贝雕画。"

"知道他为什么不吃饭吗？"

我摇头，心中升起不祥之兆。

"我进门和他握手时看了，他的手没指纹——可你们陆地人每人都有指纹！"

我的头眩晕起来。

"他极可能是巴尔特放出的一个仿彭教授的机器人!哼,你上当了,还得意扬扬,说自己智斗了章鱼人警察,救出了父亲!"

我张口结舌,如五雷轰顶,不由得软瘫在地上。阿格壮这才慌了,扶起我,声音柔和了许多:"别急!好事多磨,现在你必须坚强。你设法想一件你和父亲都熟悉的事,再来验证一下他是否是机器人。然后,如果他确实是机器人,我们将计就计,从他嘴里套出巴尔特的行动计划,了解彭教授的真正下落。最后设法清除他对绿色通道的一切已知信息。"

我不甘心,我不希望这是真的,可是阿格壮的话很有道理。于是我振作精神,去做验证。

"爸,我小时候的事,您记得吗?"

"嗯,当然……你爱笑,跳绳不错。"

我真高兴他说对了,再问:"记得我俩最爱唱的歌吗?爸,您的记忆没问题吧?"

"我的记忆力很好,比普通人好得多,能贮存比常人多十几倍的信息。"他的话开始有隙可乘。

我仰起头,看着天窗外透过海水折射进来的扁圆的月亮和闪烁的星星,唱起父亲教给我的那首启蒙式的儿歌:

天上星星亮晶晶,

一二三四数不清,

一闪一闪好像小眼睛,

我要问你明天天可晴?

爸爸居然无动于衷。要知道，那可是每年我过生日时，爸爸和我必不可少的"保留节目"啊！

我的眼泪涌出眼窝。爸爸却一个劲儿追问："绿色通道在哪儿？能否带我去看看？"

他的冷漠引起了阿莱娜的反感，她皱起眉。

"教授，请看，阿依莎老师回来了！"阿格壮指指门外，爸爸刚回头，阿格壮就冷不丁扑了过去。爸爸猝不及防，摔倒在地。阿格壮毫不犹豫地骑到他身上，对阿莱娜喊："妹妹！快拿光子手术刀来，他是巴尔特派来的机器人密探！"

哦，"爸爸"原来是机器人！我吓出一身冷汗。

谁知这机器人力大无比，猛一翻身，反把阿格壮压到了身下。他原形毕露，一字一板道："对！我是Q号机器人！伙计，快交出绿色通道组织人员名单，还有全部绿色通道、中转站的路线图。否则，我奉巴尔特之命掐死你！"

阿格壮睁着怒气冲冲的大眼不吭声，机器人有力的大手越扼越紧……

怎么办？怎么办？这时绝不可刺激它。我朝阿格壮使了个眼色，马上拉住机器人的胳膊呜呜咽咽哭叫着说："爸爸，您千万别胡说。您一定是归心似箭搞糊涂了，您是我的爸爸，绝不是什么机器人。您千万别杀死阿格壮，不然的话，您怎么能找到绿色通道？我们怎么回家啊？"

我心想，机器人再聪明，也是由鱼人为它编的程序。我现在要用"语言刺激法"扰乱他的"身份自我"，让"教授"和"Q号机器人"两重身份交错出现，先救出阿格壮，套出它的来意再说。

聪明的阿格壮和刚取了手术刀出来的阿莱娜，很快明白了我的意思，笑着对机器人说："抱歉，彭教授！我们实在担心绿色通道会被泄密，让您受惊了！"

果然，"彭教授"松开手，说："对嘛，我是彭教授，不是Q号机器人！嗯，不是！"他开始显得惶惑。

为稳定它的情绪，阿莱娜取来了一本名册，让"教授"安静下来，专心地翻看。

哎，阿莱娜怎么搞的？要知道机器人可是一目数十行啊！你看它，两眼灼灼，准是把资料输入他的光子电脑啦。

"教授，您很聪明机警，一定知道国王的特别行动？"阿格壮问。

"对，巴尔特警长一定有安排。"阿莱娜说。

"爸，我们要回家，就得了解碧泱国警长会不会有危害我们的阴谋策划。"我们轮番"套话"。

谁知机器人只顾默读名册，根本不上当。

眼疾手快的阿莱娜见机行事，悄悄儿走到机器人身后，抽出光子手术刀，对准机器人的后脑，从头顶向丘脑部位一划，"吱！"强烈的白光闪过一道刺眼的弧——机器人的脑壳就裂开了缝隙，它整个身子完全呆滞不动了。

"哥哥，快，消除巴尔特警长对它的指令！"

"不，先消除它对绿色通道名单和在这儿所言所行的所有记忆。然后，我扮演巴尔特警长，让它讲实话。阿莱娜，别忘了，它也是我们兄妹寻找父母的极好信息源哦！"

机器人的脑壳内沟沟壑壑、密密麻麻塞满了红红绿绿、大大小小、粗粗细细的部件，我算开了眼界！

更让我叹服的是，阿格壮只凭着它脑壳里的一小页金属示意图，以及阿依莎老师的多功能袖珍光子手术刀，左拨弄，右捣鼓，再割去一部分机器人大脑里的"神经元"，就完成了任务。

阿莱娜接过手术刀，重新射出一弧白光，机器人脑后的"皮肉"刹那间便完美愈合。

两分钟后，等机器人转动眼珠，煞有介事地望着我时，眼神已完全改变了。

"爸，您刚才怎么啦？"我试探它。

它莫名其妙地看着我。突然，它两眼一亮，毕恭毕敬地站起，很精神，"啪"的双脚一并，挺直腰杆儿，用洪亮的鱼人语说："报告巴尔特警长，机器人Q号，随时听从您的吩咐！"

我和阿莱娜回头一望，嗬，阿格壮已戴上仿巴尔特的鱼皮面套，腆着大肚皮，身着警服站在客厅里。

噢，机器人是在向他敬礼呢。

我和阿莱娜差点笑出声——我们紧张的神经这才得到松弛。

"嗯！Q号机器人，请复述一遍我给你交代的任务，以免行动时出差错！"阿格壮学着巴尔特警长的口气，拿腔拿调，慢条斯理地下令。

"遵命，巴尔特警长。本机器人奉命搜寻在庆典宫称彭教授为'爸爸'的一名陆地少女。她很可能是前来搭救教授、破坏我们移民行动的密探。为安全起见，教授已被遣去K星执行任务。警方以'找到了陆地来访的痴呆少女'为挡箭牌，特派本机器人化作教授，引蛇出洞，以便一网打尽保护陆地少女的不法分子……"

Q号机器人背书似的说出以上这段话，一点儿不卡壳。

"K星……K星是怎么回事？"阿格壮脱口而出，原是对机器人所说的话感到意外，可机器人误认为巴尔特警长还在考问它，便又滔滔不绝，挺直腰杆答："回答警长，地球碧泱国仅是一个小小的模拟国，鱼人们实际上都是从遥远的室女星座的K星迁移而来的。K星才是鱼人原有的家园！"

"既然我们从K星来到地球，建立了美丽先进的碧泱国，为什么又要采

071

取特别行动，返回K星？"

　　阿莱娜忍不住问。

　　"无可奉告，小姐！"机器人不满地斜了阿莱娜一眼，逗得她哭笑不得。

　　"她不是外人，Q机器人，你不得无礼。"阿格壮忍俊不禁，笑了。

　　Q号机器人一直缄口不言。

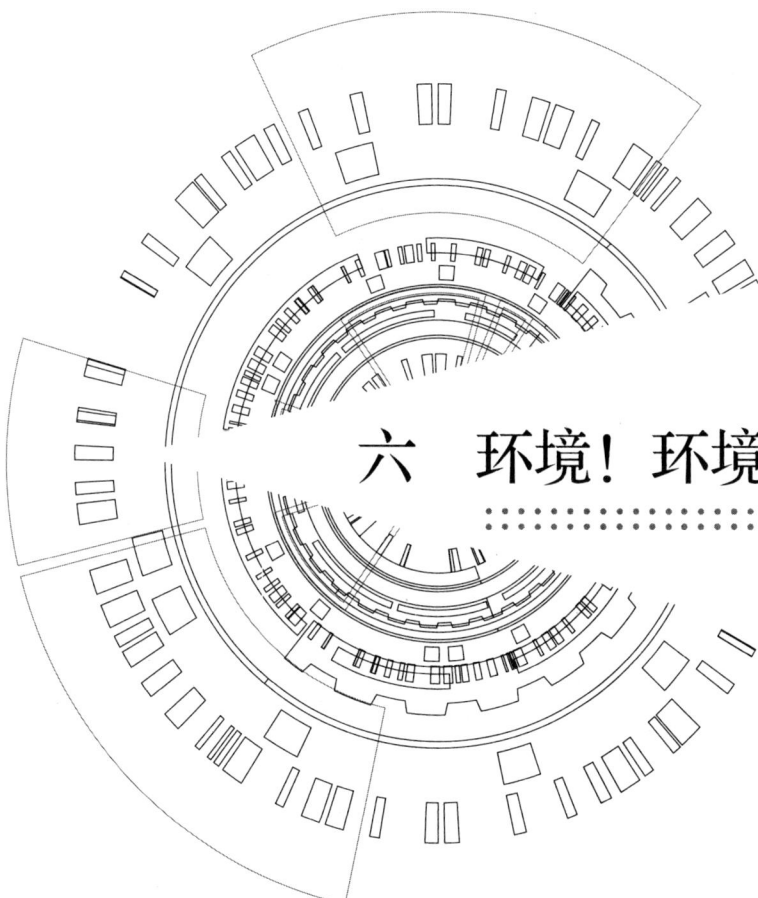

# 六　环境！环境！

阿格壮明白，狡猾的巴尔特警长不会过多地为机器人输入有关特别行动的信息。为了安全起见，阿格壮"命"我仍用海星状小艇送机器人回到温差发电站。

在艇上，我惴惴不安，深恐这个形似"爸爸"的机器人会伤害我。不过还好，它安分地坐在后边，一动不动。

窗外景色很美，嫣红的朝霞透入海水。

"我是巴尔特警长派出的女机器人W号！"为了不出意外，我突然异想天开地来了灵感，"唉！虽然我们也被称作'人'，但毕竟我们机器人不能吃饭、没有泪水！"

"也没有指纹，没有肚脐眼儿。"它搭了腔。

我扑哧笑了。

它一本正经地说："噢，咱俩原来是同行。8月6日去K星，你是否也和警长同行？"

啊，我高兴得心快要蹦出来了。

"也许吧。到时请Q先生多多关照！"我慢条斯理地回答。接着，我不动声色地了解到了去K星的具体时间、启程地点和飞船型号。

我把Q号机器人送到温差发电站门前，它很神气地亮了一下自己那份伪造的教授证件，海马人守门员便毫不阻拦地放我的小艇进入排水过道。

为验证它的短期记忆是否被消除，我故意问："Q号先生，您昨夜在哪儿？有没有找到彭教授的女儿？"

"喂，W号小姐，难道你的脑子出故障了？昨夜我们不是同在巴尔特警长那里？我还向他复述了新近本人应履行的义务。W号，当时你也在场啊，我还以为你是警长的女儿呢！——唔，寻找彭教授的女儿还毫无着落！"

它在"同类"面前似乎很高傲。看来，人类的某些通病，机器人也同样有。

"嘻嘻，看来我的头脑装置，还真不如您的头脑装置精密，那么再见，尊敬的Q号先生！"我目送它走过通道，进了正厅大门。

回来后，我把进一步打探到的消息汇报给阿格壮，算是将功折罪。

阿莱娜听说我自称机器人W号，开心得哈哈大笑。

阿格壮却在屋里踱步沉思，他在设想一个大胆的计划：我们三人是否能同去K星？因为这个机会太难得了。他希望我能在K星追寻到父亲，同时他和阿莱娜也能在K星找到他们的父母。与此同时，他觉得自己18岁了，该去做一番重要的事情了。

恰好阿依莎老师回来了。与其说她是老师，还不如说她更像一个秀丽可亲的大姐姐。今天她的气色特别好：肤色绿如玉，眼睛亮得像首饰店里夺目的翡翠。她坐到海蛇皮摇椅上，除掉了假肢。露出纱裙下亮晶晶、滑爽爽的鱼人尾，很舒坦地蜷曲起全身，往摇椅一躺——真是一位绝顶好看的鱼美人啊！连她眼角的每条细纹也显得极为雅致。

"阿依莎老师，今天我们从Q号机器人那儿打探到了一个消息……"阿莱娜坐到老师身边，绘声绘色地讲了智斗机器人的事。

阿依莎老师静静地听着、听着，抬起头来冲着阿格壮和我笑了，笑得很开心。

"小伙子、姑娘们，你们真棒！"她的赞扬使我们飘飘然，"同样，我也有好消息告诉你们。"

原来阿依莎老师接到了要她以"王后的表妹、医生兼语言学家"的身份去K星的通知，是巴尔特警长亲自告诉她的。与此同时，还要她从碧泱国的大学和中学，各选一名精通地球语的青少年，去K星接受任务。因为国王认为地球文化和K星文化可以互补，K星人的语言文字极需更加丰富，只有不断扩大文字、词汇，才能适应以后新碧泱国建设的需要。

"您推荐了谁？"阿格壮迫不及待地问。

"当然是你和阿莱娜。我是通过你们学校向巴尔特推荐的。学校也认为你们的地球语出类拔萃。不过此事目前仍需保密哦。"

阿格壮高兴得抱起妹妹在屋里连转了三圈，阿莱娜又捧起老师的脸左亲一下右亲一下。

"那么……我呢？"我可怜巴巴地小声问。

这一问，大家都愣住了。许久许久，阿莱娜才含泪说："要不，把我的名额让给澎澎？"

"不行。澎澎的陆地人身份极容易暴露。宇宙飞船的座位名额有限定，我已经想好了，把澎澎装在一个箱内，当作我的一部分医疗仪器带上飞船，只要到达K星就好办了。"

鬼点子特多的阿莱娜来了精神："哎，刚才澎澎对Q号机器人称她是W号机器人。老师，您就把她当作您的机器人医疗助手装在箱中，不是更加名正言顺？"

阿依莎老师觉得有理，采纳了阿莱娜的意见。

离8月6日还有四天，我们紧张又兴奋地做着一切准备工作。在这几天中，我们还从阿依莎老师那儿知道了有关K星的一些事。

原来，K星由于连年战争，核污染严重，加上人口爆炸，能源紧张，生态环境失衡，瘟疫成灾，K星碧泱国国王决定移民到其他星球。他左寻右找，看中了太阳系的这颗美丽的蓝星——地球，因为地球的海洋和K星海洋极其类似。

于是，阿依莎老师作为十多年前的第二批青年志愿者，跟随许多科学家来到了地球。同来的还有许多在战争和瘟疫中失去双亲的孤儿，以及一些父母由于担心自己的孩子在K星受核辐射威胁，从而自愿遣送来地球避难的婴儿。

他们历尽艰难，在地球的大海中建立了一个崭新的碧泱国。然而，这仅仅是一个模型。以这个成功的模型为典范，格瓦鲁国王还有更庞大、更重要的计划。

这些事，碧泱国20岁以下的人都不知道。现在，阿依莎老师要带领阿格壮和阿莱娜返回久别的K星家园了，所以经过有关部门同意，才向他们披露真相。而我，由于是碧泱国有功之臣彭教授的女儿，所以阿依莎老师自作主张地也向我吐露真情，希望我今后谨慎行动，早日和父亲欢聚。

碧泱国是K星人在地球的一个模拟国，他们有更大的移民行动！我的心沉重起来，对格瓦鲁国王产生了强烈的反感。我甚至想放弃寻找父亲的决心，马上逃走，去向我国相关部门报告这件非同小可的事。

原先我误以为这些鱼人原本就生活在地球的大洋下面，他们和我们陆地人共同拥有这颗蓝星，他们在水下发展自己的文明，当然无可非议。近来才渐渐明白：这些鱼人来自K星，他们把他们自己的家园破坏了，又要到别人的星球来居住。这不是明目张胆的入侵行为吗？不行、不行！身为地球人的我，要千方百计阻止K星人的这次移民行动。

我闷闷不乐，左思右想：逃，未必是上策，也不一定逃得了；如果被抓住注射一针遗忘剂，妈妈、老师和同学还不知我为什么变成痴呆人了呢。即使好好地逃回去了，人们会信我的话吗？还不如先跟着去K星看看，彻底了解K星人下一步的具体行动。同时我要找到爸爸，以便和他共想对策。更何况我的好奇心、探险心使我特别想了解：K星究竟是什么样的？……

"澎澎，要去K星找你父亲了，还能经历一次难得的宇宙旅行，你怎么反倒心事重重，不高兴了？真是女孩儿的心思难揣摩！"阿格壮两眼望着我，好像要猜透我的心思。

"是啊，把你的心思说明白，"阿依莎老师真挚地劝导我，"要知道，像你这种精神状态，是不适合去探险的。你来了这么久，应该信任我们才对。”

我鼓起勇气挺直了腰说："我敬佩K星人的智慧、勇敢、顽强，但是我不赞成你们入侵已有高级智慧生灵繁衍生存的地球。碧涞国在地球的海洋里建成虽说是你们的骄傲，但它会威胁地球人的生存。阿依莎老师，您一定和我一样听到过我父亲对地球的忧虑。记得三年前，他就对我说过，当代威胁地球的十大环境问题正在日益加重：

"一是大气温室效应加剧。大气中二氧化碳含量的增加，形成了具有温室效应的隔热层，使地球表面温度升高，导致地球表面冻雪覆盖层融化，海平面升高，许多沿海都市和陆地面临被淹没的危险，暴雨、干旱等极端气候现象也会接踵出现，影响农作物和森林的正常成长。二是大气臭氧层遭破坏。人类活动释放出的污染物质在高空与臭氧发生化学反应，不断地消耗臭氧。而臭氧层能过滤太阳紫外线，是地球生命生存的保护神。臭氧减少，生态失衡，将会给生物生存带来严重恶果。三是酸雨污染日趋严重。人类无节制地排放硫氧化物和氮氧化物，这些有害物质在天上和水汽化合成硫酸雨或硝酸雨落到地面，成了'空中死神'，使土壤酸化、贫瘠，并使有毒金属溶解，伤害树木根系……"

阿依莎老师笑笑，接替我说下去：

"四是有毒化学品危害。有毒化学品进入环境物质循环，而且随空气和食物链进入人体，危害人类健康。五是垃圾泛滥。大量固体废物、化学废渣、放射性废物、废核燃料等，都像一枚枚定时炸弹令人心悸不安。六是土壤侵蚀。由于滥用土壤、丧失表土、破坏土地生产力，地球上潜存着粮食和经济危机。七是森林锐减。森林是陆地生态系统物质循环和能量交换的枢纽，与人类利益息息相关。森林被乱砍滥伐，热带雨林几十年后可能从地球消失，这将会使气候恶化、物种资源丧失、粮食生产受破坏……"

"我也知道，彭教授的论文我看过：八是沙漠扩大。以上种种因素使你们的陆地许多地方发生了沙漠化现象，良田变沙漠，许多农牧业产品丧失，许多人没有了耕地和家园。九是水源短缺。由于浪费和过分动用水源储备，加上河流、湖泊污染严重，水源危机令人担忧。十是物种灭绝。由于乱捕滥杀、大规模砍伐森林，加速了动植物和微生物物种的灭绝过程。这些问题说明，地球上生态环境也存在着严重问题。……对吧，澎澎？这是你父亲告诉我们的！"阿依莎老师、阿格壮同时叹口气。

"澎澎，这些话你该对你们地球人去说！又不是我们碧汱国人造成这些问题的！"阿莱娜生气了，"要知道，这一切都发生在陆地，我们在水下生活，井水不犯河水。即使我们K星人大移民来到占地球71%面积的大海，也丝毫不影响你们的生存啊。"

"是的，我们地球人有自己的问题要解决，但不是靠侵占别人的利益来解决，"我面红耳赤地争辩，"我们地球人迟早也要回到海洋去寻求生存之路。你们应该寻求别的生存之路。"

"你应该看到的，澎澎，"阿格壮也参加了辩论，"我们在水下把环境搞得很好。我们把垃圾变成再生能源，我们不再使用核武器，我们的核工业也完全是维持生态平衡型的。我们把一切弄得井井有条。"

"这没错！我想问的是，如果你们K星一切都还好好的，人们安居乐业，而我们地球人大移民去了你们那儿，即使仅仅占领你们的陆地，你们将会怎样？再说啦，你们碧汱国的所作所为也并非无懈可击。例如毁坏珊瑚礁，是很可惜的，许多海洋生物将为此丧失栖息的乐土……"

听我这么说，阿格壮和阿依娜瞠目结舌，同时把目光转向阿依莎老师。阿依莎老师像个局外人似的笑着，不紧不慢地说："听着，我说K星人在地球搞了个碧汱国模型，已是事实，但格瓦鲁国王还有一个更大的行动，未必就在地球。澎澎，刚才你说的地球生态环境十大问题，我曾不止一次听你父亲说过，没想到你也能记得如此清晰。我想，咱们还得一道去K星，我一定尽力帮助你们父女团聚，也希望你们父女俩帮助我们宣传保护环境的问题。大移民后如不珍惜新的生存环境，灾难依旧不可避免。我想，在K星，你也会找到地球人引以为戒的东西。"

是啊，阿依莎老师讲得有理，我确实太主观了。结论应该下在调查研究之后，我怎么能武断地认为K星人必定大移民来地球呢？或许他们还有别的去处。

我安心了许多。奇怪的是，通过争辩阿莱娜不但不生我的气，反而对我更亲切，阿格壮也不再把我当个需要处处呵护的小妹妹，遇事和我竟用商讨的口气，大有"刮目相看"的味道。

呀，真是意想不到的收获，我心里暗暗欢欣鼓舞，在整理我的海豚潜水服、鱼人套装和日用品时，又哼哼唧唧唱个没完。阿格壮则捧起关于宇宙飞船的书仔细阅读。

为了稳妥行事，启程前两天，阿依莎老师安排我身着海豚服和阿格壮一道不乘游艇，直接游泳去察看一下宇宙飞船停泊场。

在宁静的绿波中穿梭，实在是件很过瘾的事。有海豚服的遮掩，我可以毫无顾虑地自由自在地遨游。

海豚是小型有牙齿的鲸类，它比陆地上的猴子还聪明。如果有人用动物的大脑占身体重量的百分比来衡量它们的聪明程度，那么海豚仅仅次于人类。感谢阿莱娜给了我这么珍贵的潜水服，使我可以像一只真正的海豚那样在水中游得如此得心应手，可以轻松畅快地紧紧尾随在阿格壮身边。

阿格壮粗壮有力的胳膊不停地拂去海藻、水母，他那漂亮柔韧的鱼形尾鳍扫荡着莹莹碧波，机智且又亮晶晶的大眼不时瞄一下旋绕在他身畔的"小海豚"。

　　飞船停泊场离我们较远，我可以沿途饱览许多水下美景。我们游过由放射虫骨骼形成的海底放射虫软泥，看到黄灿灿有"海底菊花"之美称的海葵，碰到许多五光十色的贝类。这些贝类形态各异，有的呈螺旋形，有的像竖琴和笔管，有的像扇子。

　　扇贝将它们的两片贝壳一开一合，利用水的反冲力快活地跳跃着。贼头贼脑、素有"水中火箭"之称的乌贼更是略胜一筹，它腹部有漏斗状的短管，有节奏地收缩着，将体内的水从管中猛然喷出，以巨大的反作用力推动身体前进。我知道，在仿生技术中，这一反作用原理已被我们陆地人应用，如火箭发射、喷气式飞机等。不知碧泱国飞船的起飞，是否也应用了这一原理？

　　我想着，游着，万万没料到潜伏的危险已笼罩过来……

　　有头虎视眈眈的虎鲸，把我当成了真正的海豚！它馋涎欲滴地盯上了我。我早就听说过虎鲸的凶残，现在见到它背上竖着大大的镰刀鳍冷不丁不知从哪儿窜了出来，心中一慌，急得全身只会在水中打转转。

　　虎鲸"龇牙咧嘴"地围着我转，随时都可能把我咬烂、撕碎。一种在劫难逃的恐惧感迫使我疾声尖叫："救命！阿格壮救救我！"

　　我的呼叫使虎鲸吃了一惊，随即它疯狂地向我冲来。只见它的血盆大口已对准了我的头部——

　　完了，完了，我将葬身虎鲸之腹！我恐惧地闭上了双眼……

　　随着一阵震颤的水流声，当我睁开眼睛时，只见虎鲸周身猛地一震，便圆睁着惶惑的贼眼，掉头逃跑了。

　　噢！谢天谢地！原来阿格壮听到我呼救，敏捷地返身冲向虎鲸，用他随身带的一根微型电棒，只轻轻向虎鲸腹部一击，虎鲸便吓得掉头鼠窜了。

　　"它还会……再……再来吗？"我心有余悸，惊魂未定。

"不会，不会。它很聪明哦，知道你有位骑士保护。"阿格壮开玩笑地说。

"唔，你也知道骑士？"我这才嘘了口气。

"是啊，图书馆里有很多陆地的书，我从那里知道的。"

"哦……"我庆幸有惊无险，"谢谢你，骑士。看来，我必须得游得离你更近些。"

又游了一程，我们看到了停放飞船的海底小型平顶山。在高高的山顶，金属电网拦着几艘不同形状的宇宙飞船。有碟形的，有陀螺形的，还有火箭形、游船形的，一艘艘闪烁着神秘的银光和蓝光。

奇怪的是，这儿根本不见什么发射台，只有指挥台。远远望去，高高的指挥台上有各式仪表。在那艘陀螺形的硕大飞船边，停放着几只大金属匣，看上去外壳轻薄。

平顶山四周由一圈海马人警察严密防守。阿格壮悄悄地对我说："你只能在周边水区远远游动，给我放哨。我进去查看明白。"

阿格壮游近平顶山，出示了证件，被允许进入飞船停泊场，检查预先登记的阿依莎老师的行装、仪器。

我看到他特意察看了那些特制的匣子。我呢，乖乖地离得远远的，像一只温驯的小海豚那样小心翼翼地游着，观察着……

阿格壮完成任务游出来后，直到远远离开了那座平顶山，才靠近我说："明天我们乘游艇进场，然后你得先蜷伏在一个匣子中，由我把这个匣子带上飞船。"

"那匣子里有透气孔吗？"

"没有。你可以戴上海豚服的头盔，头盔里边的贮存氧气，足可供你呼吸好多天。再说，我不锁匣子，在飞船货舱里你随时可以启开匣盖，留出缝隙呼吸，等我为你送食物，有时还可以出来看风景。"

"阿格壮，我不明白，那个飞船停泊场既没有发射台，也不见诸如核燃料的能源供应站，飞船怎么发射啊？怎么可能在几天之内到达K星？"

他笑了，简洁地答："宇宙中无尽的磁场是取之不尽、用之不竭的动力能源啊。"

我一下子想到了乌贼，想到了碧泱国的各种仿生小游艇。他们的游艇总是一边不断地在海水中分解水，一边提取水被分解后的氢作动力。就地取材，不用耗费巨大力量去开采笨重且昂贵的燃料。

"我们的飞船备有特别的装置，能随时抵消各种流星雨的阻力和小行星的引力。根据宇宙全息论：宇宙整体都是以某种方式相对应的全息系统，一切系统都具有四维乃至多维全息性的特性。我们选择最佳路线，用场共振的办法在多维空间穿行。"

"你说的是时间隧道？啊，真神奇！阿格壮，说心里话，我从心眼里钦佩和羡慕你们的聪明才智。"

"其实，宇宙生物全息论还告诉我们，在整个宇宙生物母系统中，一切子系统都是不同的全息级元，都相互包含着对方的全部信息，都相互是对方的缩影。这也是你们地球人的哲理——我中有你，你中有我！尤其是高级智慧生灵，智慧水平、物质特征都大同小异。实际上，你们地球人也很聪颖啊！不然的话，我们怎么会需要你的父亲彭教授的指点呢？"

"阿格壮，你真博学多才，还机智勇敢。"

"哪里哪里，前几天我'听君一席言，胜读万卷书'，彭澎小姐你才是'有其父必有其女'哦！"他拿腔拿调，摇头晃脑，用我们中国话戏谑道。

"去去去，我们别互相吹捧啦。再叫我小姐，我可不客气啦！"我学阿莱娜的"绝招"，游过去，用我的"海豚头"蹭挠他的胳肢窝和腰，他忍不住哈哈大笑，笑出的气流把海水吹出一连串小水泡，吓得鱼、虾、蟹、贝纷乱窜逃。

　　我们尽兴地在水中嬉闹追逐，不亦乐乎。远离喧嚣的闹市，我们觉得很自在。他有时反转来挠我，我无动于衷，他这才想起，我的体外套着一身柔滑的富有弹性的海豚服呢。

　　"真拿你没办法，澎澎。"他亲热地拍拍我的"豚背"，又透过头盔双目炯炯地凝视着我。霎时，一股奇异的暖流涌遍我的全身——那目光使我怦然心动。

　　我的羞怯目光一定也吸引着他，我俩久久凝神对视。

　　哦，这是我从小到大第一次对一个小伙子如此凝视。……一簇水花拥着一只八腕章鱼冲进我俩中间，我们才默默离开对方的视线，怀着一丝忧郁的缠绵和快乐，加速向阿依莎老师家游去。

　　阿依莎老师听了我们侦察到的情况，决定尽量精简行装，并设想了种种可能发生的意外，向我们一一做了细致安排。

　　两天后，阿依莎老师接到通知，立即率阿莱娜、阿格壮去飞船停泊场，所乘飞船是以碧泱国国王格瓦鲁命名的陀螺形飞船。我按预先的安排，戴上海豚服的上半截头盔，钻进一只金属匣。当游艇到达飞船跟前时，我感觉到阿格壮毫不费力地把我带到了飞船前。

　　"这是什么？"

　　"阿依莎女士的机器人医疗助手，已登记过。"

　　听到海马人的问话，我把头盔藏于脑后，屏住呼吸，瞪大眼一动不动。

　　果然，一张又长又瘦的马形脸，从掀开的匣盖缝隙中挤进来，用绿豆小眼对我审视了许久。我差些忍不住要眨眼——谢天谢地，他总算合上了匣盖。

　　"女士，你的机器人怎么制造成地球人模样？"

　　"一个长着双腿的机器人，帮我在室内干活会灵便些。"

　　我听到阿依莎老师沉稳地答道。

可能顺利过关了。我觉得被人抬起上了飞船，被安置在飞船货舱一堆行李中。

我听到外面有海马人在抱怨："幸亏这货舱还算大，今天的行李真够多。这个匣子还得用搭勾固定住。"

我在暗乎乎的匣中傻躺着，实在不是个好滋味。不过想到可以免费去宇宙旅行，还可以见识到K星真正的碧泱国，还可能和爸爸团聚，受这点儿小罪就算不得什么了。说心里话，还真够刺激的。

听到行李舱已被反锁，我悄悄把匣盖启开一点儿，想体会一下飞船起飞的感觉。谁知又听到舱外争吵起来。

"巴尔特警长，这艘飞船定员30人。您不可以带这位先生上船。"

"废话！我说可以就可以，让开！"

"不行，我要执行宇航局命令。"

"谁让你违反命令啦？蠢货。"一记响亮的巴掌声令人气愤。真倒霉，怎么偏偏冤家路窄，和这个恶煞神同乘一艘飞船。

"警长先生，这位陆地人绝不可以上飞船！"

"怎么？你没长眼？喏，瞧瞧他，没指纹；再瞧瞧：他没肚脐眼儿。它是Q号机器人！我要带它去K星见格瓦鲁国王。闪开，笨蛋！"

"向您致歉，警长！不过，您的机器人必须安顿到行李舱。"

"嗯。上，Q号！"

这一席话吓得我差点儿灵魂出窍。天知道Q号进来，会惹出什么麻烦。唉，我只好老老实实合上匣盖多加小心了。

行李舱门哐当打开，我听到Q号迈着沉甸甸的脚步进来，不知在哪儿站着或坐下了。

行李舱的门又锁上时，飞船停泊场上传来了启航的信号声——

"十、九、八、七、六、五、四、三、二、一、起飞！"

蓦地，我像腾云驾雾了。可惜匣子被几只金属勾固定着，否则，我一定会随匣子在舱中飘荡。没有我想象中的轰鸣声，没有任何眩晕感，飞船就这么无声无息地飞起来了。

数道白光透入匣内，我知道，飞船早已穿过海面，朝天穿升去。唉，要不是Q号机器人在这儿，我就可以爬出匣子，透过明亮的舱窗，美美地欣赏外面的景色了。

呀，不好，不好，我听到机器人在向我的匣子靠拢，没等我戴上头盔，它已冷不丁掀开了我的匣盖儿。只见它已卸去"彭教授"的装扮，额头低矮了，双眉变长了些，显得年轻了许多。

"匣盖的标签上注明是W号机器人小姐，果然没错——还认识我吗？"

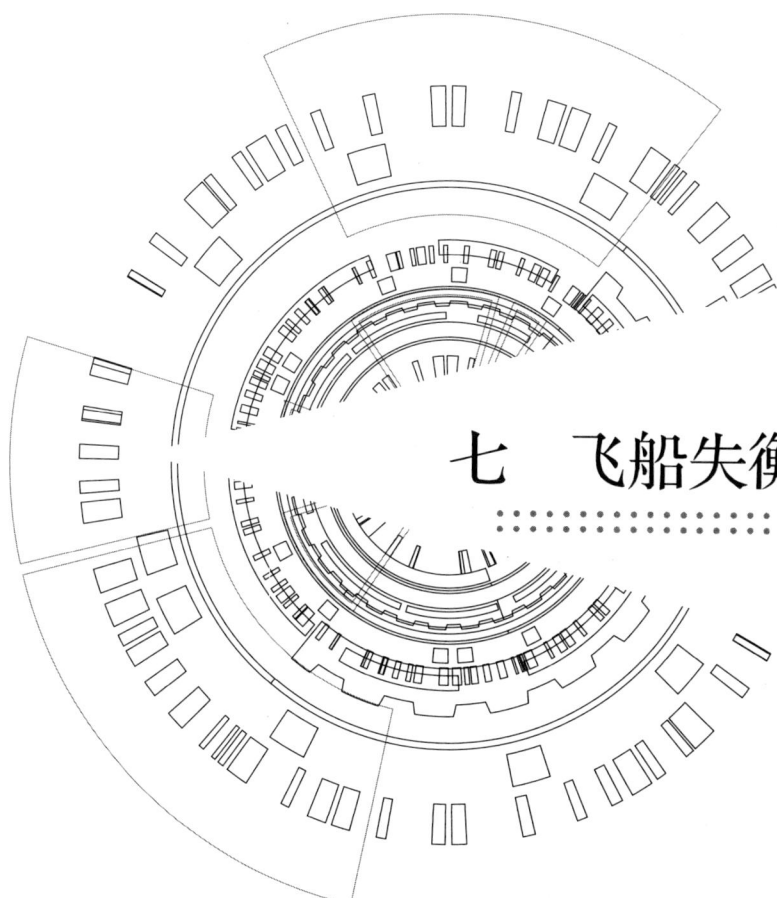

七　飞船失衡

我不知所措，思考着如何对付Q号机器人。想来想去，绝不能躺在匣中不理睬它，因为它会来寻找我的"开关"，让我"苏醒"，和他"聊天"。

"噢！您是Q号机器人先生，我在巴尔特警长家见过您！"

"没错，没错，通常我都在他办公室听候命令。W号机器人小姐，你此行的任务是……"

"巴尔特警长派我为王后的表妹当医疗助手。"

我索性从匣中坐起，用手指按住唇，"嘘——我们得小声讲话，巴尔特警长讨厌机器人相互说东道西哦！"

"没错，像这样在飞船行李舱里机器人相遇的机会不多，我们不要惹怒他。"

"那好，让我们静静地瞧瞧窗外，也好往脑袋里多输送些信息。"

"没错，信息越多，警长越高兴！"

就这样连哄带骗，我使它安静下来了，自己也有了点自由。我爬出金属匣，走到一扇圆窗前朝外看去。啊！真是妙不可言！在茫茫的太空看地球、蓝光萦绕、影影绰绰、神秘莫测，地球好似一只景泰蓝圆盘，镶嵌在有无数星星、钻石点缀的天幕上。在这美丽的星球上，住着我的妈妈、爷爷、奶奶、外公、外婆、老师、同学……那莹莹蓝光，是占地球70%的海洋射出的神圣的生命之光啊！

海洋是生命的摇篮、风雨的故乡、蓝色的聚宝盆，地球是太阳系的骄傲，啊，我有幸成为这颗蓝星上的高级生灵，是何等难得的机缘与福分……我感动得热泪盈眶。

哎，不行，不行，机器人怎能落泪？我万万不可在Q号机器人面前露馅儿。忍住，忍住，千万别让泪水掉下来！我使劲把泪水逼进嗓子，又咽进了肚里。再看窗外，斗转星移，我们的陀螺形飞船在宇宙中轻得像只小小的萤火虫，下边拖着一团旋转的银灿灿的光雾，无声无息、无畏无阻地一会儿斜着，一会儿横着，一会儿竖着，呈螺旋形运动轨迹，在浩渺的星空中穿行。

"唔，现在离开地球不远，真正的宇宙航行还没有开始，"Q号机器人在另一扇圆窗前咕噜着，"我在警长的模拟室中看过飞行的全过程。离开太阳系后，还要穿越时间隧道，那才叫精彩。"

"那你是否也见过K星的模拟情景？"

"没有。警长很少提及K星。"

时间长了，我开始觉得乏味。想起爸爸过去教我下围棋，我便在另一只行李匣上铺上海藻纸，画了棋盘，又用手撕，搓出许多圆圆的黑、白"棋子"。

"干什么？"

"太无聊，下围棋。"

"什么叫无聊？怎么下围棋？"

我没向它解释"无聊"这个词义，但教了它怎么下棋。谁知几遍之后，它就下得又娴熟又老练，只几局，便反败为胜。

"哈哈哈哈！我赢啦！"它忘乎所以地拍着巴掌大笑起来，声音大如洪钟。

我吓出一身冷汗。听到舱门外来人了，赶忙钻进我的匣子里，连连向机器人打手势叫它安静。

"喂，Q号，你发的什么神经？给我闭嘴！"巴特尔警长粗鲁的声音镇住了机器人。它结结巴巴地答道：

"报告警长！Q号无聊所以大笑，还……还下……"

"好吧，我来看看，是否要取下你脑后的一个元件。"

真要命！那恶煞神警长进来后看到棋盘、找到我怎么办？我真不该和机器人下棋！幸好，我听到了阿格壮的声音："警长，把这事交给我吧！我是碧泱国蓝星大学二年级的学生阿格壮，愿为您效劳！"

"嗯——听说你的地球语特棒。好吧，把Q号的后脑红色小元件取下，交给我。你做过这样的事，对吗？"

"放心吧，警长，这小伙子极聪明，业余时间经常随我强化多种语言训练。他们大学里专门设有机器人课程，"阿依莎老师的声音很平静、很甜美，"怎么样，警长，赏脸陪我去餐厅喝一盅甜甜的海藻酒行吗？"

"哈，当然，当然！阿依莎，虽然平时我俩是工作中的上下级关系，可是现在在飞船上，您是被国王特邀去K星的王室工作人员，就不必再对我那么客气了。"警长的声音渐渐远去。

我听到舱门"咣当"打开了。阿格壮进来告诉Q号机器人，巴尔特警长请它暂时休息。它十分顺从地答："遵命！"以后便再没动静。

我从匣缝中见到阿格壮轻而易举地从它的后脑勺中取下了一枚圆圆的红色金属小扣儿，把Q号机器人放倒在行李堆上。

"不要命啦，小姐？你怎么和机器人下起棋来，还逗得它哈哈大笑？你可真会惹是生非！"

我没有为自己争辩，阿格壮也不再责备我。他给我带来了压缩食品和水，还告诉我行李库后面的小门可通厕所，他已悄悄开了锁，只要注意些别被人发现，上厕所就不成问题。临走前，他从衣袋里取出一本很好看的侦探小说让我消磨时光。阿格壮想得真周到，我用感激的目光回报他，嗫嚅着说："放心吧，我不会再惹麻烦了。"

阿格壮走后，我再次倚窗向无垠的天宇眺望：蓝莹莹的地球不见了。四周由最初的蔚蓝色变为灰蓝色，直到黑乎乎的一片，仅用了不到地球时间的几个小时。星星在黑色的天幕上争奇斗艳：有的赤红色，有的银白色，有的金光闪耀；有的拖曳着长长的光尾，有的套着一个椭圆形的光环。不时还有流星雨像焰火似的朝我们的"格瓦鲁号"飞船扑来，但没等靠近，它们就在空中消逝了——这大约就是飞船的特别装置在起作用吧！

我原以为宇宙一定十分寂寞枯燥，谁知竟是如此绚丽多彩、生机勃勃。在众多以恒星为中心旋绕并且自转着的行星中，一定也有不少繁衍着类似我们地球人和K星人的高级生灵吧？

K星会是什么样子呢？我去那儿究竟是凶是吉？无论如何，这回一定要找到父亲。我必须了解清楚K星大移民的目的地究竟在哪里。如果他们要移民到地球，我和爸爸赴汤蹈火，也要把这个信息赶紧告知我们地球的相关部门。地球是地球人的星球，怎容外星人来侵犯？这可是个原则问题。

打开那本侦探小说，恰恰讲的是某颗星球上的居民抵抗外星入侵者的故事，挺合我胃口，我便舒舒坦坦地躺到匣子盖上，枕着我的海豚头盔，津津有味地读起来。那些形似蝌蚪的一行行文字，为我启开了另一个世界的大门……

时间不知不觉在神奇的宇宙飞船上飞逝而去。阿莱娜有时通过女厕所后边的小通道，偷偷打开行李舱的后门来看我，我俩悄悄说几句话又悄悄分开。

看着她在飞船半空中轻飘飘地行走，不像在海底的室内那样蹒跚，我很羡慕。她和我约好，到K星后一定先找个地方美美地吃一顿，因为飞船上的高能压缩食品虽可充饥，但实在无味且不过瘾。她说，她很馋我包的鱼肉饺子，不知到K星后能不能吃到。

就这样，我在飞船上过得还真不错，后来甚至壮着胆，蹦到半空，去体验体验失重的感觉。大约一天半过去了。我正想着怎么还没有进入时间隧道呢，就听到机长的声音从扩音器中传来：

"乘客们请注意，再过半小时，'格瓦鲁号'宇宙飞船即可进入时间隧道。据统计，由于巴尔特警长临时决定，带领Q号机器人去K星向国王报告有关问题，我们的飞船超载了。为安全穿越时间隧道，我们将马上进行一次载重货物查验，平均每人必须丢弃两公斤物品。望大家协助做好此项工作。检查行李与丢弃减重的工作，由巴尔特警长带领飞船乘警实施，并指定乘客中的一位代表协助完成此项紧急任务。"

真是一波未平，又起一波！我只好六神无主地赶紧再躲到匣子里听天由命。

"哎，这是一套两栖服，丢弃！"警长进来了，胸有成竹地检查每个行囊和匣子，"这是重复仪器，丢！这个嘛——密件，关于模拟碧浃国的资料，一份不可丢。……"

"警长先生，这个匣内的医疗器械是阿依莎女士为王室移民做准备的，请手下留情！"

"嗯，可以！看看可丢弃的东西是否筹足了60公斤？"

我刚松了口气，谁知飞船乘警大声报告说："警长先生，这些行李当初都登记过，大部分都很有用。现在经筛选，可丢弃的至多20公斤，还差40公斤。"

"那么，只好再看看阿依莎的行李了。小伙子，告诉你们老师，飞船穿越时间隧道，超重弄不好会船毁人亡，我必须严格执行公务。"

巴尔特警长终究还是掀开了我的匣盖，他和我两人同时吓了一跳。他那铜铃似的绿眼由于惊愕瞪得溜溜圆，墨绿色的络腮胡子向四周乍开，厚厚的大嘴咧着，鼻腔发出哼哼的冷笑声。我呢，当时的表情一定也很特别：我使劲儿睁圆了眼看着他，一动不动，牙咬得紧紧的，两手牢牢攥着拳，脸上紧张得肌肉紧绷。

"哼，这就是阿依莎的医疗器械？难怪她请我喝酒！"

"这是机器人医助W号。"阿格壮答。

警长弯下腰，去拉我的手。要检查我是否有指纹？我的手攥得更紧。

他竟无礼地要解我的腰带，检查我是否有肚脐眼儿。这绝对不行！我决定给他一耳光，跟他拼了！

"警长先生，别无礼，你无权这样做。"阿莱娜不知什么时候挤了进来，大声吆喝，"喂，W号，起来！你的主人呼唤你！"

"啊，我认识你，小姑娘！是你在碧泱国庆典那天带这个'机器人'去喊'爸爸'的。哈哈，现在你们可是自投罗网了！"警长一边对阿莱娜说，一边押着六神无主的我来到飞船客舱。

客舱里的20多位绿肤色鱼人和少数紫红肤色的章鱼人以及褐色的海马人，都把视线集中到我的身上。阿依莎老师冷静地看着警长。

飞船的机长过来了，他向阿依莎老师鞠了个躬，要求让警长检查我的指纹。阿依莎老师想了想，问："如果她是W号机器人，怎么处理？"

"我们将裁定，在Q号和W号中丢弃一个到太空。"机长答。

"那么她不是机器人呢？"阿依莎老师追问。

"那就另当别论。按人权法处理，只能丢弃巴尔特警长的Q号机器人。"

"一言为定？"

"一言为定！"

巴尔特一心想抓住我这个会捣乱的陆地人，一时脑子断了根弦，捉起我的手就检查，大声喊："有指纹！有指纹！这姑娘是个活生生的地球人！"

我气得双眼"呼"地涌出两行热泪。巴尔特又惊呼："她有眼泪！不是机器人！"

阿依莎老师嘘了口气，把锐利的目光盯向高大严肃的机长。

机长转向巴尔特，请他把Q号机器人扔出飞船。

直到这时，巴尔特的脑子才转过弯来，气急败坏地争辩说，他的Q号机器人是警方的得力助手，可以向格瓦鲁国王汇报许多情况，绝不能丢弃。倒是这个地球人小姑娘，一会儿私闯庆典宫，一会儿装神弄鬼变成机器人，应该把她丢弃！

机长觉得警长也有理，便问阿依莎老师："既然她不是机器人助手，您把这地球人带上飞船干什么？您应该为碧浃国的安全着想，请扔掉她！"

全机舱的鱼人都挥拳呐喊："对，扔掉她，扔掉她！"

阿莱娜"哇"一声痛哭起来，阿依莎老师气愤地从座位上"腾"地站起，因用力过猛，在失重的情况下飘到舱厅半空。

我连声疾呼："不，不，你们不能这样对待我！"

巴尔特警长怕我对他耍花招，慌忙取出手铐把我铐了起来，另一只手铐还牢牢铐在了他自己的胖手脖子上。

整个飞船里乱了套，吼声、叫声，声声四起。

"听着，碧浃国的公民们！"阿依莎老师飘在半空大声说，"我现在不是以王后表妹的身份，而是以和你们普通公民同样的身份在说话。你们可以把这可怜的地球人小姑娘扔到宇宙中，但是你们知道吗，她是去K星寻找她的爸爸的！我们在地球建设了一个模拟碧浃国，得到过许多地球科学家的帮助，可是这些科学家不但不能返回家园，连寻找他们的亲属也遭到厄运！许多地球人被我们弄得永远丧失了记忆。这公道吗？K星人这样恩将仇报，总有一天会遭报应的！我想，如果我们早些省悟，以友谊为重，总比结怨如山、埋伏隐患的好！难道说，一个活生生的高级生灵的生命，抵不上一个毫无生命的机器人吗？啊？"

她那绿焰般的目光咄咄逼人。

船舱里突然鸦雀无声，只有飞船机舱里传出的细微嗡嗡声，空气窒息得像要爆炸。机长无奈地看着毫不示弱的阿依莎老师，又看看摩拳擦掌的巴尔特。

时间也仿佛凝固了。

"报告机长！"驾驶舱传出飞船驾驶员紧张的嗓音，"只剩两分钟。万分火急！请赶快决断！"

该死的巴尔特解下手铐，紧紧夹起我就往船舱后方跑——啊，一切都完了！永别了，爸爸、妈妈！永别了，朋友们！……我的嘴早被堵住，我的挣扎在警长铁钳般的手臂中毫无用处。我耳朵里响着阿莱娜绝望而尖厉的哭叫："放开她，放开她！"

突然，巴特尔停下。后舱"扑通"一声，紧接着，飞船轻轻抖颤了一下。

阿格壮阔步飘进客舱，大声说："报告机长，遵照您的指令——按人权法处理，留下有生命的地球人，丢弃机器人。为了飞船和全船女士、先生们的安全，我已经把Q号机器人从降落舱丢弃！"

"你?……"机长欲言又止，随即舒了一大口气。

"好哇，你先斩后奏！机长，你们要赔偿我的损失！……我的可怜的Q号啊！"巴尔特放开我，捶胸顿足地号啕。

"我是飞船之长，按规定，在宇宙航行期间，即使国王在船上，也得听我的！"机智的机长见抛弃机器人既成事实，阿格壮恰好为他解了难题，便顺水推舟："小伙子，你干得好，扔掉机器人，那的确是我的指令！"他还朝飘在船舱空中的阿依莎老师点了点头："下来吧，女士。现在请大家系好安全带，各就各位——我们的宇宙飞船即将穿越时间隧道。"

"嗖——哧——"一阵尖锐的声响划过天宇，紧接着，有晶莹斑驳、五彩缤纷的光带围着船体飞旋，飞船立即像急速旋转的陀螺，斜着钻进了一条绚丽奇妙的光道。呼啸中，可见到大大小小、形状各异的飞碟、火箭、飞船相互擦肩而过。窗外奇异的景色吸引了飞船上的每个乘客，许久许久，鱼人们才重重地喘了口气，把目光移向阿格壮。

突然，除了警长以外，大家朝阿格壮使劲儿鼓起掌来。

"多亏了你，小伙子，不然我们都化为灰烬啦！"一位留山羊绿胡子的老鱼人说。

"你真果断，真有胆量，真棒，而且帅极了！"一位漂亮的鱼人姑娘忽闪着敬慕的绿色目光，过来亲昵地挽住阿格壮的胳膊，在他腮帮上亲了一口。

阿格壮羞怯地笑了，目光却投向了我。

我失魂落魄地站在那儿，顾不得说一声谢谢，心中一直在嘀咕："这是真的吗？我活着？真的还活着？"大颗粒的泪珠掉进嘴里，苦苦的，咸咸的，涩涩的。

要是死了，怎么会有味觉？看来我真的还活着。我终于也用带泪的微笑，报答了阿格壮，又和阿莱娜、阿依莎老师紧紧拥抱。

"不！我抗议！"警长如大梦初醒，对机长吼道，"您并不了解这个女孩。如果她是一个借口找父亲的地球人密探，将会使我们的特别行动受损失，您负得了责吗？啊？"

机长思忖了一会儿说："这样吧，警长。在宇宙飞船中，按我的意见办，她是自由的，我接纳她为我飞船的一位地球人乘客。到了K星，出了飞船，您如果执行公务，可以把她当作可疑的人押去审查，我无权干涉！"

"嗯，这还算公道！"警长将了将满脸绿胡子，无奈地嗫嚅道，"我对国王总算有个交代。不过……唉！我可怜的Q号机器人啊！"

我很高兴，起码我还活着，起码我可以在宇宙飞船里自由自在。至于到了K星，再设法和巴尔特警长周旋也不迟。何况他很可能会把我当成他的某个"业绩"带去见国王呢。也许，国王比较明智，我可以说服他放我爸爸回家，说服他不要移民去地球。正好，我巴不得见见国王呢。

飞船上的鱼人对我也客气了。他们问我的姓名，要找的父亲是谁，怎么进入碧泱国的。

阿依莎老师向我使眼色，加之有了在庆典宫只因轻轻叫一声爸爸就遇到那么多麻烦的教训，我很警觉。我只能半真半假地告诉他们，自己叫澎澎，父亲多年前失踪。由于做梦梦到父亲在一个水下王国，便乘小船到海上寻找。不幸遇到风浪，我沉入海底，多亏阿莱娜救了我。出于好奇，我随她溜进庆典宫看热闹。由于见格瓦鲁国威武而又祥和，便联想起了自己的父亲，不由得脱口叫了声"爸爸"。可能是冒犯了国王吧，才惹得警长四处搜寻我。现在，为了去K星寻找父亲，我又连累了善良的王后的表妹，心里很愧疚！是我找到阿依莎老师，让她动了恻隐之心带我上飞船的……

生存的欲望，自卫的本能，加上担心连累别人，迫使我编造半真半假的故事。飞船上的鱼人们有的感叹我寻父的诚心，有的惊奇我有"梦的直觉"，还有的为我把国王错认为父亲而感动。当然，也有人把我的话只当作一种旅行时消磨时光的趣闻。

唯有巴尔特听得最仔细。他在逐字逐句地分析、品味，厚厚的嘴唇翕动着，睁圆的绿色牛眼向我审视着，喉咙里不时地发出"哼"的声音。

"喂，你的父亲到底是谁？叫什么？"他问。

我朝他瞅了一眼，斩钉截铁地对他说："别指望我告诉您他是谁，警长先生！就凭您分不清机器人与人谁更重要，就凭您总是对别人吹胡子瞪眼，我敢告诉您我父亲是谁吗？不！您会把他当作一个地球密探而为难他的，那样的话，我们父女相见的可能性会更小。"

巴尔特站起来，再次怒不可遏地冲我乍开他的络腮胡，鼓圆了绿眼珠儿。

"您瞧，您瞧，我说您总会吹胡子瞪眼不是？咳，刚才机长先生说了，我在宇宙飞船上是自由的，您别这样，这样可就像只癞蛤蟆了。"

他呆愣愣地看着我，不知如何为他的行为收场。船舱里的鱼人个个捧腹大笑，笑得前俯后仰。

"嘘——"我总算为自己出了口气，也咯咯笑了。

阿莱娜更是连连鼓掌，开心得又蹦又跳。只有阿依莎老师和阿格壮两个人喜怒不形于色。

巴特尔警长只得尴尬地干咳两声，忍气吞声地蜷缩到他的座位上。他实在累了，不久便打起了呼噜。

窗外，时间隧道里不断变幻着光彩，像万花筒似的。瞬息万变的景象令人捉摸不定。船舱里又重新安静下来，就像什么事也没发生过。

我坐到一张备用的软椅上，倚窗尽情饱览奇特、壮丽的景色，心中对K星人发达的科学技术由衷地钦佩。虽然刚刚才脱离被抛入太空的惊险，我还是为自己能亲眼目睹时间隧道的壮丽奇景而暗自庆幸。

又一天之后，船舱中传来了机长兴奋的声音："'格瓦鲁号'宇宙飞船即将到达K星！"

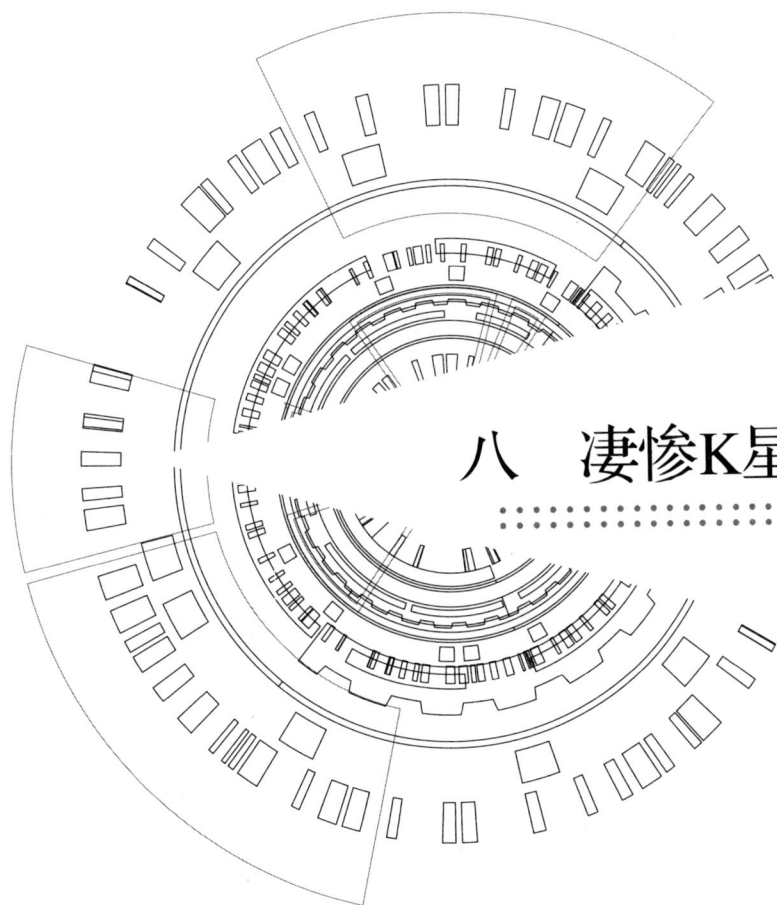

八　凄惨K星

我赶忙透过圆窗向下张望。这是一颗看上去比地球略小一些，紫雾缠绕的星球。渐渐地，我看到了墨绿色的海、灰褐色的山脉以及白苍苍的平原。

在一片郁闷的色晕中，跃出一点稍稍令人宽慰的绿光。绿光慢慢扩大，从莹莹碧波中，影影绰绰闪现出一座古色古香的城堡。

"公民们！这就是我们K星的碧泱国都城。是从溅过血的废墟中坚守下来的一方绿水、绿土。愿你们在这里快乐！""格瓦鲁号"宇宙飞船机长向大家介绍道。

飞船钻进大海，不一会儿便落到了海底人造平台上。

巴尔特警长神气起来，抢先迈出舱门，肥壮的身躯在翠绿的海水中左摆右晃。

"记住，澎澎，第一，不要暴露你父亲的身份；"阿依莎老师一边走下飞船，一边在阿格壮、阿莱娜的遮挡下向我小声交代，"第二，说你是记者，碧泱国法律不杀记者；第三，我们会搭救你。"

我点了点头，怀着好奇心和寻找父亲的强烈愿望，穿上我的海豚服跳下舷梯，跃入大海。

一股难闻的药味扑鼻而来，接着，一根带圈儿的长链套住了我的头盔。巴尔特警长拉着我游向一辆警船。众目睽睽之下，他显得很是得意。唉，K星给我的第一印象实在太糟了！

我看到阿莱娜不停地向我挥手，阿格壮也在用微笑鼓励我，阿依莎老师则用目光祝福我。我不再胆怯和慌张，因为在K星的我并不孤独。

古铜色的鲨鱼形警船一路叫嚣着在水下奔驰，稀奇古怪的各种鱼儿、海兽惊跳着四处奔逃。警长和开船的章鱼人要带我上哪儿？我还没来得及好好见识见识K星的"庐山真面目"呢！

不大一会儿，我的两眼便亮堂了。眼前活脱脱地出现了一个美丽的绿色童话世界。鲜嫩的苔藓，像精致的绿地毯铺盖在海底沙泥之上；含有金属光泽的巨大海藻，像一棵棵绿色椰树围护着琼楼玉阁。翡翠晶莹的拱形、塔形宫殿熠熠生辉。莹莹绿光中，只有悬在上层海水里的浮灯是五颜六色的。每座宫殿前，伫立着一尊绿宝石鱼人像，很可能是历代K星碧泱国的君主雕像。它们个个神气十足，不可一世。

巴尔特警长整整衣装，带我进入一座拱形绿宫。排水过道里有奇异的壁画：简明星辰图，鱼人嬉戏图，海兽格斗图，令人目不暇接。嗬，宫殿内部更是美不胜收：淡绿色的珍珠挂帘，玫瑰红海藻丝编制的轻柔帷幔，稀有金属钛合金做成的窗框与窗棂，华贵的鱼皮、海蛇皮的榻椅，布置得华丽娴雅又舒适。我意识到，这是一座休闲的居家王宫。

果然不错，格瓦鲁国王穿着一身紫红的宽松休闲服，没有戴王冠走进宫廷。他非常高大，有一对绿葡萄似的灼亮的圆眼。特别硕大的淡绿色脑门，明晃晃地显示出他的智慧和威严。

可惜他的鼻子特塌，鼻子下留着墨绿色的八字胡，下巴像礁石那样撅出。

他向警长点头，用威严的目光向我扫视了一下，随即去掉假肢坐上软榻，把巨大的鱼尾蜷在榻中。

"你叫澎澎？偷渡到K星，是为了寻找你的地球父亲？据说，他还和我格瓦鲁很像？现在，请你告诉我，他究竟是谁？要知道，姑娘，我现在很忙。如果不是处在一次大移民行动的非常时期，我是不会见你的。我必须对我的公民和我的碧泱国负责，所以请你来，你必须说实话。你是谁？是否有人指使你来K星破坏我的移民计划？"

他的眼中射出了绿紫色火焰，我不知怎的突然双膝打颤，感到心慌意乱。我们刚下飞船，巴尔特事先并没有进宫，国王怎么已经知道我在飞船上所说的一切了？但是我坚持硬着头皮改口说："国王陛下，我其实不是来碧泱国寻找父亲的，我是地球上国际中学《蓝色家园》杂志社的业余记者，暑假我玩舢板时遇到风浪落水，被阿莱娜救起，这才发现水下有个碧泱国。受好奇心的驱使，我决心采访这个神奇的国度。后来，为了顺利采访、博得阿莱娜的同情，我故意谎称来碧泱国寻父……"

巴尔特警长赶紧绘声绘色地对国王说："尊敬的格瓦鲁国王陛下，这位地球姑娘来历不凡，她私闯庆典宫，被抓获后又逃之天天；本人特意派出化了装的Q号机器人对她进行侦察，却又被她中断了Q号机器人的记忆；此次，她又蒙骗了阿依莎女士，博取同情上了我们的宇宙飞船；在飞船失衡时，她竟装出一副可怜相，怂恿一位小伙子扔掉了我的Q号机器人——那机器人可是专门来K星向您……"

"得了，警长先生！您觉得很光彩吗？"国王猛击一下皮榻，绿脸气成了紫青色，压低嗓音说，"要不是看在你几十年对我忠心耿耿的份儿上，我早就把你撤了，杀了！"

巴尔特和我同时被吓傻了。国王在榻椅上甩了甩鱼尾，捋了捋八字胡，平静下来："澎澎小姐，你说你是记者，有证据吗？"

幸好，我有一枚有机玻璃的纪念章，那是临来碧泱国前不久，参加一次校刊举办笔会得到的，我一直别在胸前，现在强作镇静地把它摘下交给巴尔特，巴尔特战战兢兢地把我的纪念章捧给了国王。其实，那是一个极普通的纪念章：浅蓝色圆形的透明有机玻璃中，罩着一只可爱的小海豚像，还有几道弯曲的蓝色线条，表示海浪。

国王看得很仔细，绿色的目光温和了许多，喃喃地说："是的，是的！当初我选定在你们那颗蓝星上建造一个模拟碧泱国，就因为它是蓝晶晶的，蓝得和我们 K 星原来绿莹莹的海水相似。而且，我曾经误将这种可爱的海豚，当成了地球上最最聪明的生灵。咳，谁料到地球上还有人类。"

"国王如果不嫌弃，这枚小徽章就送给您作个纪念！"我乖巧地、大胆地、不失时机地说。

不料他真的含笑接受了，还把它别到他的休闲服上。可能是"物以稀为贵"吧！蓝色的大海和小海豚，的确对他有吸引力。

"谢谢！既然你有证据证明自己是记者，那好吧，我放了你。让你采访这颗我们即将遗弃的 K 星星球，你会失望的。我必须警告你：如果你有危害我移民行动的行为，定会受到严厉惩罚！当然，如果你是正常采访，有朝一日等我完成了移民大业，你就可以发表你的文章。是贬是褒，我都不会在乎。"

更令我喜出望外的是，国王还令巴尔特为我找来一艘纺锤形的、银灰色的箭鱼小艇，专门供我采访用。

最后国王说，食宿问题，就得靠我自己去解决了，因为 K 星现在处于非常时期，无暇顾及我这个不速之客。

哈！万万没想到这么顺利就闯过了来到 K 星的第一大关。我告别国王走出王宫，快乐得直想喊叫。

巴尔特无可奈何地把小小的箭鱼小艇交给我，狠狠地"剜"了我两眼，气哼哼地游走了。

爸爸，您在哪儿？您的女儿到遥远而又陌生的 K 星来寻找您了！

地球啊，生我养我的蓝星，我要竭尽全力护卫你。当我摸清 K 星的情况凯旋时，你会为我骄傲的。真的，我一定让你为我骄傲。

我把我的箭鱼小艇开得很慢。环顾王宫这一带，简直是天堂仙境，难怪这儿的人是绿色的。满目葱葱茏茏的环境孕育出来的高级生灵，自然也是绿色的。清澈的碧波、洁净的岩洞、精巧的楼房、悠游的鱼虾，一派宁静安详而又从容的景象，一点儿也看不出什么污染、战乱的痕迹。

这么好的生存环境，K星人为什么还要移民？为什么还要在地球建造一个模拟碧浃国？真是不可思议。

但是当我的小艇开出壁垒森严的海马人警戒圈之后，情况就越来越糟了，不时有倒塌的残垣断壁挡住了水道。再往前，碧波逐渐变黄，变红，变灰。这种现象，很像地球海洋中有时出现的赤潮。难怪K星上的大海从宇宙飞船上看，除了碧浃国都城附近是绿色以外，几乎都被"染"过了不同"色彩"。

最初，海中还有药水的气味用于消毒，以后连药水味儿也没有了，干脆是臭烘烘的。游在海水中的各色鱼人无一例外地戴着黑色防毒面罩，所以根本见不到他们的表情和模样儿。

我也赶紧戴上从海豚服上卸下的头盔。刚才从王宫出来时的好心情已一扫而光。

关于赤潮，我在学校组织的海洋科研小组活动时调查过，它实际上就是一种海洋灾害。科学家把一切有色的潮（除正常蓝色海水以外）都称为赤潮。地球上的赤潮是由于城市倾倒的生活、工业废水和垃圾污染了海水，大量的氯、磷等元素随江河奔泻入海，致使随波逐流的藻类过多繁殖，海水中溶解的氧减少了，腐烂细菌的分解产生了腥臭气味。大量海洋生物死亡，生态环境遭到严重破坏。

万万没想到，这种现象在K星竟泛滥成灾，到了不可收拾的地步。

我按照小艇上显示的海图，尽快向大陆架和岸边靠拢，想再看看那些地方怎么样。

身后传来一阵喊叫声："喂，停停！等等我……"

我慌张起来。难道国王反悔了？还是巴尔特又要拘捕我？我回头一望，不像。这是一艘银白色的虎鲸形小艇，当它靠近了，我才听出，那是阿莱娜的声音。对讲器传来她的话声："喂，澎澎，你真是好运气，听说国王放了你！我有两天休息时间，你去哪儿？我陪你一道去。"

"阿格壮呢？"

"他先去打听我们父母的下落，有阿依莎老师的帮助，也许我们很快会找到我们的父母。"

"好哇，我现在是地球《蓝色家园》的特约记者，国王已准许我在贵星球四处采访。我现在想去大陆架。"

"我奉陪！嘿，只是这儿的海水味儿实在令人恶心。"她戴着不知打哪儿弄来的防毒面罩，直叹气，"这儿比起地球上的那个碧泱国，真是天壤之别。"

我们的小艇沿着升高的海底斜坡向上，来到了环绕大陆的浅海地带——K星大陆架地带。从鳞次栉比的华丽石屋的残留构架来看，这儿曾经繁华过。凄风飕飕，这些建筑物的门楣、窗棂中，时不时有饿死或被炸死的尸骸露出。

更加浑浊的海水中，零零星星游动着懒洋洋的、形态奇特的人——他们的趾间有蹼，游泳姿态像青蛙。见到我们的小艇，他们很冷漠地直起身、低下头，青绿色的肌肤皱皱巴巴而又没有光泽，鼓出的褐色圆眼隐含着敌意。

我们把小艇靠到海滩上，据说原来碧绿色的沙石已成了灰蒙蒙的。钻出小艇来到海滩，顿觉闷热窒息，我们只好再把头盔戴上。

头顶上那恒星射来的紫褐色的光雾，让人情绪低落。我见到几个蛙人妇女牵着瘦弱的小孩在挖找可以充饥的东西。她们身上的鱼海草遮身衣裤破旧不堪，带蹼的脚无力地站在泥沙上。

"请问这位大嫂，我可以采访你吗？"我用鱼人语问。

她冷漠地摇摇头，似乎听不懂我的话。她身旁的孩子见我摘下头盔，惊慌地睁大恐怖的双眼"哇"地大哭起来。

"唉，他们不适应你这副尊容。澎澎，去找一个有文化的蛙人采访吧！"阿莱娜悄声说。

啊，难道我真的那么丑、那么怪？我这才意识到，在K星，我可真是个地地道道的"外星人"。

阿莱娜指着一位干巴精瘦的老蛙人。他坐在地上，正给一群蛙人儿童讲着什么。阿莱娜蹒跚着用她的假肢走过去，毕恭毕敬地向他鞠躬致意，还谨慎地向老蛙人介绍了我。

果然，老蛙人一派学者风度，用敏锐的目光打量我一番，便同意向我介绍有关K星的情况。那些天真的蛙人孩子一面对我充满了好奇，一面很认真地一道听蛙人老爷爷向我述说K星的悲剧：

"姑娘，我知道美丽的太阳系有一颗蓝色的星球叫地球，地球生机勃勃。今天，我有幸见到这颗星球上的来客，打心眼里高兴。

"你知道吗，几百年前，我们K星也同样生机盎然。绿树成荫、花草茂盛；大陆架物产丰富，海洋生物和矿产资源应有尽有；海洋碧波浩荡，环境优美。陆地的绿原国、大陆架的两栖国和碧波下的碧泱国和平共处，经常进行科学文化和经济交流。整个星球和谐有序，其乐融融。

"谁知在科技发展的同时，我们K星人却忽略了环境保护和生态平衡。人们肆意挥霍，肆意享受着有限的资源。

"碧泱国开始抱怨绿原国毫无节制地向大海倾倒垃圾、排放污水；两栖国埋怨碧泱国不时掠夺大陆架的资源；绿原国指责两栖国排放的工业、化学气体污染了大气……后来随着科学的发达，K星人可以制造出宇宙飞船和各种机器人了，却依旧没有很好地探讨如何治理环境、保护生态平衡。人们格外热衷于你争我斗、掠夺资源、侵占生存场所。

"战争一次次升级，各类武器摧毁了无数人的家园，核武器、化学武器、生物武器使环境遭受到灭顶之灾。战争的最终结果是：碧泱国取得了胜利。

"但是，K星已满目疮痍，胜利了，又有多少意义？当大家都冷静下来时，才后悔不迭……应该说，碧泱国的格瓦鲁国王是位了不起的君主。自从他继位后，不再把注意力放到维护自己的统治地位与权威上。据说，他正在策划一次星球移民行动——但愿K星的孩子们有一个美好的明天。否则，他们将会先于K星消亡。"

"老伯伯，您知道K星要移民到哪个星球吗？"

"不知道！这可是绝密的。据说，一直到飞船起飞时老百姓才能知道我们要飞往何处。"

"爷爷，爷爷，我们也能上飞船，去一个美丽的星球生活？"蛙人孩子们眼巴巴地问。

"是的，是的，我想是的。"老蛙人颤悠悠地答。他仰起头，看着紫褐色的天空，"那儿的恒星会和我们原来的这颗恒星一样明亮，放射出迷人的、金色的光芒。那儿的海滩全是细细的、洁净的、亮晶晶的绿沙，你们可以尽情地在沙滩上打滚。那儿的海水折射出翠绿的波光，你们可以随时跃进碧波遨游。"

"我们还可以搬进亮堂堂的教室去读书，不用再挤到昏暗的洞穴里了。"一个很好看的蛙人女孩儿，用脆生生的嗓音说着，随即把目光移向天空——尽管那天空如此沉闷、灰暗。

"我们还可以吃到阿妈做的鱼肉馅饼和鲜美的绿藻汤，不用再捞怪味的东西填肚子了。"另一个干瘦的男孩儿，使劲咽下一大口唾沫。

听了这些话，我心中像打翻了调味瓶，酸、咸、苦、辣、涩全都涌上了心窝。我为这位老蛙人和孩子难过。他们失去了美好的家园，他们真不幸。我为曾经毫不怜惜K星的生存环境、巧取豪夺的K星人和那些K星的战争狂人感到羞愧。他们摧毁了这颗原本美丽的绿星，最后自己也丧失了立足之地。我还为天真的K星儿童心酸，他们仍有美好的憧憬，可他们是否能好梦成真呢？

我更为我那蓝色家园担忧。天哪，假如格瓦鲁国王要把K星人全都移民到地球，地球该怎么办？地球的生存空间有限，人类自己存在着各种各样需要解决的问题，怎能再容纳众多的外星人来凑热闹？

"地球人大姐姐，你乘宇宙飞船来，宇宙可怕吗？"

"地球人大姐姐，你是外星记者，说话有分量，能不能对格瓦鲁国王说说，两栖国已归顺碧泱国，"一位略大一些的蛙人少年，满脸大人气地对我说，"我们也是他的公民了，人移民时千万不要忘了我们。到了新的星球，我们会更努力地学习，长大后再也不犯先辈的错误。"

我该怎么回答他们呢？我无言以对。倒是阿莱娜开了腔："我想，格瓦鲁国王不会忘记你们的。据说，这次移民行动准备了很久，大大小小的宇宙飞船建造了许多，咱们可以分批、分期飞往新的乐园。"她眼中的绿光特别柔和。

"真的？嘿，你这位鱼人大姐姐可真好。哎，同学们，咱们请两位大姐姐到我们的'家'里去玩玩，好吗？"蛙人少年跳到一块岩石上问。

"好！""赞成！"刚才还是愁眉紧锁的孩子们被阿莱娜的话鼓舞得活泼起来，活像一群绿色的大青蛙在欢叫。

在十几个蛙人孩子的簇拥下，我们跳下了水。

我的头盔帮了大忙，不但使我可以勉强跟上他们，还避开了水中的腐臭味儿。

不多会儿，在海底嶙峋的岩石洞里，我看到了另一番景象：这里住着几十个蛙人儿童，由几位蛙人老大娘、老大爷照管。他们几乎过着很原始的洞穴生活。

我问蛙人少年："孩子们的父母呢？"他扭过头去，轻轻说："父母大部分都在战争中牺牲了。还有一部分人去了绿原国，他们可能在交涉一件和移民有关的大事。"

洞穴里的老人们听了孩子们的介绍，都围过来看我，有的皱眉，有的惊奇，有的摇头咂舌。不过他们最后还是很大度地接受了我这外星人的怪模怪样。听说我会讲他们听得懂的鱼人语，竟哈哈大笑，觉得不可思议。

谢天谢地！他们总算还会笑。

"我叫达尔加，"蛙人少年越来越活跃，"请问两位大姐姐叫什么？"

我和阿莱娜做了自我介绍，达尔加便带我们先参观了蛙人孩子们的洞穴壁画。这些壁画画有蛙人以往漂亮的城堡式都市，一幢幢童话里才有的小楼房；有两栖人和鱼人相互发射的一种我看不明白的武器；有帽形的、箭形的、陀螺形的宇宙飞船……虽然画得幼稚，却是K星人生活的缩影写真，和王宫长廊中的古老壁画有些异曲同工。

他们还捧出珍藏的腌海藻、烤鱼片来招待我们。我赶紧取出从地球碧泱国带来的压缩食品分送给他们。这些懂事的蛙人孩子舍不得吃，把压缩饼干、糖果送给老蛙人们。老蛙人更舍不得吃，把这些美味仔细收藏起来……

唉，K星怎么会如此凄惨？

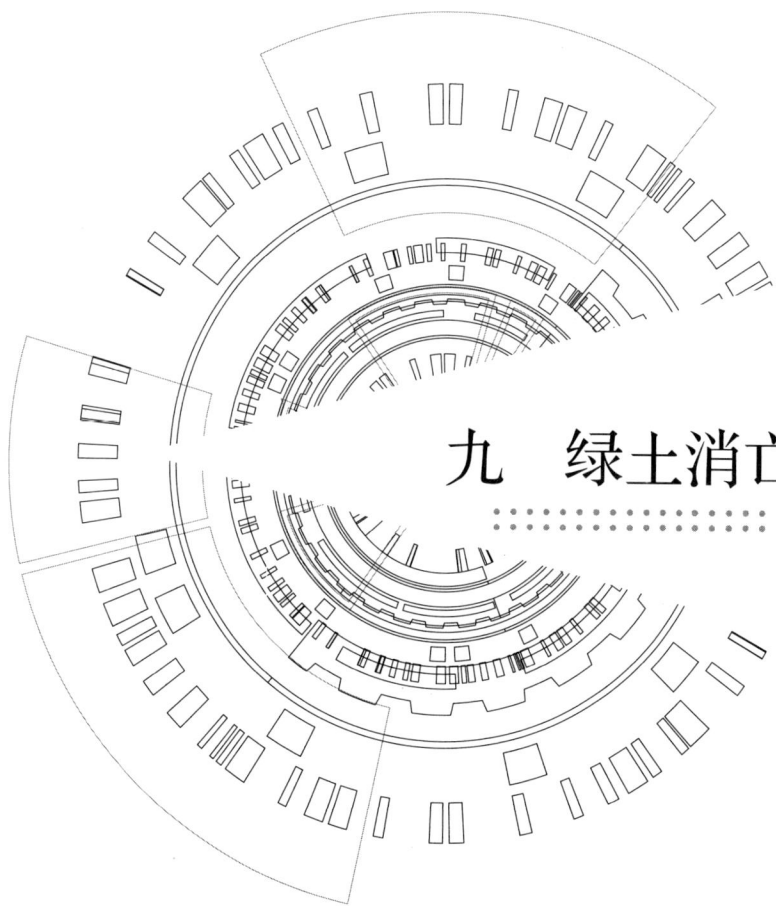

# 九　绿土消亡

在两栖国的洞穴里我看到了凄怆、也看到了希望：这一代的小蛙人已学会了反思和展望。

不敢在这儿流连，我必须再去绿原国采访，看看那儿的高级生灵是怎样想的。再说，爸爸很可能在那里，因为陆地对他更有诱惑力。

阿莱娜说她的假肢不宜长途跋涉，就不陪我去了。还说鱼人语是K星通用的语言，加上我是地球陆地人，容易和K星陆地人沟通，因此，她比较放心。

"呀，别小小年纪就婆婆妈妈的，"我向她告别，"还是去找你的父母吧！一星期后我回碧泱国找你——在王宫附近。"

蛙人少年达尔加送我们上海滩。在浅水区，我看到许多两栖人藏身的小洞穴，简陋肮脏。

"达尔加，把格瓦鲁国王借给我的箭鱼小艇暂时放在你这儿，行不？"

"那太好了。我可以驾驶它去远一些的海域寻找食物吗？"

"可以，只是别丢失它。"

"两栖人说话从来算数！到时一定奉还。"

他不懂得拉钩，我们只好拍掌为约了。现在，我已经看得惯他那对圆鼓鼓的眼睛，他也看得惯我的长腿、小眼、黑发了。

蛙人老学者和孩子们，也都频频向我挥手告别。

我紧紧拥抱了阿莱娜，接过她从我的小艇里取来的小行囊，便向K星的绿原国迈去……

几乎找不到路。怪异的岩石阴阴沉沉，荒芜的灰白色土地露出龇牙咧嘴的缝隙，烧焦了的荆棘和树枝，如同张牙舞爪的妖魔在热风中颤悠。我静悄悄地走向荒原。

头上那颗类似太阳的恒星仿佛也越来越没精神，天色渐渐昏暗。我多么想见到灯光，寻到一个哪怕如两栖人洞穴那样的藏身之处，可是没有。

好不容易看到了几幢破楼，但是污血溅过的断墙，流弹出入过的碎窗，锈损的钢盔，以及残肢腐肉纵横、弹孔如麻的惨景，使我不寒而栗，哪儿还敢钻到这些建筑物里去栖身呢？

带着一颗惊悸的心，我绕过这群半倒的楼房继续前行。总算有了一条蛇一样蜿蜒的、不宽也不窄的路。它像希望的飘带，引导我向前走啊走。呀！远远的，终于出现了依稀的蓝色的灯光……

我像迷航在苍茫大海中的一叶小舟看到了灯塔，欣喜万分地涌出了泪水，加快步伐向蓝蓝的灯光奔去。

这里曾经繁华过！一幢幢破损的半截楼房高得仿佛要插入黑云。几座残留的房基被盖上了石块，成了一层或两层的简易楼房。蓝色的火光，正是从这种改造过的室内闪出的。

经历了大半夜在荒原中寂寞而又艰难的跋涉，能看到一星火光和一缕黑烟，我心中感到无限的温馨。我小心翼翼地去叩响一扇紧闭的门，灯火却像辟邪似的灭了，连轻微的动静也凝固了。这个家不欢迎陌生人！

我又走到另一扇门前，听到女性温柔的摇篮曲和婴儿哼哼唧唧的声音。轻轻的叩门声并没使屋里的女主人熄灭灯火。只听她说了几句我听不懂的话。

"大嫂，我从碧泱国来，走了很久，实在太累，可以进来歇歇脚吗？"

我的鱼人语起了作用，一阵细碎的脚步声传来。门打开了，蓝色灯光向我风尘仆仆的身上泻下来。

"啊——"她尖叫一声，扑通，跌坐在地上。

"啊——"我也禁不住尖叫一声，蒙住自己的双眼。

屋里的婴儿哭闹起来。我这才醒悟，原来我们都被对方吓着了。她和我原来想象中的K星陆地人大相径庭。她并不类似我们地球人。她两条棍棒似的硬硬的细长腿上，支撑着一个长有细密绿毛的梨形身子，脑袋像鹦鹉似的覆盖着浅黄、赤红的细绒毛。眼珠黑黑的，但很明亮。她那双臂分明是由翅膀演变而来——上粗下细，五指硬如鹰爪。嗯，按照进化论的理论分析，K星的陆地人肯定是由飞鸟进化而来。不过她的嘴并不像鸟喙，已进化得很柔软，只是有些突出而已。

我呢，既然是由地球上的猿猴进化而来，在她的眼里我一定也古怪异常，加上深更半夜的，来了这么一个怪物，难怪她吓晕了。

"抱歉！我吓着你了。"我从蒙脸的指缝中看她，"我是太阳系的地球人……如果你和小宝宝害怕，我可以离开。我不是坏人……是记者。"

"咳，你早说你是地球人嘛。"她舒口气站起来。"请进吧！我们K星以前常有各种外星人来访的。可你太唐突，我没有心理准备。"她用温婉的鱼人语跟我对话。

她从吊在屋梁上的用半截炮弹制成的摇床里抱起她的婴儿，晃呀，哄呀，才使他睡了。

我实在太累，居然倒在一张软椅上也呼呼地酣睡过去……

醒来时，已经天亮。那婴儿坐在他母亲的膝上冲我嘻嘻地笑——他已经适应了我，我也习惯了他们。

这婴儿周身草绿色的细绒闪烁着美丽的光彩，眼睛黑白分明。为了缩短我们之间的距离，我用很珍贵的一小杯水细细洗了脸，还用随身带的小梳子梳了头发，然后请那孩子吃我从地球碧浃国带来的压缩饼干和糖果。他的母亲只让他吃一点点，便把剩余的仔细收藏起来。

"他的父亲呢？"

"他的父母都在战争中牺牲了。"

"噢，对不起，我以为你是他母亲。"

"我现在是他的母亲。在K星，最值得珍惜的便是健康的婴儿，一旦移民到新的星球，他们便是未来的希望。"她的目光充满憧憬。

原来，所有的K星人都知道有一次大移民行动，都对这次行动寄予厚望。但愿这次行动的目标不是地球，否则，遭殃的不单单是我们的大海了。

"你是地球的记者，为什么不去采访那些把星球治理得井井有条、居民安居乐业的星球？为什么偏偏来采访K星？你知道吗，我们的绿原国曾经十分美好，四处都有奇花异草和葱葱郁郁的植物。人、飞禽、兽类和谐生存，无忧无虑。我们还时常在高大的植物上搭建小屋，过一种返璞归真的生活，空气也沁人肺腑。

"谁知道究竟为什么，后来人们把房子越建越高，机器人越造越多，武器杀伤力越造越大，各种仪器、设备、通信手段、娱乐设施越来越精密，人们的享乐欲越来越强，植被由于盲目开发越来越少，大海越来越浑浊，飞禽、走兽几乎绝迹，绿原变得枯黄。绿原国、两栖国、碧泱国因资源问题、环境污染问题，矛盾越来越尖锐激烈，为了争夺生存空间，战争逐年升级，最后'三败俱伤'。碧泱国勉强取胜，可损失也很惨重。这时，人们才在血泊中对往事追悔莫及。

"唉！如果把用于战争的人力、物力，用来做一些更有益的事，或许情况会好些。你都看到了，这就是我们枯萎了的K星。"

她茫然的目光注视着我，希望我能回答这个很复杂的问题。

我的脸红了，我只是一个学识浅薄的高中生，我能说些什么？

"我使你失望了。但是，如果能找到我们地球人在K星的一位学者，他一定能回答许多很复杂的问题。他姓彭，也许你知道他。"

她的两眼一亮，人也精神了："彭教授？我虽没见过，但绿原国的人都知道他呢。他曾来这儿进行考察。他是格瓦鲁国王特邀的一位参加移民行动的外星人顾问。听说他是地球上的陆地人，所以对我们绿原国格外重视。"

听了她的话我又惊又喜又忧：惊喜的是，爸爸的确在K星，曾经来过绿原国，这使我顿感信心倍增，深信一定可以找到；忧的是，他怎么那样热衷于K星移民行动？怎么对K星的绿原国那么感兴趣？难道他不明白K星人很可能要去地球安家落户？

爸爸啊爸爸，也许您被逼无奈？不，您绝不是没骨气的人。也许事出有因吧！您或许正在为保护我们的地球家园谋划操劳。唉，我多么想早早地见到您啊！您知道吗，您的女儿闯到K星来找您了？

"那么，彭教授仍在绿原国？"

她眨眨圆眼，耸了耸绿茸茸的肩背，说："也许吧！前天我在广播里还听说，他正在考察一片尚存的绿原国的绿林，那是K星绿原国的最后一片绿色地带。"

她膝上的婴儿在两个不同星球人姑娘絮絮叨叨的谈话声中又睡着了，粉红色的小嘴露出一丝笑意。

我决心去那片残存的绿原看看。收拾完行装，我向这位已做了"母亲"的K星陆地姑娘告别，感谢她收容我休息了整整一夜。我还轻吻了那甜睡的婴儿，一股婴儿特有的香味令我莫名感动。

她把婴儿放入摇篮，取出一只用植物纤维织成的精美小口袋，递给我："那儿很远，你的短腿走不到绿林就会断的。交通全瘫痪了，就用这个吧。反正我暂时用不着，回来时你记得还我！"

袋中是一副用金属钛制成的轻薄的人工翼，把它套在身上，胸前的按扣一按，就可以飞翔。我十分惊奇，不知如何操作。她来到门口，给我做了示范：两臂伸进翼套，胳膊肘恰好与翼角相对应。她果然轻盈地飞起，随着手臂的扇动，自如地控制着羽翼的动作。

她让我试飞。我真的飞了起来，那是一种令人难忘的感觉：那些轻薄的小复羽、大复羽、初级飞羽、次级飞羽和三级飞羽等等构造，完整地附在翼片上，制作得和我们生物课上老师展示的飞鸟翅膀解析图上的羽毛一模一样。更妙的是这翅膀的动力竟是人体的生物电！

怎么感谢她呢？我自己只留下少量的压缩食品，其余的全都送给她和小宝宝了。

就这样，我张开双翼，向K星绿原国的最后一片净土飞去。

从天空俯瞰K星大地，依稀可见它原来的美丽：半截的楼群四周，有枯死的高秆植物环绕；干涸的河道，以前一定是碧水淙淙。平坦的原野，古铜色的山壁，交错纵横的大路的痕迹，残留的拱形的体育场，破损了的各式飞车，被炸掉屋顶后露出的旋转舞台，都在告诉我：这里曾经繁荣昌盛过。

我伸直腿，平衡着身体，以最小的阻力向前飞啊飞，哪怕双臂飞出了血，只要找到父亲，我也心甘情愿。我要尽快和他商讨制止K星人向地球大移民的良策。

渐渐地，天上的鸟人多起来。

我飞得已经精疲力竭了，突然一阵清悠悠的风儿夹着一股青草的香味儿，一阵阵朝我涌来。呀！我看到了湿润的泥地和几潭碧水。不一会儿，我见到许多比地球上还要高大的类似松树、柏树的植物铺展在绿原上面，还有青翠欲滴的鸟巢形的小竹楼坐落在高高的松树杈上。随着竹楼的增多，许多琼楼亭阁式的古老建筑在绿雾环绕中出现。

我不敢相信我的眼睛。这是在K星吗？我还听到了奇妙的音乐声，很娴雅，像是流水敲击奇石发出的大自然的声音。我飞进了绿色的梦幻世界！

许许多多插着银翅的绿原国人向这儿飞来，有的行色匆匆，有的逍遥自在，有的甚至好似在遐思冥想。我随着他们降落在一片草坪上。

"欢迎光临我们K星最后一片绿原！愿您能享受到片刻温馨与安宁。"两位足足高出我两头的鸟人姑娘，温和地对每一位收拢翅膀落地的游客说。

"啊——"当我收拢双翅走进一扇用绿叶装点成的拱形大门时，这两位绿原国的细长腿鸟人姑娘见到我不约而同地尖叫起来，吓得连连后退、瑟瑟发抖。

一位更高大、腿更细长的鸟人先生过来盘问我。

我有点生气地告诉他："我可是得到碧浃国格瓦鲁国王的恩准，来K星采访的地球人记者哦！你们不必大惊小怪。不信，你们可与巴尔特警长联系。"

他拨动自己的一只手掌，巴尔特警长肥胖的长有绿色大胡子的脸立刻出现在他的手掌上。他又把手掌对准我晃了晃，手掌上的巴尔特警长朝我瞅了两眼，吐出两句简短的证词："她叫澎澎，可以采访！"说完，气呼呼地狠狠地加了个"哼"字。

我被放行。只听背后传来窃窃声："噢，多怪异的外星人！"

"可不是吗，一只猴人！"

嘻，这宇宙间的事可真怪，我叫他们鱼人、鸟人，他们称我猴人。嗯，总算带上个"人"字。我的脑中突然闪出个想法：或许宇宙中只有带"人"这种称号的生物，才能称得上高级智能生灵吧？

我虽然会说K星通晓的语言，但不识绿原国那些奇形怪状、弯弯曲曲、形如蚯蚓的文字，所以面对奇花异草、参天大树、玲珑古建筑前的解说牌，如看天书，心里总感缺憾。若是请教鸟人吧，又不愿见到他们对我惊奇地大呼小叫、失魂落魄的样子。我只好独自边看边揣摩。

幸好，又飞来一群由教师带领的小鸟人。我套上海豚面罩权当防毒面罩，夹在他们中间听讲解，他们果然把我当作了碧浃国装上假肢的鱼人，未加理会我。从这位教师那儿我多少弄明白了：

这儿是绿原国十几代人努力保护下来的一片绿土。自古以来，有许多美丽的鸟儿从碧浃国方向飞来这里产蛋，还留下了无数的鸟粪。天长地久，由鸟粪积累的品质很高的磷矿石形成了，所以这儿的人一度很富裕。

我跟着他们再往里飞，只见满目的青草，像一张硕大的翡翠地毯铺盖在土地上。紫色的、淡黄的、粉红的不知名的花儿，一簇簇点缀其上，沁人肺腑的花香令人陶醉。

"呀，我们从没见过这么漂亮的绿原！"

"难怪我们的国家叫绿原国哦！想必以往四处都这么绿、这么美耶！"

小鸟人们叽叽喳喳地议论着。

我跟随他们再往里飞，看到这儿并非全是一马平川，还有层峦叠嶂、异峰兀立的山丘。这些山丘也同样绿莹莹、郁葱葱。小鸟人们在老师的带领下收拢翅膀，飞落到一座山坡的小绿林中。

小鸟人有的干脆立在高高的古老的杉形植物上，扭动着毛茸茸的黄绿色、红色的脑袋，睁大好奇的晶亮的眼睛，出神地四处张望。远远看去，他们简直像我们地球上的大鹦鹉。

林中传来悦耳、清脆的鸟儿的鸣啭声，与远处小溪潺潺的流水声组成了二重唱。高高的绿色植物遮住浓云密布的灰褐色的天空。在这样的一片绿色林木中，谁还会想到林外令人沮丧的狼藉呢？

"孩子们，瞧，这是古老的银杏树，这是杉树，这是雪松，这是香柏树，这是杨树。"

"老师，这么好的地方，为什么不带我们来这儿居住？市里的空气太熏人呢。"

"我们绿原国还有几十万人，全挤进这片不足九万平方米的绿色保护区，要不了多久，这儿就会被彻底糟蹋毁坏了！孩子们，我带你们来这儿，是为了让你们了解过去，记住过去我们曾经拥有的绿色家园。如果你们有幸随碧泱国的格瓦鲁国王移民去一颗新的星球，千万不要再犯我们上几辈人的错误，一定要爱惜绿色的原野和山林，那样才可以安居乐业啊！"鸟人女教师泪水盈盈地说。

小鸟人们很懂事地环顾四周。和两栖人的孩子们一样，他们的目光燃着期盼和憧憬的光焰。

随后，大家展开人造翼飞到一条窄窄的小溪边喝水。这里聚集的人最多，有两栖国的蛙人、碧洀国的鱼人、绿原国的鸟人，大家有次序地排着队，每人只喝三口，谁也不准把溪水带走。许多人见到溪水中活蹦乱跳的小鱼，都喷喷称奇，因为，很多人没见过活鱼。

轮到我了，我轻轻掬起三捧清绿的溪水仔细品味。哇，真是甘甜爽口！心里顿时觉得舒服而又透明。

我直起腰，感到精神抖擞，便壮着胆，走到一位胸佩绿林管理员符号的鸟人面前："对不起，先生。如果我摘下面罩，请您千万别惊奇，我是地球人，是一位记者。"

"哦，我见得多了，各种外星人都见过。您不必取下面罩，免得游人受惊吓。"他咧开嘴笑笑，耸耸淡绿夹黄色的羽绒肩膀，"我是此地的负责人，您有什么事需要帮助？"

"我想采访一位地球来的专家彭教授，据说他在这儿考察。"

"是的，他是一位海洋学家，对生态平衡问题也有很深造诣。昨天他为我们一些专家讲课，深受欢迎。"

我的心像敲小鼓似的怦怦直跳。为了掩饰我的激动，我把手放在胸前，结结巴巴显得很诚恳地问："他现在仍在这儿，是吗？我……我要见见他！"

"噢，昨晚碧洀国的飞车把他接走了。"

"去……哪儿？"

"无可奉告。"

我的心咯噔一下沉了下去。唉！为什么我不早些来？现在又该去哪儿找他？我两腿一软，跌坐在地上。

恰在这时，空中传来急促可怖的尖锐的"呜呜"声，紧一阵、慢一阵。山坡下的绿原，山坡上的绿林，都好像颤抖起来。

"孩子们，快到我身边来！"女教师高声呼唤。

男孩女孩们全都迈开细长的腿奔到他们的老师身旁，茫然不知所措。

管理员攀上一棵松树，从隐掩的枝叶中搬出一只扁扁的大金属匣，拨弄了几个开关后，空间骤然升起的空气屏幕上出现了一位飘逸着绿胡须的鸟人老者。

几阵"呜呜"声过后，那老爷爷用苍老、沙哑的声音说："我的绿原国公民们！我以万不得已的心情告诉大家，由于碧泱国国王自食其言，忘了他在我绿原国和两栖国归顺他时的唯一承诺，——他承诺：'不分国家，不分种族，要把K星人带入一个崭新的世界，共同创造新生活。'如今，据可靠消息称，在他即将实施的移民行动中，把绿原国和两栖国公民排除在移民行动之外了。要知道，为了实施移民计划，我们付出过巨大的人力、财力，我们期盼着将我们那些年幼的、年富力强的鸟人送往新星球，我们要繁衍生存下去。可是，现在我们很失望。为此，我亲爱的公民们，我郑重地以绿原国国王的名义宣布：为了争取移民到新星球的合法权益，我们决定和其他国公民联合起来，向碧泱国发起最后的决战！我们的目的是：K星人要么共同移民，要么同归于尽！

"公民们，勇敢地挺起胸，站起来！我的先遣部队已到达两栖国，让我们……"

长胡子鸟人老国王的声音猝然停止，屏幕上黑乎乎一团。过了一会儿，只听见老国王声嘶力竭的声音在绿林和绿原上回荡：

"战斗吧！我的公民们！"

紧张、愤怒、恐慌以及由繁衍种族的欲望激发起的勇敢战斗的渴望，仿佛使空气都凝结了。沉默，犹如火山爆发前的静寂。

"飞吧，到两栖国去，和碧泱国决一死战！"四周不知何时聚拢了几千个鸟人，他们一个个挥舞着由翅膀进化而成的手臂怒吼着，脸上粉色、淡黄色的细绒毛骤然变得通红，圆圆的不很大的黑眼冒着愤怒的火花，周身的细密绿毛倒竖起来。

"戴上人造翼，四列纵队，随我前进！"一位在以往战斗中曾断了一条腿的鸟人男士呼唤着。

那位女教师像老鸡护小鸡似的把孩子们聚拢到一堆。

"嗞——"一阵毛骨悚然的尖细声腾空飞来，刹那间，大片绿油油的树林突然火光冲天。不见流弹，只有嗖哨声，这是一种什么武器啊？

"那位老师，请带孩子躲进左后方岩洞！"园林管理员跃上一棵大树，"碧泱国人发射噪声波了！大家分散！赶快分散！不要慌乱……"

又是"吱——"的一声，管理员跌下大树，他那欲断的手臂还在向孩子们挥动。

一支瞬间迅速组织起来的鸟人编队，在训练有素的独腿鸟人青年的带领下，"嗖"地起飞，急速地朝大海的方向飞去。

他们呈S形前进，可能是为了避开和减轻可怕的噪声波伤害。

四周的树林在震动，在摇晃，在燃烧。一阵阵刺耳的"吱吱"声，像隐身魔鬼在呼啸，使最后的绿野变得枯黄，到处变得千疮百孔。刚才还欢乐游玩的人，一个个倒下了，红的血液和绿色的身躯，形成悲惨的对比色。

走！我要和那支队伍一道飞行，去看看海边究竟发生了什么事。刚才管理人员说，昨天碧泱国派飞车接走了我爸爸，他会有什么危险吗？战争开始了，阿莱娜、阿格壮、阿依莎老师在碧泱国有什么危险吗？我既然是"记者"，理应不畏艰险，去采访K星所发生的重大事件——K星人为移民新星球而发生的决战，会是什么结局呢？

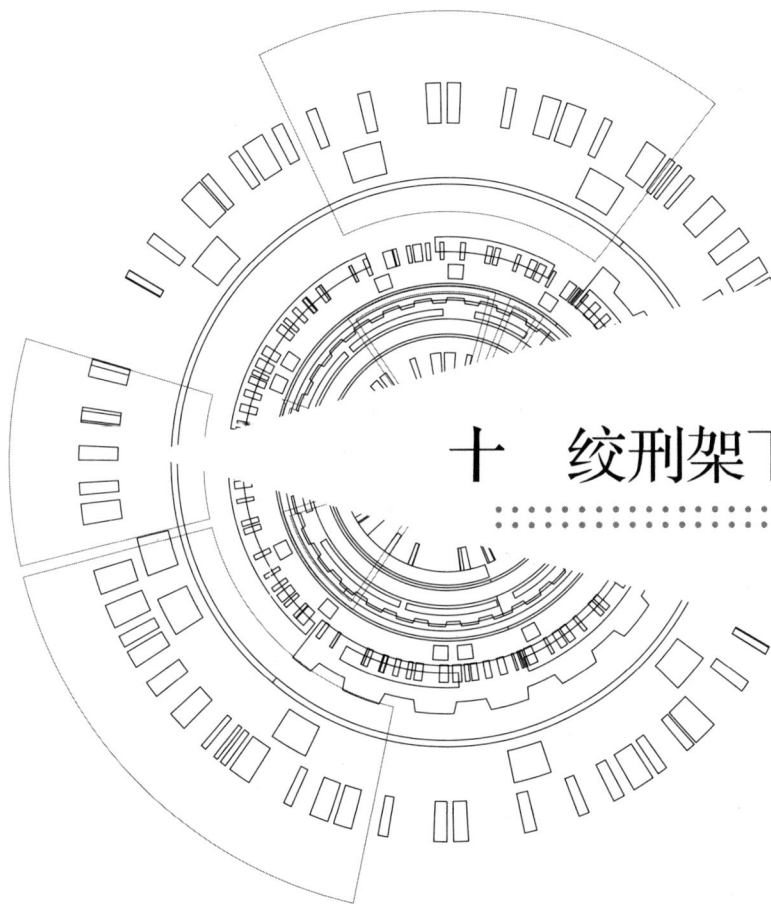

# 十　绞刑架下

绿原国的最后一片绿色植物林、绿色土地在颤抖中枯焦了。绿原国的老人和孩子在噪声波中簌簌倒下了。天空一片狼藉。

我谨慎地尾随鸟人志愿者们临时组成的队伍，向两栖国飞去。队伍中不时有人被噪声波击中跌落。不久，一束束紫红色光箭从半空骤然射过来，十分有效地销掉呼啸而来的噪声波，为队伍扫清了飞行路。

"战友们！两栖国的反噪声武器在支援我们，奋力前进啊，我们一定能胜利！"有位鸟人男士在队伍中高呼。

"奋力前进！我们一定胜利！"

一呼百应，威武的吼声震撼天穹。

两栖国到了，战斗正在激烈进行。流弹携着尖锐的"吱吱"声在半空穿梭、人们逃遁时施放的黑色烟雾弹令人头昏、恶心，各种尖厉的怪声与炽热旋转的光波随时可以把人化为乌有。噪声波和反噪声光箭像闪电般在空中晃动穿梭，让人心慌意乱。但是看不见枪炮、发射台、飞行器。一切都在隐形控制、操纵之中。

一批被碧泱国的鱼人、章鱼人、海马人追撵上岸的两栖国蛙人，见到绿原国的鸟人援兵已到，便齐声呐喊着急速返身向鱼人反攻。他们手中的金属管射出一束束愤怒的白光。

每个飞落到沙滩上的鸟人"志愿兵"，都得到了两栖国妇女发给的这种管状武器。忙乱中，我也得到了一支，它很像我们地球人用的手电筒。

在凄厉的簌簌声和蛇般狂舞的紫光、白光中，许许多多两栖国蛙人、绿原国鸟人、碧泱国鱼人纷纷倒在了海水和灰绿的泥沙中。

呐喊声、呻吟声、挣扎声、咒骂声、嚎叫声，混在一起的红的血、绿的血，伴随着肮脏的海岸在一起颤抖着，形成了一幅恶魔乱舞的恐怖景象……

碧泱国人退缩了。他们在"乌贼"战舰施放出的黑烟幕遮掩下，抱头鼠窜。

两栖国和绿原国人也无力追击了，一簇簇、一堆堆，瘫软在染血的海水和沙滩上喘息。没有人欢呼胜利。

我暗自庆幸自己在这场劫难中仍好好活着。

忽然，在阴雾中我见到有位两栖国蛙人少年，拖着两条将断的血淋淋的腿，拼命朝我爬来。那张绿血斑斑的脸上，只露出两只惶惶的鼓鼓的大眼睛。

他为什么朝我爬来？他误认为我是碧泱国人？他要向我启动那管状武器？我取下海豚面罩，连说："别，别……别误会！我是地球人！"

"地球人姐姐，你不……认识我啦？我是……"

他晕了过去。带血的蹼手还在向我召唤。我走近一看，啊，是达尔加！那位曾带我参观水下岩洞的两栖国少年！这么小小的年纪，他居然也参战了。他伤得不轻，断了的腿，仅仅连着一层绿皮。

我连忙招来一位救护人员替他包扎伤腿，还用我随身带的毛巾蘸了点凉凉的殷红色海水敷在他绿色的脑袋上。他苏醒后，转动着鼓出的褐色大圆眼断断续续地对我说："地球人大姐姐……我活不了多少时间了，你是外星人记者，希望你为我们讲几句公道话……我们K星人杀伤力强的武器，在这次最后的相互战斗中全使用完了，今天几乎是肉搏……为什么？因为碧泱国国王，剥夺了我们两栖国和绿原国人与碧泱国人同去外星球开创新生活的权力……为了移民行动，我们付出了很多很多……格瓦鲁国王自食其言，就不配做K星人的君主。大姐姐，你知道吗？你那天见到的老人，其实是我的祖父——我们两栖国的原国王！他曾寄希望于我，幻想我移民到新星之后，能拯救即将消亡的两栖人种……可是我……我……"达尔加的头沉重地朝后仰去。他年少的生命就这样匆匆结束了，两眼却依旧直愣愣地望着污浊的天空。

"如果格瓦鲁国王想移民去地球，我们地球人不会答应的！如果他移民到另一颗尚无高级智能生命的星球，我会帮你转达你的愿望。安息吧，达尔加！"我用我的地球语咕哝着。

我替他抚合上双眼，擦干净脸上的血污。

我又重新戴上面罩，掩盖我的悲伤。

夜像一块冰冷的铁向染血的海岸逼来，所剩无几的两栖国人和绿原国人聚拢到一起。

"明天，我们派代表去和格瓦鲁谈判！"

"派谁去呢？"

"我！"那位独腿勇士大难不死，自告奋勇。

"嗯，好！"有位蛙人老者的声音在黑暗中显得很洪亮，"多亏绿原国鸟人兄弟们的及时救助，今天我们才勉强获胜。诸位，我虽然退位已久，我的儿子也早已为国捐躯，今天，连我最心爱的孙子达尔加也英勇牺牲了，但是，我仍愿为我的两栖国同胞和绿原国兄弟，做最后一件有意义的事。我愿奉陪这位勇士，前往碧洸国和格瓦鲁国王谈判！"

我的两眼开始适应黑暗。说话的，果然是达尔加的祖父——前两天我在沙滩上见到的那位老蛙人。他更苍老了，瘦骨嶙峋，但精神抖擞、双目炯炯。他在为胜利自豪，为孙子骄傲。

"另外，我向大家建议，请那位地球人小姐——《蓝色家园》的记者，和我们同去碧洸国，帮我们论个公道。她是经格瓦鲁国王恩准，在我们K星进行采访的外星人，她应该会客观、公正地评述我们的外星移民行动。"

老蛙人指指旁边席地而坐的我，我一时不知所措。

"刷"的一下，黑亮的、绿色的、红色的目光全集中到了我身上。众目睒睒，搞得我十分紧张。

独腿勇士用一条腿支撑着蹦向我，以命令的口吻说："请脱下你的面罩，地球人！"

我顺从地取下面罩，四周一片唏嘘声。

"这么怪的外星人，一直跟着我们的队伍飞行？真不可思议！我误将她当作碧泱国正义的鱼人了。"

"瞧她的头发，怎么是黑色的？还有那对眼睛，小得像两颗绿砂子！只有皮肤倒还黄得好看。"

"那两条腿像木杆儿，啧啧！"

我这才想起，K星人在夜晚眼力仍然很好。他们的议论惹恼了我。何况，遍野死者尸骨未寒，他们怎么会有心思对我评头论足？

"请你们礼貌些，先生们！"我气恼地站起，"如果你们中的任何一位去我们地球旅游的话，我们也会觉得你们很怪异，很可笑！但是，我们不会当众对客人评头论足，指手画脚……"

听到我会讲K星话，他们一个个怔住了，客气了许多。

"我叫——噢，干脆叫我'独腿将军'吧！这是我的外号，我为此自豪。地球人，我们想请你和我们一道去碧泱国，可以吗？只希望你说几句公道话！"

我想到了小蛙人达尔加的嘱托，想到要继续寻找我爸爸，还想到我的记者身份，尤其想到我心中升起的要为地球家园探明K星人移民行动的使命感，便答应了他们的请求。我一心幻想着说服格瓦鲁国王不要向地球移民！

老蛙人把我几天前交给达尔加的箭鱼小艇还给我了。即使战火纷飞，达尔加仍遵守诺言，把我的小艇保存得完好无损。我想到那对人造翼，也早该物归原主了。怎么才能找到它主人呢？

"独腿将军"帮我解决了难题。他让即将飞回绿原国的一位鸟人把这对人造翼捎走。这位鸟人奉命回绿原国，要向绿原国鸟人同胞们汇报情况。

一切安排妥帖，已是拂晓时分。海水已变成紫红色。由于恶战的浩劫，许多海洋生物翻转着肚皮漂浮在血海上，四处蒸腾着带血腥味的白色毒雾。劫后余生的人们在草草掩埋战友的尸体。

达尔加瘦弱的身躯被他年迈的爷爷用血染的绿沙掩盖了。老蛙人干涩的两眼终于流淌出了泪水。

我不忍目睹这战后凄凉，匆匆跟随"独腿将军"及两栖国的原蛙人国王登上了箭鱼小艇，向大海驶去。

远离了血染的海岸，周围被污染过的褐色海水相比血红的海水，倒显得略为干净了一些。快到碧浃国"首府"了，那儿已没有了我初来那天的宁静。小艇下沉后，只见四处壁垒森严，鱼人战士正列着方队，扯开嗓子在水下练兵。海马人警察三步一岗、四步一哨，个个表情严峻。由于我的箭鱼艇外壳上有碧浃国的王室标志，总算畅行无阻、长驱直入。

奇怪的是，我们的游艇刚接近王宫，五大三粗的巴尔特警长已在宫门外"迎候"了。

"奉格瓦鲁国王命令，本警长恭候绿原国鸟人'独腿将军'和两栖国退位蛙人老国王！同时欢迎地球《蓝色家园》记者澎澎小姐采访归来！"

我们刚进王宫，已有鱼人迈着假肢把"独腿将军"和老蛙人引进国王的"听政厅"。而我呢，却被巴尔特警长留住，两名章鱼人用细软的手腕紧紧缠住了我的腿脚和双手。没等我喊出声，嘴也被一团腥臭的鱼皮堵住了。他们七转八拐，把我带进王宫后院的一幢黑屋里，"咣当"一声锁住了铁铸的栅栏门。

这儿分明是监牢！他们为什么关押我？准是巴尔特警长在找我的茬。我扯去口中的臭鱼皮，气急败坏地大声责问："凭什么关我？我是地球人记者！是格瓦鲁国王准许我在K星采访的！放我出去，我要见你们的国王！"

"哼，好大口气。"巴尔特在牢门前趾高气扬，他的绿络腮胡很高傲地乍开，眼里射出阴森森的青绿色光，"安静些，小姐！你当真认为我们国王会上你的当、受你的骗？真的相信你是什么记者？实话告诉你吧，国王让你去采访，是欲擒故纵——看看你究竟要什么花招。现在，你老老实实地待着吧，明天，你就可以彻底自由了。哈哈！彻底自由，你懂吗？"说罢，他大摇大摆地走了。

愁云惨雾萦绕在我心头。我呼天不应，叫地不灵，只好沉沉地把身子瘫倒在干海草垫上。唉！原以为我回到碧泱国可以和两个"战胜国"的代表一道晋见国王格瓦鲁，向他汇报我的所见所闻和我的畅想，说不定还可以见到我父亲，还可以和阿莱娜、阿格壮、阿依莎老师相聚，然后再美餐一顿……谁知现在反倒不明不白地进了牢房。又困又饿又累，我只好先昏昏沉沉睡一觉再说。

正睡得酣，忽见爸爸匆匆朝我走来，二话不说，拉住我的手就向外狂奔。我气喘吁吁地跟随他跑啊跑。在一艘帽形宇宙飞船前，他挥挥手，飞船便放下了银光闪闪的舷梯。我紧随他登上飞船。飞船腾空刚飞入太空，流星雨立刻像无数颗流弹向我们扑来。爸爸亲自操纵飞船，果断地发出一束束冷光，把流星雨击得粉碎。飞船很快到了银河系，又到了太阳系——

啊，我日夜思念的蓝色星球，美丽的地球就在眼前。谁知飞船离地球越近，就越令人沮丧。我看到大海不再是那么湛蓝，碧浪滔滔的海水成了难看的酱油色！空气不再是那么清新沁人，刺鼻的腥臭味令人作呕。更让人烦心的是，巨蝎和大蟒般的白光、红光交错闪耀，难听的轰鸣声震耳欲聋。

飞船快降落到地面时，我俯身看去，哟，K星的鱼人、鸟人、蛙人正在和我们地球上的白人、黑人、黄人拼杀！在拼杀的人群中还有陆叔叔、妈妈和我们高二班的男女同学及班主任老师。眼见K星人端起一根根亮晶晶的噪声波发射枪，正要朝我的同学们扫射，我急坏了，胡乱按下飞船上的一个键，哗哗哗——一团绿旋风似的冷光直向那些端管枪的K星人飞去。"呼啦呼啦"，龙卷风似的绿光把狂妄的K星亡命之徒高高卷起，又重重地摔下。亡命之徒直挺挺地躺下了。

"看你们还敢不敢欺侮地球人？看你们还敢不敢毁坏我们这颗美丽的蓝星……"我挥拳大声呼叫，父亲在操纵仪前转头朝我赞许地微笑。正得意呢，我的身子却不知怎的又被几根滑腻腻的绳子缠住了……

"怎么，还不服气？"我伸手想再去按那颗发射绿光"龙卷风"的键，可是手也被绳子紧紧缠住了。

"爸——救我！"

"哼，谁是你爸？谁也救不了你，今天中午，你就要上绞刑架啦！"

……

什么？我在哪里？飞船呢？爸爸呢？上绞刑架？

我惊出一身冷汗，唉，原来我做了一场梦！现在，是巴尔特警长站在我面前，我的胳膊被章鱼人的手腕牢牢缠住了。

还没弄明白是怎么回事，我已被架上一艘红色的警船，一路呼啸着开往一个不知名的场所。晕头转向的我害怕得直想哭。爸爸，爸爸，您究竟在哪里？快帮帮我！妈妈，妈妈，我悔不该冒冒失失闯到碧泱国，闯到K星，莫名其妙招来了杀身之祸！老师，同学们！开学之后不见了我的踪影，你们会怎么想？你们会想念我吗？阿莱娜、阿格壮、阿依莎老师，我多么珍惜和你们相处的时光，你们找到亲人了吗？你们知道我将要被无辜处死吗？

我被带进一间专门对犯人执行刑罚的阴冷空旷的大厅里。已有许许多多鱼人围着黑黑高高的绞刑架肃穆地坐着。

我被推到竖着绞刑架的圆台上。鱼人们个个用仇视的目光注视着我，好像要把我燃烧。

蓦地，他们忽然毕恭毕敬地起立，把头虔诚地低下……难道，这是K星鱼人对即将被施以绞刑者的一种祈祷？

咳，原来是格瓦鲁国王和他那温文尔雅的皇后来了。他们穿着华美的鱼鳞服，从容而又自信，丝毫没有战败后的气馁样子。他们亲自来宣判我？这么说，事情真的非同小可。

不！我不能白白地无缘无故死去。我不满十八岁，正当青春年华，我还没找到父亲，还没向我的地球故乡报告我所知道的一切，我的人生道路还很长很长。

"你们凭什么处死一个无辜的外星人？格瓦鲁国王，您是一位文明星球的君主，怎么可以滥杀无辜？"我挣扎着，大声对格瓦鲁喊叫，"你在我们地球搞了个模拟碧浃国，侵占了我们的海洋，掳去了我们的科学家，我们没来得及向你抗议，你倒先要把我处死？你的行为和你们星球的文明是不相称的。你拥有宇宙飞船，能去地球建造模拟碧浃国，你有能力组织星际大移民，但是你的偏执、狭隘、嗜战、残忍，根本不配当K星的首领。现在，格瓦鲁国王，请你向我讲明白，我到底犯了什么罪？你们的法律不是不杀记者的吗？为什么说话不算数？"

求生的欲望使我勇敢，我居然口若悬河，说得在座的鱼人个个面面相觑。

在慷慨激昂和迷惘中，我的两眼忽然一亮，鱼人群中有三张熟悉的脸：那是面色憋得更绿，大眼中蓄满泪水的阿莱娜；紧抿双唇、目光灼灼向我频频点头的英俊的阿格壮；沉静、庄严，朝我微笑着以示鼓励的阿依莎老师。

我安心了许多，也冷静了许多。我在苦苦思索。是的，我有权了解国王想处死我的原因；我要反驳，即使在劫难逃，我也定要利用这个既有国王在场，又有许多K星公民在场的机会，阐明我的观点。更何况，从阿依莎老师的微笑中，我已领会到一丝生的希望。

朋友们在鼓励和帮助我呢。对，澎澎，你要有信心，别瘫倒，站直啰！要为生的权利而抗争！

格瓦鲁国王丝毫不理会我，稳稳地坐到事先为他准备的鱼皮软椅上，从容地向巴尔特警长使了个眼色。

"公民们！现在，我代表至高无上的格瓦鲁国王，郑重宣布地球人密探澎澎的罪行。"巴尔特清了清嗓子，挺了挺粗腰，捋了捋绿色的、鱼刺般的大胡子，大声宣读：

"其一，她私自潜入我们花了整整20年心血在地球建造的模拟碧泱国。模拟碧泱国可是我们K星鼎盛时期碧泱国的缩影，是吸纳了地球科学家的许多合理的建议建成的海底城堡。这个模拟碧泱国是我们的希望，神圣不可侵犯！可是这位小姐胆大妄为，不知用什么手段，潜进了我们这片绝密的海域。

"其二，私闯庆典宫。在我们隆重地庆贺模拟碧泱国建国20周年的庆典上，该小姐居然神出鬼没，闯进宫来，还胡言乱语，妄称国王为其爸爸，扰乱会场。被捕后她又装疯卖傻，巧妙逃脱。这位地球人姑娘可谓诡计多端，狡猾异常！

"其三，愚弄、迫害Q号机器人，偷登宇宙飞船。为达到不可告人的目的，该地球人成功地更换了我警方派出的Q号机器人的部分脑部软件。随后自己又乔装打扮成W号机器人，充当医疗助手，偷偷混上我们来K星的宇宙飞船，致使飞船超重，并蛊惑他人抛弃掉我那携有许多秘密信息的Q号机器人……"说到这儿，巴尔特警长的嗓音哽咽，还流了几滴泪，"请允许我个人补充一句，可怜的Q号机器人，是本人最得心应手的助手！我们情同手足！（台下传来窃笑声。）

"其四，冒充记者，鼓动我K星的两栖国人、绿原国人谋反；干扰和反对格瓦鲁国王的移民行动。该地球人欺世盗名，仅以一枚纪念章为证，冒充地球记者，在我K星四处奔波，骗取信任，致使两栖国、绿原国向我碧泱国发起最后的战争！

"为了维护我国权益，为了大移民行动的成功，警方认为，该地球少女来历不明，形迹可疑，极可能是地球人派来K星的密探。根据她已有的罪行，足以判处绞刑！"

两个拉长了马形脸的海马人迅速放下吊索。那个用来套犯人脑袋的绳圈，可怕地张开大嘴在我面前晃荡。

唉，难道我就这样任人宰割了吗？

"处死她！"

"绞死可恶的地球人密探！"

"她罪恶累累，罪该万死！"

不断从鱼人们胸腔中吼出的声嘶力竭的呐喊声，以及鱼肚白色不停挥舞的手臂、拳头，像雷电般令我头晕眼花。那可怕的绳索已经套上了我的脖子……

"不！这不是K星！这不是碧泱国！这不是格瓦鲁国王！如果是，你们的移民行动必定失败！K星人必定彻底完蛋！"我不顾一切高声喊叫，还拼命跺脚，双手紧攥住绳套。

"慢！让这女孩把话讲完。"阿依莎老师在台下呼叫着冲到绞刑架下。

"对，不能只听警长一面之词！"阿格壮和阿莱娜呼应着，也来到阿

133

依莎老师身旁。

"国王，我们是应该让这个外星少女为自己做最后的辩解。"王后在国王耳畔柔声说。

格瓦鲁国王思忖了一会儿，问："地球人小姐，刚才你说什么？我们的移民行动必定失败？K星人必定彻底完蛋？嗯，好大的口气！你凭什么说如此狂妄的话？好吧，现在我允许你为自己辩白，只是请尽量快说！最好交代出指使你来K星冒险的背景。否则，我的绞刑架绝不容一个外星人随意来到K星捣乱！"他的眼中射出威武的紫绿色火焰。

"宁愿站着死，不愿跪着生！"我想起了这句名言，挺起胸、昂起头：

"巴尔特警长罗列我的罪行，根本不能成立。尊敬的国王，尊敬的K星碧泱国公民们！现在我不仅仅是在为自己辩白，而是在代表地球人讲几句心里话，深信你们能明辨是非。

"其一，不是我私自潜入你们设在地球的模拟碧泱国，恰是你们K星人没经我们地球人准许，私自入侵了我们地球的蓝色海洋。我是地球少女，我有权在我们的公海自由出入，但你们没有这个权利！地球上早已有许许多多各种肤色、各个种族的高级智慧生灵生存，我们需要自己的海洋。而K星人呢？你们可以去荒僻的星球开拓新家园，不该到这颗已有芸芸众生的地球抢占我们的生存之地，抢占我们有限的资源。

"其二，我私闯庆典宫事出有因。我深信，我们同是高级智慧生灵，我们应有类似的情感，据我所知，K星人热爱自己的子孙后代，不忍让他们在日趋衰亡的K星绝代灭亡，所以才不惜代价准备移民。K星在地球碧泱国生活的青少年，时常思念故星的父老乡亲，梦寐以求想和父母团聚。我也同样，几年来我一直在思念我的父亲，种种迹象证明，他被你们劫掳到了模拟碧泱国。我为了寻找我亲爱的爸爸，误入庆典宫，能算得上有罪吗？

噢，有人在问，我父亲是谁？我不能说。试看一个赤手空拳的女孩儿都被无辜押上了绞刑台，谁还敢再说出她父亲的姓名呢？地球上的中国人有一句刻画恶人的成语。'推完磨杀驴吃肉'，谁能保证K星人不这样做呢？你们可以找各种借口，不费吹灰之力杀掉一个曾为你们做过贡献，但往后对你们无关紧要的地球科学家！

"其三，我没有迫害Q号机器人。我偷登宇宙飞船，仍旧是为了寻找我父亲。我们地球人有位科幻作家阿西莫夫，曾为机器人订下三条定律：一是机器人必须服从人类；二是机器人必须为人类服务；三是机器人必须在不伤害人类的前提下保护自己。巴尔特警长试图用机器人来迫害我，我理所当然有权自卫，去更换它的脑部软件。在寻父心切的情况下，我设法博得阿依莎女士的同情，乔装医助机器人上了飞船。我的体重事先已算进阿依莎女士所携带的行李之中，她的行李重量是经过飞船登记的。也就是说，飞船超重，是因为警长事先未经登记突然私带Q号机器人登上飞船造成的。在飞船失衡的紧急情况下，丢弃无生命者、保留有生命者，是明智之举。K星人的这种做法令人敬佩与感谢，是符合宇宙惯例的。

"其四，为避免被杀害，我以记者名义在K星寻父，是因为贵星有不杀记者的惯例。而那枚纪念章，确实是我在我们校刊举办的一次笔会上所得。我们校刊名称是《蓝色家园》，是为我们地球海洋科普活动举办的。我是学刊特邀记者，从这个角度说，我确实是记者，谈不上有'冒充'之罪！

是的，在K星寻找我父亲的同时，我看到了K星的两栖国、绿原国，还见了许多蛙人、鸟人。说心里话，我很失望，很痛心！我曾以你们设在地球模拟碧泱国的尺度来猜想K星，以为它一定美丽非凡、繁荣发达，人们文明而又友好。可是，我看到的K星却是满目疮痍。这儿空气污浊、海水浑臭，土地龟裂、林木枯焦，屋宇倒塌、道路毁坏，人形萎靡、战火连绵。

135

不，不，这不是我心目中的K星。

幸好，在失望的同时，我还看到了K星人百折不挠的精神和勇于反省、向往新生的愿望和决心。不论是两栖国人还是绿原国人，不论是老者还是幼童，他们都已厌恶战争，一心寄希望于格瓦鲁国王的移民行动。即使不可能全部移民，老人们也希望把年富力强或年幼而充满活力的人送去外星。为此，他们付出过巨大的努力。据说，制造众多的宇宙飞船、建设在地球的模拟碧洸国，都有两栖国、绿原国人贡献的大量人力和物力。

可是，拒绝两栖国和绿原国的人种移民到新星的消息，惹怒了他们。这场小规模的战争，是由国王您的错误决策引起的啊！怎么可以毫无根据地转嫁罪名到我这个地球人女孩的身上呢？

是的，有位蛙人少年临死前曾托我以地球人记者之名，为两栖国、绿原国人讲几句公道话。现在，我要不自量力地在绞索前说出来：我认为，就像保护生态平衡一样，高级智能生命也应保护多种群共同生存的状态。在地球上，人们主张各民族大团结，各种肤色人种和平共处。K星人如果不是移民去地球，而是去到另一颗无人居住，但适合K星人繁衍的星球，那么，我以一个局外人的身份建议国王，请带鸟人、蛙人一同移民吧，在新星文明的开拓中，不同人种有不同的优势，也就会有不同的贡献，你们的世界就会变得丰富多彩。

"最后，我再次警告：如果你们的目标是地球，那么，你们就彻底错了！地球人不会让你们安宁的！你们的移民行动将会前功尽弃，彻底失败！

"我的话讲完了……如果你们仍要把绞索套到我的脖子上，你们就枉为文明的K星智慧生灵！我希望明智的格瓦鲁国王三思而后行。"

我为自己居然能如此滔滔不绝地慷慨陈词而暗暗惊奇。从听众缄默的沉静之中，我看到了希望。

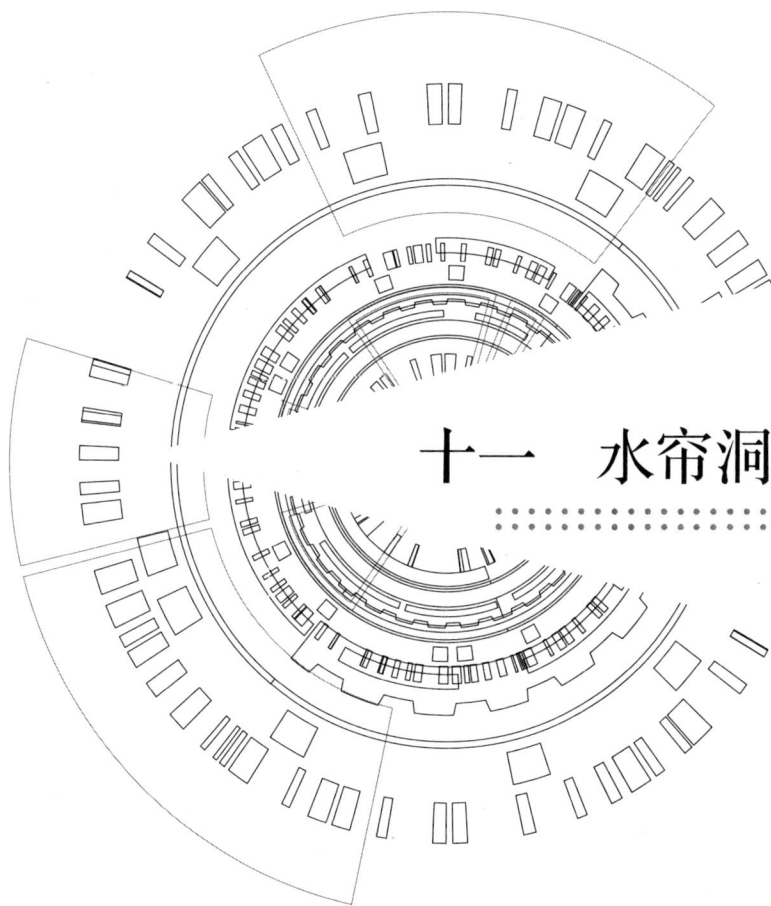

# 十一　水帘洞中

寂静中，格瓦鲁国站起来，转身把王冠从头上取下，托在手中，很威严地说："在座的同胞们！我曾多次到过地球。与之相比，我为K星的科学技术发展深感自豪。靠着科学技术，我们才有可能移民去一颗比我们原来的K星更美丽的星球。这颗星球在哪里？在太阳系还是在其他什么地方？过不了多久，你们便会知道。现在我想说的是，高级智能生命的进步，光靠发展科学技术还不够。在地球上，我看到了许多其他的东西：那儿有悦耳的音乐、赏心的图画、发人深省的哲理。这些和精神有关的东西K星几乎没有。我在地球上听到过这样一句话：'兼听则明，偏听则暗'，今天，这位地球人少女在绞刑架下的一番话，使我茅塞顿开。是的，我必须再次慎重考虑移民方案！因为她今天说的话和另一位地球科学家的话一样，这些话又一次给了我某种震撼。只是这位地球人少女是否也过分主观了？你凭什么指责K星人将移民去地球呢？现在，我以K星国王的身份明确告诉你，我的移民目标不是地球，而是X星系中的KK星！"

国王高傲地仰起亮闪闪的脑袋。台下的鱼人兴高采烈地拍起巴掌。我红了脸，但并不为自己刚才的那番话后悔。

"格瓦鲁国王万岁！"我情不自禁地在绞刑架下挥拳高呼。

台下又一阵沉静，国王和王后也睁大绿焰闪烁的圆眼盯着我。哟，难道我又闯祸了？

"国王，王后，这位地球少女在用她的地球中国话高呼'格瓦鲁国王万岁'！"阿依莎老师不失时机地大声为我翻译、解释。原来，我的中国话国王和他的公民听不懂。

"唔？噢！哈哈哈哈！"格瓦鲁国王仰首大笑，他那谢了顶的脑袋高兴得频频颤动着，"这可是头一回喔，有外星人呼我万岁！谢谢，谢谢！"原来连外星人也很高兴有人呼他万岁呢。

"对不起，我是为我们地球人不被侵犯欢呼的。当然，也为国王您的明智而欢呼！"

鱼人们会心地笑了，也学着我刚才的声音高呼："格瓦鲁万岁！格瓦鲁！"

国王竟像个六七岁的孩子那样激动万分，把王冠抛向半空，落下又接住。嘿，真是乱了套！绞刑架下竟成了狂呼乱叫的欢闹场所，我还是个犯人呢，大家忘了？

"好吧，现在我宣布：免去这位地球小姐的绞刑！"格瓦鲁国王冷静下来，"但是，为了K星移民行动的绝对安全，我们还必须关押她一段时间。巴尔特警长，请善待这位外星人，等移民行动接近尾声时，再放她回地球。"

我终于逃脱了可怕的绞索，逃出了死神的掌心。

本应该高兴的我，此时两腿偏偏不争气地直发软，两眼也不听使唤地直发花、发黑。我的胳膊又被滑黏的长腕缠住。两耳只听到巴尔特警长无奈而又不满的"哼哼"声。

我饿极了，真想吃点什么。"这女孩饿坏了，警长，该让她吃点什么吧？"这是阿依莎老师的声音。

"女士，在地球碧泱国您是警医，而在K星，您不是。您是王室移民行动的医师！"巴尔特没好气地咕哝，"国王已交代本人善待此人，您就别再瞎操心了。哼！"

我回到了监狱，同时得到了一份不错的美餐，有虾子饼、腌小鱼、鲜海藻。我知道，在K星，现在很难吃到这么奢侈的食品了。吃饱喝足，我的心思又多了：虽说活了命，也得知K星人不会移民到地球了，可是K星人在地球的模拟碧泱国呢？还保留吗？我爸呢？是否也随同K星人去另一颗陌生的新星？他现在究竟在哪里？我怎么才能找到他呢？

幽暗的监狱外，是王宫海域还算清净的地方，有海草和奇形怪状的小鱼儿在窗外游动。牢门打开了，有个披着看守上衣的鱼人，迈着假肢进来收拾盘盏。

"嘘——快，澎澎，把你的外衣换给我，穿上这件看守服，提着盘碟篮儿出去。沿走廊向右，再进一扇菱形门就是排水过道，阿格壮在那儿等着你！"

哦，原来是假扮监狱看守的阿莱娜！她不容我多说什么，就帮我躲在角落里换衣服。

"那你……"

"我自有办法。照我说的去做。"阿莱娜皱起眉，嫌我婆婆妈妈。

她穿上我的那件玫瑰红毛衣和蓝牛仔裤，戴着不知从哪儿弄来的黑色齐耳假发套，乍一看，活脱脱就像我。我紧紧地、紧紧地拥住她，什么也说不出了。她把我推开，把装了盘碟的篮儿塞到我的手中。

我学着鱼人的样子摇摇摆摆走出牢门，上了锁，又沿着黑乎乎的走廊摇摇摆摆向前，向前，向右，再按动一扇菱形小门上的红按钮。小门启开了，那艘箭鱼形小游艇正停在排水过道里。虽然过道没亮灯，我也一眼看出了它。

迈进小艇，黑暗中只见两束热情的绿光迎接着我。那是阿格壮的目光！我的鼻子一酸，流出了泪。

"别哭，别哭，我们这就离开王宫。"

他诚挚低沉、发自胸腔的声音使我欢欣鼓舞、备感亲切。我猛然想起，他的眼在黑暗中也能看到我的任何表情，我不该在他面前流泪，暴露我的脆弱。于是，我努力冲他咧嘴一笑。

"这就对了。"黑暗中我看不到他的表情，但是我断定他也在冲我微笑。

小艇开出过道，在静谧的海底奔驰。由于刚刚过去的战争劫难，王宫附近许多悬灯熄灭了。

"阿格壮，找到你们的父母了吗？"

"他们早在几年前的一场战争中身亡。"

"你和阿莱娜怎么办？"

"我在移民指挥部办公室工作，阿莱娜将负责幼儿移民培训。"

"你带我去哪儿？"

"阿依莎老师已把救助地球人的绿色通道组织，由地球碧泱国发展到K星。她现在担任你父亲的翻译，你爸爸正在参加移民行动的策划工作。移民行动开始后，阿依莎老师又是王室的宇航医师，负责保证国王和王后的星际旅行健康。"

"我爸爸知道我在K星？"我心中一阵窃喜。

"还没告诉他，怕他分心、出事。"

阿格壮不想再说什么。他不打开小艇的照明灯，摸黑驾船。我知道，这是为了安全。

我喜滋滋的，不久就可以和爸爸团聚了！自从几个星期前，在地球那个碧泱国庆典宫远远见过他一面之后，心里越发思念他了。记得小时候，有一年元宵节，我骑在他脖颈上去看民间举办的糖球会。人太挤，我一只手紧紧抓住他的一簇又粗又黑的头发，另一只手举着一串又红、又甜、又酸的糖葫芦。我把山楂球做的糖葫芦嚼得津津有味，回到家妈妈才发现，我的左手心抓下了爸爸的一小撮头发，右手心里全是黏糊糊的糖球渣，便用食指气恼地狠狠戳了一下我的眉心。爸爸不但不恼，反倒哈哈大笑，逗得我也咯咯笑个不停。妈妈连声责怪："瞧你，瞧你，把女儿惯成什么样子了？"爸爸却笑得格外开心……

唉，如今的爸爸经历了那么多磨难，他还会那样朗声大笑吗？

"嘀呜——""嘀呜——"小艇身后传来刺耳得紧促的怪声，情况不妙。紧跟着，眼花缭乱的橙色、红色、绿色光束向小艇追踪而来。

"趴下！警船来了！"阿格壮加快船速，冷静地告诉我："别怕，驶出这片海域，就会有人接应我们。"

"地球人澎澎注意：你逃脱不了我的掌心！"巴尔特警长粗粗的声音振动着我的耳膜，"赶快停船回监狱，否则后果自负！"

反反复复的这几句喊话，搅得我心烦意乱。我更担心阿格壮为我受牵连，直起身说："阿格壮，让我回监狱吧，我迟早会见到我父亲，迟早会回地球的，你快跳海溜走吧。"

"趴下！"阿格壮吼道，"澎澎你别做梦啦！国王虽然同意放你回监狱，但他无暇顾及你，巴尔特随时会找借口迫害你。因为Q号机器人在飞船上被扔出，警长对你早已耿耿于怀。还有你的父亲，由于他知道有关碧浃国和K星移民行动的事太多，国王肯定不会让他返回地球……"

"嘀呜—嘀呜—"警船越追越近。刺眼的灯光映出污浊的海水和变了形的鱼虾和脏兮兮的水藻。没精打采的海兽受了惊吓，强打精神四处逃窜。警船逼到了小艇侧面，机灵的阿格壮套上防毒头套，以便掩饰他的面孔并防止被击伤。他操纵小艇急速地在海底兜了几个圈子，才猛然升向海面。

"啊……"我脱口轻叫……

"怎么啦？没事吧？"

"没……事！"

其实，我的左臂忽然像被雷电劈了一斧，剧痛难忍。血渗出衬衣，汩汩的，染红了牢狱送饭人的看守服。我这才老老实实地趴下，忍住疼痛不吭不响。在这紧急的时刻，我不能扰乱阿格壮！

灰蒙蒙的亮光如一口白铁锅似的罩了下来，小艇钻出海面。迎面立刻驰来三四艘长方形的护卫艇。

"没事了，澎澎，你可以把腰挺直了！"阿格壮长吁一口气，兴奋地对我喊叫起来。

护卫艇银光闪闪，每个舱口都伸出金属管，很威武地逼向刚刚追踪我们露出海面的警船。

"地球人澎澎注……"巴尔特警长的喊话戛然而止。见到蓦然从"天"而降的护卫艇，巴尔特那艘红色警船只好无可奈何地停止追击，在海面团团打转，随后灰溜溜地垂直潜下海去。

怎么回事啊？哇，是两栖国蛙人开来了护卫艇！他们有的打开船窗，有的干脆登上甲板，张开带蹼的手掌向我挥动致意。

"谢谢你，地球人少女！你为我们讲了公道话！"他们圆鼓鼓的大眼都在赞许地朝我张望。

"澎澎，你在绞刑架下的演说，绿原国、两栖国人摄录到并且播放了。"阿格壮告诉我。

"真的？"我有些得意了，打开身边的圆窗，伸出脑袋和半边身子，"这没什么喔！我只是实话实说！"

我忘了自己受伤的左胳膊，几乎被从肩部切断了。这一呼叫，顿时疼痛难忍，血流如注。我昏迷了……

醒来时，我已躺在海岸边的岩洞内。朦朦胧胧中，见有人影在默默地忙碌。一股类似中草药的味儿在空气中飘腾。

"我渴……"

那人影转过身，惊喜万分地把身体俯向我。那亲切的、熟悉的绿色目光凝视我很久，才用温和低沉的声音说："你到底醒了！我真担心……担心你永远醒不了呢。澎澎，等着，我给你端水来。"

是阿格壮在照料我。他用一只大贝壳舀来水，另一只手臂把我托起，喂我喝水。我咕咚咕咚喝了个够，觉得好多了，才又躺下。

　　我的身下垫着厚厚的海兽皮，很柔软、很舒适。"床"是一块光滑的岩石。我想说话，但浑身无力。洞外有哗哗的水声，仔细打量，只见绿色的水帘连绵地从山顶倾泻下来，遮住了洞口，洞外的亮光七零八落、斑斑驳驳地射进洞来。

　　这个水帘洞真幽静，真美啊！前些日子我一直在奔波，在紧张地斗智斗勇，甚至在生死线徘徊，如今躺在这儿，就好比突然入了仙境。特别感到温馨的是，阿格壮大哥哥般的体贴关怀，使我内心充满安全感。他端药过来，我乖乖地把药喝了。草药有点苦涩，但是我尽量冲他微微地笑。

　　"阿格壮哥，"我脱口而出，第一次称他为哥哥，"我的胳膊……不会残废吧？"

　　"阿依莎老师已为你接好了。"他拉住我的左手，轻轻向上、向头部举起，又放下。哈，真的好了，可以轻轻活动了。

　　"知道吗？澎澎，由于前些日子你受的惊吓经历太多，那天警长又用噪声波击伤你的胳膊后，由于流血过多，所以你昏迷了好几天。阿莱娜送来乌贼墨色素为你止血。阿依莎老师为你接骨后又用海星皂荚为你消炎止痛。我们找不到地球人为你输血，现在就靠阿依莎老师配制的各种海草煎汤来为你调理。你一定要乖乖地配合治疗，懂吗？"

　　阿依莎老师、阿莱娜、阿格壮他们对我的友情使我很感动。我紧紧攥住阿格壮的手，眼角又滚出了泪珠。我使劲儿点点头，又沉沉地睡过去。

　　我一直牢牢攥住阿格壮的大手，生怕他丢下我不管。要知道在陌生的K星，我还没找到爸爸，一种苍茫的孤独感使我很忧伤。现在，阿格壮就像我的亲人，我对他有一种依赖感。也许，这正是像我这样的年龄依然爱撒娇的女孩的弱点？难怪妈妈常常嗔爱地向我摇头咧嘴："别看你疯疯癫癫、天不怕地不怕活像个假小子，遇到事儿可就露出哭鼻子女孩儿的本相来了。"

　　我把阿格壮的手抓得很牢，不顾他愿意还是不愿意。就这样，我睡得又香又甜。

在阿格壮和另外两位蛙人妇女的轮流和精心照料下，我很快恢复了健康。经阿依莎老师和王后的周旋，阿莱娜早已被释放了。那天，她风风火火来到水帘洞，一见我就紧紧拥抱我。

"澎澎，告诉你一个好消息！"她来不及诉说自己用"调包计"顶替我坐牢后的情况，先把我最最关心的事说了出来，"明天轮到彭教授以顾问名义，向王室讲解移民去往KK星的事宜，阿依莎老师当翻译。她建议王室吸收部分K星各界人士参加，为移民行动做精神和知识准备。格瓦鲁国王已经同意她的建议。阿依莎老师在移民办公室为你争取到了一个听讲名额，她让你化装成一位两栖国少女，随蛙人老国王同去科学宫。"

我喜出望外，但不知怎样才能化装成蛙人少女。阿莱娜竟像变魔术似的从她的背包内取出了蛙人面套和紧身皮服。

"快穿上给我看看！"

不一会儿，我化妆后她惊喜地说："啊呀，像，太像了！怎么你化装鱼人像鱼人，化装蛙人就像蛙人？"

没有镜子，急得我团团转。究竟我变成什么样子了？我只看到自己的手脚有了蹼，翠绿的"皮肤"很光滑，"皮肤"外还套了件黑鱼皮短裙和小小的紧身马甲。我的两眼恰好正对着蛙人头套上那对凸出的圆鼓鼓的"眼"。这副装扮若是到地球去，准把人吓一跳！

正好阿格壮也来了。我故意挽住阿莱娜，朝他点点头，哈哈腰，并挥挥带蹼的手。

"妹妹，她是谁？你怎么可以随便把朋友带到这儿来？"阿格壮生气地把阿莱娜拽到一旁问。

"为什么不可以啊？"我捏细嗓子装腔作势，"听说这神秘的岩洞里藏着个奇形怪状的外星人，特意求阿莱娜带我来见识见识，不行吗？"

阿格壮慌了，用目光在洞中寻找我，嘴里却说："胡闹！这儿哪来的什么外星人？蛙人小姐，这儿是我和妹妹的住处。你请回吧！"他下了逐客令。

我忍不住咯咯大笑，随即把蛙人头套扒下。他这才明白是怎么回事，狠狠瞅了我和阿莱娜几眼，喘了口气，忍不住也咧嘴笑了。

"这套衣服是蛙人老国王通过阿依莎老师让我送来的。哥，他说很感谢澎澎敢于为蛙人、鸟人仗义执言。他们打胜仗之后，又有外星人为他们说话，才迫使格瓦鲁国王下决心同意蛙人、鸟人同时参加移民行动！"阿莱娜说得眉飞色舞。

这晚，我们三人睡得很迟。阿格壮嘱咐我一定要理智、沉着，见到父亲时务必沉得住气，还让我写一封信，伺机递给父亲。还说现在是移民行动的非常时期，稍有疏忽，便会使警方和格瓦鲁国王敏感，招来杀身之祸。等移民行动开始实施，说不定情况会好转，国王也许会同意我们父女返回地球。

"阿格壮哥，你想得真周到，"我抓住阿格壮的大手，"如果不是你，我早就坠进黑咕隆咚的太空粉身碎骨了，或者断了胳膊成了残疾人。"

阿格壮搂住我的肩轻轻拍打："咳，是你这个傻丫头自己命大，勇敢聪明的女孩总是会化险为夷的。"

"啧啧啧啧！澎澎，什么时候把我的哥哥抢走，变作你的哥哥啦？什么时候变得只记得阿格壮的好处，忘了我阿莱娜把你领进碧泱国，为你赴汤蹈火的壮举啦？"

阿莱娜妒忌了，一甩她长长的绿发，两眼闪出绿光，气恼地把头拧了过去。我和阿格壮笑着左哄右逗，她才"扑哧"一声笑了。

夜深人静，我在那盏磷光菌灯下给爸爸写了一封信。

亲爱的爸爸：您好！

见到我，见到这封信，您千万不要惊奇，不要认为这是您的幻觉。我的的确确是您的女儿澎澎，不远亿万里，到K星来找您了！

知道吗，爸爸！自从您离开我和妈妈去远洋考察，我每时每刻都在等待您的归来。

当人们都确认您再也不会回来时，我却坚信您一定活着。凭着您工作笔记本上的蛛丝马迹，我在一位碧泱国少女的帮助下，闯进了K星人设在地球的那个神秘的海下世界。在纪念碧泱国成立二十周年的庆典上，我见到了您。那时，我多么想扑进您的怀中，依着您宽阔的肩膀痛哭一场，然后痛痛快快地喊您'爸爸'！谁知我轻轻一声脱口而出的'爸爸'两字，竟招来了以后的险遇。

幸好我心中始终怀有寻回爸爸的坚定信念，又立下要借鉴K星人的教训为地球人做点有益工作的大志，终于在众多热心肠的K星人的帮助下，闯过了许多难关和险阻。

现在，阿依莎老师（您的K星语翻译人）将安排我明天和您相见——哦，不，现在已是凌晨，再过不了多久，我就可以见到您了！噢，爸爸，现在我不会那么莽撞了，我一定只在心中千次、万次呼唤您！您呢，一定会为我骄傲的。

黑暗即逝，曙光在前。敬爱的、我魂牵梦萦的爸爸，让我们共同努力，争取早日返回我们蓝色的地球家园。到那时，我定要加倍努力学习，和您一道致力于地球生态环境的净化、保护工作。地球要以K星为戒，绝不重蹈K星覆辙。

请您保重身体！

思念您的女儿澎澎敬上

信写完了，洞外的水帘仍在有节奏地哗哗作响。开始有斑斑驳驳的曙光闪进洞来。

阿莱娜和阿格壮分别蜷曲在两块岩石上呼呼大睡。他们脱下了假肢，舒坦惬意地把绿闪闪、银灿灿的鱼尾伸展在岩石上。只有在这样的时刻，我才意识到，他们是异星人！也只有在这样的时刻，我的胸中更温馨、更溢满感激之情！

不同星球的高级生灵之间，原来也是可以在心灵和情感上进行沟通的啊！那么，同一星球的人为什么不能和谐相处呢？有什么理由要互动干戈呢？我胡乱想着，直到黎明。

怀着即将会见父亲的满腔喜悦，我套上翠绿色的蛙人服，静静地坐到洞口。直到这时我才看清，这个岩洞是露在海平面以上的一座山崖的洞穴，哗哗流动的水帘从山顶直泻而下，洞口还有许多倒挂的钟乳石。由此看来，K星原来确实很美、很美！

阿格壮和阿莱娜醒后，我们草草地吃了早餐。山洞外的船笛声呜呜响起，阿格壮和我告别了留守山洞的阿莱娜，跳上那艘专程来接我们去科学宫的小船。

我又见到了蛙人老爷爷。他变得容光焕发，绿胡飘逸，精神矍铄，一见到我便把一只带蹼的手放在自己额上表示对我的敬意。我忙用地球人的礼仪向他深鞠一躬。

"哦，我的小孙子在天之灵，一定会十分感谢你！他很有眼光，没看错你这个外星人。你是一位敢于伸张正义的好姑娘！"他的声音也比先前洪亮了许多，"你瞧，我可以代表两栖国的蛙人公民，去聆听有关移民行动的报告了。我们K星的蛙人可以到新的星球去繁衍生存了！"老蛙人欣慰地说。

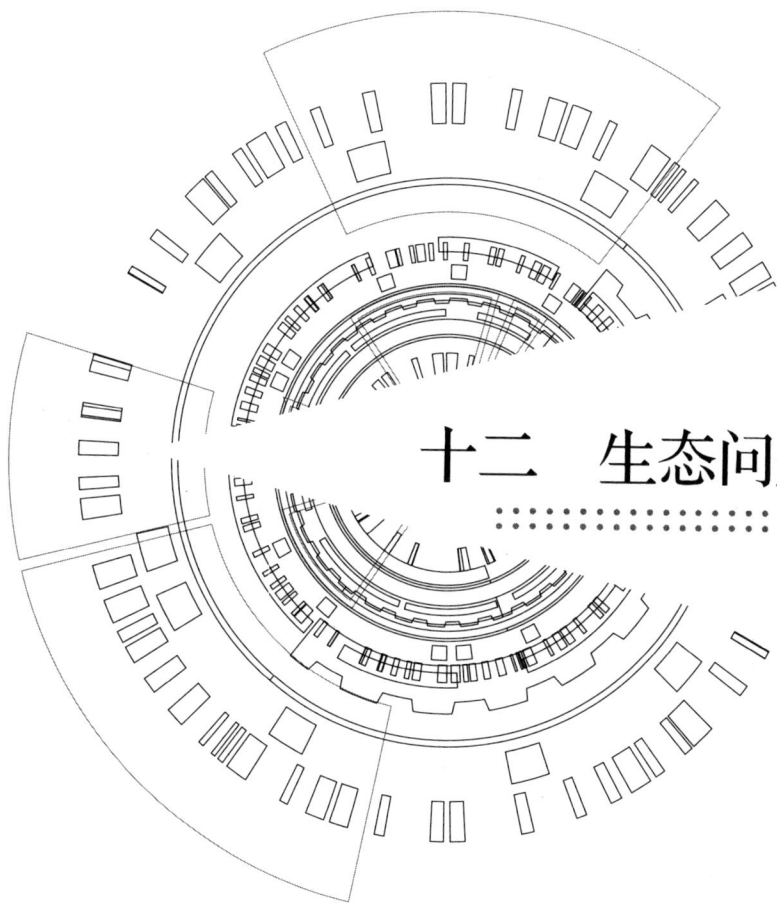

十二　生态问题

科学宫在哪儿呢？我所见到的K星早已一片废墟。令我惊讶而又钦佩的是，小船刚把我们送上一座荒岛，紧接着，小小的荒岛四周，缓缓升起由许多支架撑起的一幅巨大透明膜罩。锅盖似的膜罩把小岛罩住了，然后小岛腾空而起。

惊魂稍定，我们已经登上悬在K星大气层上面的人造卫星。小岛又重新飘飘悠悠降落到K星海面。——哦，小小"荒岛"原来是一座通往卫星的"电梯"。

卫星上类似古老中国八卦图式的多边形主体建筑，使我两眼骤然发亮，啊！这才是我想象中的K星，神奇、典雅。整座科学宫有如"绿金"铸成，熠熠生辉，十分壮观，几乎占据卫星的一半面积。

"刚才的小荒岛怎么会腾飞啊？穿越大气层时我们怎么没有感觉？"

这会儿连阿格壮也惊奇得目瞪口呆，用一句"无可奉告"的姿态向我咂舌耸肩。

"荒岛受这颗卫星上科学宫的遥控。当科学家消除了它所承受的K星引力，它就'飞'了起来。同时，它的四周已被罩上特殊的'气罩'，足以经受住穿越大气层的考验。"万万没料到，老蛙人不仅是一位两栖国的原国王，还是一位知识渊博的科学家呢，他讲解的科学奥妙是那么的深入浅出！我在心里把"荒岛"称作"飞岛"了。

正当我们在科学宫门前瞻仰赞叹时，"飞岛"又悄然飞来，把十多位绿原国代表连"车"带人送到了卫星上。迈出"车"门的，正是那位"独腿将军"！他一眼就认出了我，兴冲冲连连点着他那鹦鹉似的葱绿色夹红色绒毛的脑袋，灵巧地蹦跳着朝我奔来，用他那只由翅膀进化而来的手，紧紧握住我的手轻声说："好样的，外星人小姐。我一直以英雄自诩，哦，现在才明白，你才是真正的英雄，绞刑架下的女英雄！"

我连连摇头轻声说："嘘——千万别暴露了我。"

独腿将军明白了我的意思，悄然转身。

"阿格壮，我严严实实包着蛙人服，'独腿将军'是怎么认出我的？"我把阿格壮拉到一边，小声问，"如果待会儿格瓦鲁国王或其他人也看出来了怎么办？"

"放心吧，'独腿将军'已是绿色通道的成员了。这次安排你们父女相见，他是策划者之一。以后我们还要设法把掳来的十多位地球科学家全都搭救出来，送回地球。"

我安下心来，尽量沉住气，不显山不露水。

一批批鱼人、蛙人、鸟人被"飞岛"送上这枚小小的人造卫星。"飞岛"就像是一架透明的电梯在上上下下地忙忙碌碌，先后足足有百十人来到了这个卫星上的科学宫前。直到最后，碧浃国的王室成员和科学家们才姗姗到来。人们立刻向两边闪开，科学宫的六角形大门也缓缓启开了。

我的心"扑通、扑通"快跳出了喉咙，根本无心去看威严的国王、温文尔雅的王后和高傲的王子、公主，更无心去瞥一眼紧紧追随其后的另一批"皇亲国戚"，只一心等待着"飞岛"最后送上来的那一批科学家。

王室成员还没完全迈入科学宫，科学家们终于陆陆续续地到了。我拼命踮脚张望，遗憾的是，十多位科学家全都被那些人高马大的海马人警察"护卫着"簇拥着直朝宫门走去，我根本看不见爸爸。

我好不容易看到了阿依莎老师，想必爸爸肯定在她身边，谁知海马人转身把挤向前来看地球科学家的人们推开，毫不留情地再次死死遮住了我的视线。我急了，想蹦起来寻找爸爸究竟在哪儿，肩膀却被牢牢地按住。

回过头，正碰到了阿格壮责备的目光，还听到蛙人老爷爷亲切的声音：

"孩子，紧紧跟着我。你的身份是我们两栖国特派来听讲的年轻蛙人代表！记住，切切记住！"

我咬着唇，努力使自己冷静，把那颗不安的怦怦直跳的心收回胸膛。是的，是的，不可以莽撞，否则将功亏一篑。我这么不争气，怎么能成大事？

科学家们被"保驾"进了科学宫，其他人才尾随其后踏进宫门。我的前边是蛙人老爷爷，后边是阿格壮。现在我已稳定心绪，顾目四盼这座充满神秘色彩的K星科学宫了。

首先映入眼帘的是壁上的浮雕：一幅幅星云图和一艘艘形态各异的宇宙飞船，炫耀着K星人的宇宙航行史和对各个星系了如指掌的认知。紧接着，是三间封闭的模拟室。

第一间模拟室展示的是碧水泱泱、各种鱼类海兽悠游其中、水晶宫式的海底建筑物林立、鱼人安居乐业的碧泱国美丽景观。

第二间模拟室展示的是海岸苍翠、滩涂平缓倾向海洋的两栖国生机盎然的景象。那五颜六色的类海葵，千姿百态的甲壳类、头足类海洋生物争奇斗艳；蛙人们在螺状的、塔形的房子里栖息，在岸畔陆地辛勤劳作。

第三间模拟室是绿树成荫、植物芬芳、满目青翠、伊甸园般的绿原国。高大植物上搭着巢式小木屋，鸟人们或自由自在地在田间耕作，或展开人造翼在绿莹莹的天空飞翔、歌唱……

毫无疑问，K星人在展示他们返璞归真的美好愿望，展示值得怀念的遥远的过去。那是一个没有公害、没有战争的洁净美好的绿色星球！

走出模拟室是陈列大厅。各种原始的核反应堆模型、能源发生器模型、古老的天文望远镜，令人目不暇接。各种潜水器、飞行器乃至十分先进的噪声波武器、反引力武器、反物质装置、磁力波飞船……还有许许多多的高科技东西我根本看不懂。也许这些陈列物对K星人来说并不稀罕，参观者几乎都是匆匆而过，不屑一顾的样子。唯有阿格壮和我颇感兴趣，但也只好随着队伍走马观花。

学术厅更是十分讲究，内有呈半圆形的一排排软座椅和旋转讲台，有随时可以升降的立体模拟屏，有计算机技术中心……特别让我高兴的是，我们的座椅在前面两排，也就是说，我有可能清清楚楚地看到我的父亲！

时间像蜗牛在爬行，这是我一生最漫长的等待。等啊等，总算等到王室的贵族们在前排坐定，等到国王上了讲台，等到一位表情刻板的K星科学家叽里咕噜说完了开场白，这时才从讲台屏障后面走出一位地球人——他不是爸爸，是位我们地球上的欧洲人。

担任翻译的是位很漂亮的鱼人小姐。我一眼就认出，她就是在飞船上对阿格壮很有好感的女孩。我忍不住扭头去看阿格壮，他正在对那女孩儿点头微笑，眼里的绿色光华很柔和。我的心不知怎的忽然有点儿酸楚。长这么大，我还是头一次为一个小伙子对另一个姑娘微笑产生妒意。

哎，澎澎呀澎澎！你这是怎么啦？真无聊！现在是什么时候？怎么还胡思乱想？注意，注意！先听听这位地球科学家讲些什么。我努力聚精会神地听着。

"尊敬的国王、王后以及K星的公民们！首先我预祝你们的移民行动成功！"金发碧眼的地球欧洲人老科学家朗声说，"我今天要讲的是KK星的环境特征。

"二十年前，贵星发现银河系的太阳系中，有一颗美丽的蓝星和贵星相仿，便在那儿的海洋中建立起一个模拟碧泱国，试图把它当成今后大移民到地球去的基地。后来当你们发现，原来地球的陆地上还有众多的高级智慧生灵时，你们的科学家茫然不知所措了。你们把我和另外十几名地球人科学家陆续'请'来，进行考察、咨询。我们说：'不！地球人是地球之子，人们不会接纳你们。如果你们移民到地球，将永不会安宁。'幸好，饱受战乱之苦的、理智的K星科学家们和英明的格瓦鲁国王，接纳了我和彭教授的建议，决定到银河系的KK星去开拓、繁衍、发展。

"KK星是一颗类地星，与地球相仿，也与K星相仿，它有大气层，表面温度和地球相似。与地球不同的是，它的海水中仅有低级生命——如原始的变形虫及绿藻、红藻、金藻。那些藻类进行光合作用，放出大量氧气，使KK星地面上空形成臭氧层，减弱了它所旋绕的恒星光照中的紫外线，所以，海中还出现了海绵、水螅、海蜇和其他软体动物、节肢动物。KK星陆地上呢，已有茂密的原始森林，但还没有鸟语花香，大地显得单调、寂静。在丛林沼泽中有少量的爬行动物。……说到这儿，你们一定会气馁地说，唉！如此原始、荒漠与寂静的星球，让K星人怎么生存呢？

"噢，别急。下面，就请彭教授接着讲KK星已经初步被开拓、改造的情况，以及对KK星将来的展望！"

老科学家的轻松、自信与幽默，博得阵阵掌声。而我脑子里的弦却一下子绷得很紧、很紧，两眼直直地望着台后。

噢，真是爸爸走出来了！尽管他两鬓已花白，尽管他的眉心不再舒展，可是他仍然高高大大，剑眉黑浓，目光炯炯，只是唇角微微下撇。他的身影是我永远最熟悉的，他的步履在我梦中曾出现过千次、万次！唉，但愿这不是梦，但愿他再不会迈着稳健的步伐向我走来又忽然匆匆离去，只给我留下模糊的背影！我伸出手，下意识地想抓住爸爸的手，可是他在讲台上，离我足有十多米远……

我的手被阿格壮按住了，他的手指像钳子那样牢牢钳住我，我的心这才安分下来，把欲滴的泪珠逼回了眼窝，痴痴地睁大眼，透过我的蛙人头套盯着父亲。

阿依莎老师出来了，她准确无误地翻译着父亲的每一段话：

"……据本人考察了解，为了使KK星繁荣起来，贵星已按地球碧浃国的模式在KK星做了前期开拓工作。除了科学家、工程师等先遣人员外，还有各类机器人在KK星卓有成效地工作着。为了避免你们K星人移民去地球，同时又能够使你们创造一个类似地球的、生机勃勃的环境，本人提出的一个方案，已荣幸地被格瓦鲁国王接纳。那就是，把地球海洋上的一些无用的荒僻小岛，搬迁到KK星！搬走那些随时可能被淹没的小岛，对于地球来说并没有什么损失，但对K星人来说意义非凡。因为小岛上有少量海鸟、花草、树木、动物以及土壤、食物种子。你们可以用消除引力的技术，使那些小岛升腾，并套上特殊膜罩，在宇宙飞船的牵引下运达KK星。在KK星，从地球带来的这些动、植物又会被'克隆'、繁育、制造出更多的物种。所以，你们不必担心那儿荒凉……"

雷鸣般的掌声回荡在大厅中，K星人喜形于色。哦，我的爸爸真伟大！他太为地球人争气了。K星人虽然聪明，科学技术发达，但爸爸的丰富想象力却远比他们高出一筹。是他的想象力，使K星的高尖技术如虎添翼，为他们的移民行动解决了至关重要的难题。

国王和王后带领王室人员站起，朝爸爸鼓掌致意。我也拼命地拍响那双带蹼"蛙人"的巴掌。

爸爸啊爸爸，您的女儿就在您眼前啊！她在为您骄傲，您可知道？我在心里连连呼唤父亲，可他全然不知。只见他清了清嗓子，又侃侃而谈：

"是的，KK星被K星人叩开了大门。值得注意的是，你们应该怎样珍惜这来之不易的再生机遇呢？恕我直言，尽管贵星的科学家们因眷恋K星，为这颗被开拓的新星取名为KK星，但我们希望KK星的发展，不会重蹈K星的覆辙。K星曾经美丽非凡、生机盎然，然而它正是被极聪明又很愚蠢的高级智能生灵摧毁的！也就是说，光辉灿烂的K星的悠久文明，是被K星人不合理的活动、贪婪、连续战争造成的生态灾难所毁灭的。

"我是地球上的中国人，中国有句古话很有哲理，即'天人合一'。我们把它理解为：生命是有机体与环境进行物质、能量、信息交流与交换的过程，生命是有机体与环境统一的自然整体。高级智能生命也不例外，他们必须在同环境相互作用中才能存在、发展和表现生命特性。善待自然，善待生存环境，就是善待自己；反之，就会贻害自己乃至子孙后代。

"其实，不仅仅是贵星，地球同样也存在着资源破坏、环境污染、生态失衡以及战争等问题，只不过没发展到K星这种不可救药的地步。很多问题是我们共同存在的。现在我想说的是，K星人移民KK星后，你们的活动必然会引起KK星自然界的变化。并且随着你们活动规模的扩大，引起的变化会更大。诸如人造花园、人工草场、人造海洋牧场、菌类养殖场和有益昆虫养殖、克隆生命，海底及陆地城市建设，等等，必定使K星人的社会生产和生活过程，与生物圈的自然发展交织在一起，形成一个K星人在KK星创造的新世界——我们暂且称它为智慧圈。

"你们不可避免地会打破KK星大自然的旧的平衡，建立有益于K星人的新的平衡，这无可非议。关键是，K星人必须从一开始就有责任感，和大自然高度统一、协调，要有序发展。K星人社会进化所形成的技术圈和智慧圈，与KK星自然界的生物圈，通过适应性选择和制约，要相互依赖；在K星人建设自己高度物质文明和精神文明的同时，要维护大自然健全的生态过程，维护可供K星人永久利用的生命维持系统的繁荣！

"以上就是本人借'天人合一'思想，对贵星移民行动的宏观设想和建议！祝愿你们在KK星安居乐业、美满幸福。"

大厅里肃穆无声。不知是对一位地球人的告诫反感呢，还是赞同？没有掌声，也没有"哧"声（"哧"是K星人表示反感的口哨声）。我几乎忘了对爸爸的思念，心中有种神圣的感觉：我为他骄傲，又为他捏着一把汗。

父亲从容地转身，向台后走去。掌声像突然"醒悟"似的暴发了，经久不息。他回转身，露出灿烂的笑容。他紧紧地握了握阿依莎老师的手，表示感谢。的确，阿依莎老师翻译得很出色。

"散场时，会有很多人拥过去看望教授，"阿格壮在我耳边小声嘱咐，"这是你接近他的极好机会。"

一瞬间，我想了很多很多：我为自己曾经猜疑父亲是否帮K星人移民去地球而愧疚；我为父亲在K星人面前不卑不亢、慷慨直言而自豪；我敬仰父亲知识渊博、想象力丰富；我渴望尽快和父亲相聚，早日返回地球……

国王站起来讲话了，可是我一句也听不进。我一心盼望早些散场，盼着到爸爸跟前给他一个惊喜。噢，还要给他那封藏在我怀里的信。

总算熬到了散场时刻，不出阿格壮所料，很多K星人争先恐后、前呼后拥地向爸爸围拢去。有向他行礼的，有跟他握手的，还有向他提问的。阿依莎老师很得体地在父亲身旁替他翻译，帮他解围。

我不顾一切朝父亲挤去，身旁总有阿格壮悄悄拽住我，不让我过于冲动。蛙人老爷爷也紧随其后，使人以为我在为他"开路"。

现在，我真真切切地挤到了父亲的跟前，反倒愣在那里了，只会傻傻地冲着他流泪。幸好泪水被蛙人头套罩住，才没惹出麻烦。

"爸，爸！我是您的女儿澎澎啊！"我在心里喊叫，急得直跺脚。

可是爸爸在众多K星人中根本认不出我来，他不理睬我，却伸出手去紧握我身后蛙人老爷爷的手，还亲切地问："两栖国的老国王，您老人家还好吗？两栖国蛙人的移民工作准备好了吗？"

"谢谢彭教授，托您和另一位地球少女的福，你们为我们两栖国和绿原国的蛙人和鸟人说了公道话，我们如愿以偿，可以和碧泱国人同去KK星！您今天的一席话，使我耳目一新。是啊，科学技术发达，并不代表思想先进、精神文明。我回去一定教育我们的公民，到KK星后要和大自然'天人合一'协调发展！唔，这个小姑娘，是我们蛙人的中学生代表，来聆听你们地球人教授讲课的。她说，她很敬仰您喔！"

蛙人老爷爷机智地把我介绍给了父亲。父亲客气地和我握手，问："刚才你们的老国王说，有位地球少女曾为你们直言，不知她是谁？你见过吗？噢！我们十几位地球科学家，一直在忙着你们的移民工作，居然什么也不知道。"他深邃的目光掠过一片阴云。

我该怎么回答？怎样做才是正确的？我心潮澎湃，只管死死抓住爸爸的手不放。爸爸呀爸爸！别再丢下我不管，别再撒开你的手，像在我梦中那样离去。跟我回家吧！别让我再苦苦等待，苦苦寻觅……隔着泪水，我见到爸爸开始凝视我，眼里闪过茫然、猜测的光，他的手不由自主地紧握我的手。

哎，怎样才能让他明白我是他的女儿呢？忽然，我想起小时候常和爸爸做"龟兔赛跑"的游戏，于是，我抽回手，竖起双手的中指和食指（虽说手上连着蹼，但还较柔软，可以伸屈），在头上伸着，做出小兔子的动作。

这回，轮到爸爸愣了，随后他机警地瞥了我一眼，张开两手十指，心领神会地向下比画了两下，做出当年他扮演小乌龟爬行的动作……

爸爸认出我了！爸爸知道女儿来找他了！我真想扑到他的肩上去，可是爸爸的手被阿格壮握去了。阿依莎老师朝我微微摇头……理智很快回到我的心上，抑制住了我情感的奔泻。爸爸不愧是爸爸，他只用眼睛的余光扫了我一眼，便去和阿格壮周旋。

聪明的阿格壮为解除别人对我的疑惑，故意学我的样子，把双手两指竖在头上问："请问外星人，地球上有头上长角的人吗？"阿依莎老师天衣无缝地翻译着。爸爸机敏地答："地球上有各种肤色的人，没有头上长角的人，但有头上长角的走兽！"他重复了刚才对我做的动作。

他的话被阿依莎老师译成K星语时，周围的K星人哈哈大笑。我们父女俩的失态被掩饰过去了。阿格壮又一次为我解了围。

为了爸爸的安全，我没有直接把信递给他，只掏出信交给阿格壮。我深信他的应变能力。

"这位翻译老师，"阿格壮不失时机地举起信，"中学生们对移民行动提了些建议，可否劳烦您交给格瓦鲁国王和王后？听说您是王室成员。"

"愿意效劳！"阿依莎老师不动声色地接下了那封蓝色的海藻纤维纸信封。

爸爸再没瞅我一眼。他和K星人周旋得很好，仿佛根本没对我做过那个意味深长的动作，根本不知道他的女儿近在咫尺。

他是因为爱我、保护我，才如此镇定自若的啊！为了回报他的爱，我也要像他那样从容，那样沉着。否则，我会害了他。在这K星人移民行动即将付诸实施的时刻，格瓦鲁国王一定十分谨慎小心，他既要利用地球人科学家，又会充满戒心。在他的眼里，地球人在某些方面比K星人更聪明、更善思辨与富有哲理。他会担心地球人也看中了KK星，从而破坏他们的移民行动。这是昨天阿格壮分析给我听的。现在我总算能控制住自己了。

"来日方长！来日方长！"阿格壮轻轻地、温和地用地球成语在我耳边絮叨。我点了点头。我的唇角流进了咸涩的、温热的泪水，我不想去擦。是的，曙光已露，离天明还会远吗？

父亲被高大的海马人警卫"保护"着踏上飞岛。透明膜呈拱形升起，罩住了飞岛。在飞岛下降的那一刻，他的眼神分明在搜寻我。我不敢冒失，躲在K星人中目送他离去。

回到水帘洞后，我心情很好，轻轻哼起歌儿，教阿莱娜和阿格壮跟着唱，我又教他们做"龟兔赛跑""老鹰捉小鸡"的游戏——这都是我小时候和爸爸常玩的。现在，阿格壮、阿莱娜和我在洞内玩得也很开心。我知道，他们不是为了安慰我才和我玩的，因为他们没有玩过这地球上的游戏，觉得好奇又好玩。

玩了一会儿，阿莱娜突然坐到一个昏暗的角落，默默地对着石壁发起呆来；阿格壮走出洞口，脱去鱼皮上衣，取下假肢，腰间只围一方银色海兽皮，坐到水帘下方，任哗哗的泉水淋透他的全身。他一声不吭地仰望灰蒙蒙的天空。

我找到了父亲，可是他们的父母已在战乱中身亡。在这样的时刻，怎能不勾起他们对自己父母的思念？看着他们那种伤感的样子，我也很伤感。我不敢打扰他们，悄悄地去为他俩备餐。

阿莱娜和阿格壮在以后几天里越来越忙。移民办公室让阿格壮整理移民资料，还要对照地球碧泱国审看KK星碧泱国的立体模拟录像，指出有什么不合适的地方。

幼儿移民站则让阿莱娜教会三至六岁的孩子如何适应宇宙旅行，训练他们如何在KK星的碧泱国生活。

由于K星大部分建筑物被摧毁，人们分散居住在废楼、洞穴和简易棚中，所以一切联系全靠微型便携遥感器、袖珍无线电视、手机。幸好K星人共有的科学宫卫星、宇宙飞船停泊场、碧泱国宫殿以及绿原国、两栖国的一些非军用科学设施，被最后的理智保留了下来。现在，他们可以利用这些场所和设施，白天集中为移民行动"办公"，夜晚则用于住宿。阿莱娜、阿格壮有时不得不把我独自一人留在水帘洞，寂寞使我更加心焦。

三天过去了，爸爸杳无音讯。难道他已心灰意冷？或许处境不佳？岩洞前稀疏的水帘，闪烁出星星点点的光亮，就像泪珠儿一般。一切的一切我都可以忍受，可就是忍受不了爸爸的冷漠。要知道我赴汤蹈火拼死闯碧泱国、闯K星，一切的一切都是为了寻找您呀，爸爸！好不容易我们见了面，谁知就像昙花一现，您又消失得无影无踪了。

爸爸，尽管您在科学宫侃侃而谈，尽管您在K星芸芸众生里巧妙周旋，可是我知道您的痛苦。您孤独，您的眉宇间凝满了愁结，您的眼中有着深切的忧虑。您微微下垂了的嘴角，显示出更多的无奈、更多的忍耐。这些，K星人很难看得出，就像我们地球人难以分辨他们眼中射出的绿焰中细微变化的含义。爸爸，但愿您不要丧失信心，快和我联系吧，让我们共同努力，争取早日返回蓝色的地球家园！

几天后，阿格壮终于给我捎来了一封由阿依莎老师转交给他，再转给我的信。我一眼就认出信封上的笔迹：是爸爸的！我从小就看惯了他每次出海考察从遥远停靠码头寄回家的信。信封上总有漂亮的、图案新奇的纪念邮票和他那粗犷而又端庄的字迹。

我接信时手颤抖了。为了全神贯注地看这封盼望已久的信，我蜷曲到岩洞的旯旯里。

信是这样写的：

*澎澎，我日夜思念的好女儿！*

*当你猛然站在我面前，做出那个只有我们父女俩才明白的游戏动作时，我是多么喜出望外、百感交集啊！那时，我多么想拥抱你，却不能够。我离开你时，你才十四岁，淘气而又聪明，个子还不到我的肩高。如今，你已亭亭玉立，是个大姑娘了！可惜，你套着蛙人面罩和蛙人皮套，我一点儿也看不出女儿的'庐山真面目'。现在，你长成什么样儿了？像我，还是像你妈妈？*

*我真不知你是怎样闯到碧泱国，闯来K星的，你一定吃了不少苦，受了不少惊吓。这全都是为了寻找我，对吗？孩子，爸爸*

是多么感动、多么感谢你啊！你是一个不屈不挠、感情真挚的女孩，我为有你这样的女儿而骄傲！

也许，由于我对地球的海洋了解得较多，所以K星人选择了我帮他们建设模拟碧浃国，并且想以此为蓝图，在地球落脚、繁衍。我和另外被掳的十几位地球科学家为了地球人的共同利益，想方设法为他们另外探寻到一颗类地星，并说服他们向那颗尚无高级智能生命的星球移民。格瓦鲁国王总算明智地接受了以我为首的地球科学家的建议。

我在碧浃国和K星的这段日子里，几乎天天超负荷工作。可是每当稍有休息的间隙，你妈和你的音容笑貌就会闪现在我眼前。我不止一次地张开双臂，想把你们母女拥进我的怀抱，可是梦幻总是毫不留情地将我抛入失望的深渊。澎澎，在你的信中怎么没提到你妈妈？她好吗？我让她牵肠挂肚了吧？这几年她独自一人带着你成长，真不容易！

现在我想告诉你的是，我已被安排去KK星，继续为格瓦鲁国王服务。我们地球科学家申请返回故星、返回家园的报告被他否决了。

澎澎，我的女儿，你要坚强，你要设法回去陪伴你的母亲。听我的翻译阿依莎说，你是在K星人绿色通道组织的帮助下来到K星的，现在，我仍请求他们帮你回地球去。阿依莎已答应了我的请求。据说，回地球还有最后的机会——有人要去模拟碧浃国取资料。到时，阿依莎会设法为你安排一个名额。

孩子，永别了！能在去往KK星前见到你一面，已经是我的幸运了。你回去后告诉你的妈妈，我依然爱她！我希望她去追求自己的幸福，不必再惦念我。知道吗？不论我走到天涯海角，或是宇宙尽头，我都永远永远思念你们！

好好学习，健康成长，考一所有环境保护专业的大学，以后找一个好小伙子做伴侣，共同为净化我们的地球而努力工作！澎澎，我的好女儿，这就是我对你的全部希望！

你的爸爸于K星

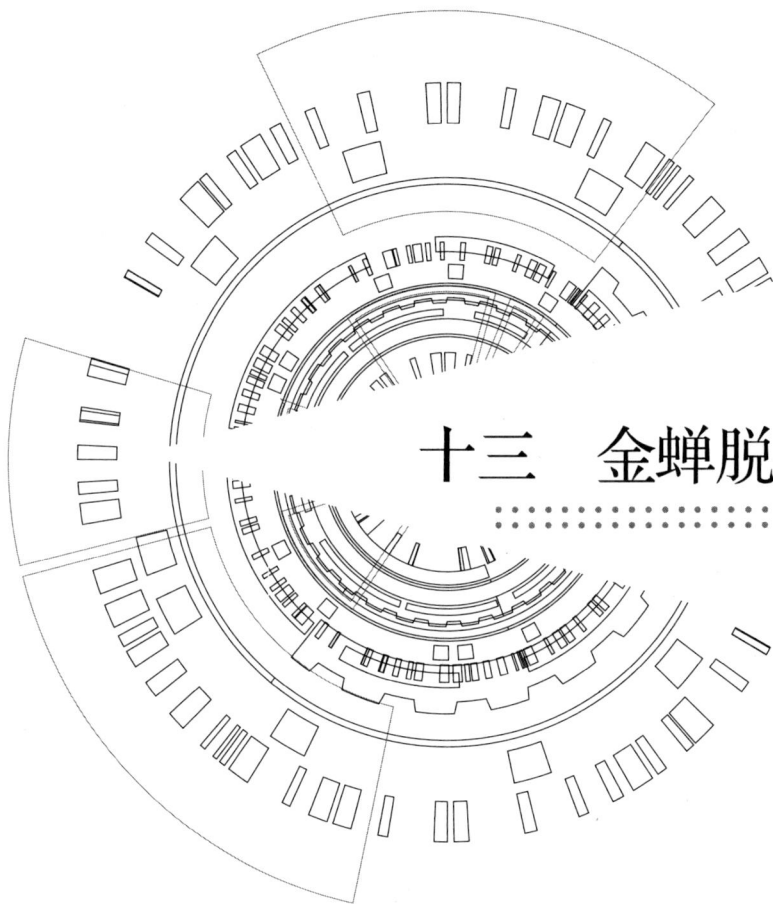

# 十三　金蝉脱壳

　　读完了爸爸的信，我泣不成声。从地球来到K星，难道只为了见爸爸一面？我们还没来得及畅谈，爸爸还没看到女儿我的真面目。他从此随K星人远行，将一去不复返。我接受不了这个事实。洞外水帘的哗哗声让人心烦意乱。K星人的移民行动迫在眉睫，难道，我就眼睁睁看着他们再次把爸爸掳走？照爸爸的话做，回家，陪伴妈妈，好好读书，这是一条比较可行的路。如果失去回地球的机会，那我将永远和那些老弱病残的K星人留守在这颗千疮百孔、污秽不堪的星球。搭救爸爸回地球？谈何容易！我觉得自己仿佛站在高高的悬崖边不知所措。

　　我捧起爸爸的信，心事重重，好像一瞬间长成了大人。以往的我，不懂得焦虑，只知道瞎闯，遇到什么事随遇而安。现在，我必须选择，必须思考：怎样做才是正确的？

　　阿格壮一直缄默不语。

　　许久，许久，我问："阿格壮，你说过，绿色通道要把十多位地球科学家送回地球家园？"

　　"是的。可是我们遇到了麻烦。前几天第一批三位地球科学家刚刚被救出登上宇宙飞船，就被警方发现；飞船快到地球时，就被K星设在地球海底的碧泱国隐形流弹击中了，船毁人亡。唉，其中牺牲的还有三位绿色通道成员。那位在科学宫演讲的金发教授也不幸身亡了。阿依莎老师认为，在新发展的绿色通道成员中肯定有密探。所以，我们现在举步维艰，必须万分谨慎。"

　　我很震惊，直到如今，我才明白事情有多么复杂，绿色通道承担着多大的风险。

　　我走过去，紧紧抓牢阿格壮的手："你、阿依莎老师、阿莱娜，还有蛙人老爷爷、独腿将军，都没事吧？我……是不是太自私？我一心只想着我和我父亲，从没考虑过你们的安危，没想过你和阿莱娜失去父母的痛苦。"

"澎澎，听着，"阿格壮两手握住我的手，贴到他裸露的月白色的胸上，"真正的高级智慧生灵，应该有感情，有理智，有同理心。我们除了'本我''自我'意识外，更应有'超我'的高尚意识。异星球的智慧生灵之间，不该只是互相利用的关系，而应该有更多的沟通。

"彭教授等地球科学家为K星移民行动做了那么多贡献，K星人理应尊重他们的思乡之情。异星人之间除了知识与科技互补，还应该有精神、文化交流，相互间不应仇视。可惜的是，不论K星人还是地球人，未必全都这样理解。生命来之不易，高级智能生命更加来之不易！为什么我们相互间不多一些爱，少一些仇恨呢？绿色通道在做应该做的事，你不必有歉疚感。你必须冷静选择。不论你决定走哪一条路，我都愿意一如既往地帮助你。"

接着，阿格壮严肃地告诫我："澎澎，你现在的处境很不好。巴尔特警长仍在寻找你。他不敢向格瓦鲁国王报告你已失踪，怕受到严厉惩罚。他对你耿耿于怀。而且，现在彭教授的处境更不佳，因为他是被重点监护的异星人。在这种情况下，我们还是要多思量，再行动。你好好考虑考虑，明天，把你的想法告诉我。然后，咱们再共同设法去实现你的想法。好吗？别愁眉苦脸，这没用。"

我听从了阿格壮的劝告，不再难过，决定首先吃饱，保护好身体。食物越来越不好寻找，我就到岩洞口四周去挖野菜，把野菜拌到极少的袋装食品里。由于洞外不停有泉水流淌，加之有突兀的峭壁遮挡，这些绿色的不知名的野菜，好像没遭受太大污染，味道苦中有股清香味，很像我妈爱吃的那种苦菜。说来也怪，这样吃很舒服，我的精神也清亮了许多。阿格壮说，这是个了不起的发现。

阿莱娜更是个有心人，她一回洞穴，就像我那样大量挖野菜，然后把它们用泉水冲净、晾干。

"澎澎，你做了件大好事哦！"阿莱娜喜滋滋的，"我正愁在移民行动中体力消耗大，孩子们吃不饱。现在没问题啦，有这么多的鲜绿野菜掺和着，不但数量够了，味道也美。你知道吗？这个洞穴原来是两栖人专为他们的老国王精心保护下来的，山顶有许多掩体和伪装，泉水也都经过了过滤。后来，两栖国名存实亡，老国王黯然退位，转到别的大一些的洞穴，去和幸存的青少年同住了。他给青少年传授知识，一心寄希望于这些蛙人青少年移民新星后，重建昔日繁荣。是他通过绿色通道，特意把你安排在这个洞穴里的，对你感恩回报呢！"

我真没想到，老蛙人如此有人情味儿！有这么多开明的、有人情味儿的K星人帮助，搭救爸爸肯定仍有希望。关键是，K星人的首领，格瓦鲁国王对地球人明显存有戒心。目前他最担心的肯定是爸爸他们这批科学家返回地球会带去有关KK星的一切信息。所以，现在格瓦鲁国王会把爸爸一行一同劫持去KK星。

如果我也去KK星呢？待时机成熟再和爸爸一道回地球，来个"曲线救父"，也许会有希望。

对！我去KK星！怎么去？怎么再次逃过巴尔特的魔爪？这个问题应该请示阿依莎老师，并和爸爸取得联系。我感到自己的思路很对，很伟大。

我的想法阿莱娜很赞同。她双目绿光闪闪："是的，是的，你和我们同去KK星的风险，要比你们父女直接去地球小得多。澎澎、澎澎，快写封信给阿依莎老师和你父亲，恰好我明天要去移民总部，我会把你的信递给阿依莎老师的。"

于是，我给爸爸写了一封言辞恳切的信，表明我想和他同去KK星，以便伺机再寻求返回地球的新途径。

"爸爸，无论您到哪里——天涯海角，宇宙尽头，我都不再离开您。让我追随您去KK星吧！待到时机成熟，我们一同返回家园。帮帮我，让我遂了心愿……"

我在信中这样写，同时也给爸爸送去一盏希望的灯。

大约三天后，阿莱娜回到了水帘洞。

"嘿，澎澎，我给你带来一位客人，是位你最熟悉的地球少女。猜猜，是谁？"

"我最熟悉的地球少女？不可能，不可能！她们都在地球上，怎么会来K星？"

"哼，不信，注意瞧！"她诡秘地眨眨绿色的大圆眼，朝洞口"啪啪"击了两掌。

哎哟，果然姗姗走进来一个女孩：齐耳短发，突突的脑门儿，小小的细长的黑眼睛，略略翘起的鼻头，薄薄的红唇，瘦削灵活的身材活脱脱就是我的翻版啊！

咦？她是谁呢？

"难道我……有个双胞胎姐妹？"我结结巴巴地说，"不可能……不可能！咳，阿莱娜，你究竟在捣什么鬼？"我直发蒙。

阿莱娜嘻嘻哈哈"两腿"麻利地一蹬，那双假肢便脱下了。她舒坦地斜倚在一块石头上，得意地甩动她那银光灿灿的鱼人尾。

"喂，这位小姐，快向澎澎介绍一下你自己。"阿莱娜命令那位少女。

"本人是W号机器人，奉命前来接受您的指令！"

阿莱娜带来的不速之客，用标准的中国普通话对我说着，还微微躬躬腰、点点头。

哇！原来是个机器人！除了口音里少了一些我从妈妈那儿继承来的江南韵味，其他哪一方面都能以假乱真。

怎么回事儿啊？我如坠雾海，不明白在这当口怎么会冒出这么一个机器人，还要来接受我的指令！嘿，这可是我来K星之后遇到的一件最最难以理解的事。我呆若木鸡，几乎也成了个机器人。

恰恰在这时，阿格壮兴冲冲赶来。一进洞就喊："喂，澎澎，好消息……"

见有两个澎澎，他傻傻地愣住了。

淘气的阿莱娜冲机器人和我挤挤眼，示意我俩都别出声。

"噢，明白啦，二者必有一位是机器人。"阿格壮这才恍然大悟。

"喂，澎澎，要听好消息吗？"他一步迈向我，"别装啦，你是真澎澎！"

我故意挺直腰，无动于衷。他犹豫了，再转向另一位"澎澎"："那么，你是……"

我尽量忍住笑。那机器人也一声不吭，挺直腰立着，毫无表情。

阿格壮狡黠地翻翻眼，忽然把右手食指伸向机器人胳肢窝，见她无动于衷，他旋即转身，把那故意抖动的食指又伸向我的胳肢窝挠痒痒。

哎呀，我马上痒得忍不住，嘻嘻哈哈笑弯了腰。

"露真相了！露真相了！机器人可是不怕痒的，哈，你是澎澎，你是澎澎！"他继续毫不留情地挠我。我笑得差点岔了气。

"哥，你也太欺负人了，怎么挠不完了？"阿莱娜过来帮我一道向阿格壮"反攻"，我们三人顿时闹成一团，滚到了干海草垫上，笑个不停。凭直觉，我感到去KK星的事一定有眉目了，所以特别开心。

笑够了，疯够了。我从阿莱娜和阿格壮那儿得知，绿色通道同意我仍然扮成两栖人少女去KK星。W号机器人是爸爸和阿依莎老师仿造我设计的，由绿原国一家机器人工厂赶制出来的。

"我给你们添的麻烦够多了，为什么还要再造一个'我'来增加麻烦？"

"嘻——金蝉脱壳嘛！这是你们地球人的一条妙计，为什么不借用一下，来应付巴尔特警长？嗯？"阿莱娜很自豪，因为是她出了这个万无一失的点子，"你不是曾经扮演过W号机器人吗？"

"难怪阿依莎老师要我马上回水帘洞来告诉澎澎获准去KK星的消息，同时准备接受一项任务呢，阿莱娜，真有你的！"阿格壮很欣赏妹妹的聪明机灵。

阿莱娜当仁不让地"如此这般"，向我和阿格壮布置了一项任务。还让我摁下W号机器人颈后的红痣，向它的"脑子"灌输有关我的语言、性格特征等信息。

一切准备妥帖，我套上了蛙人服和阿莱娜一道登上她的海龟形小艇；阿格壮则携W号机器人，登上我的箭鱼小艇"出发"了。

两艘游艇渐渐靠近K星碧泱国海域。本已死气沉沉的灰褐色海面，今天突然变得忙忙碌碌。远远可看见，许多大船正拖着一箱箱包装严密的仪器，匆匆向一座座小岛驶去；红色的警船警觉地守护着已罩上绿色篷帐的飞岛；还有许多海马人、鱼人、章鱼人，行色匆匆往返于不知什么时候冒出来的神秘的"岛屿"之间。已濒临灭亡的大海和岛礁，突然回光返照，露出了一丝生机。K星人为他们的移民行动在做最后一搏。

阿莱娜果断地向一艘警船发出信号："前方警船请注意，请注意：本艇发现异常情况，请转告巴尔特警长，箭鱼形游艇内，出现地球人女青年……"

"请问，您属移民第几编队？有通行证吗？"对讲机传来谨慎的问话声。

"本人阿莱娜，第五十六幼儿编队的领队。奉命接应两栖国少女达妮亚，她是本编队助理，通行证号码0517……"

"请走5号海域！谢谢你们报告的情况！"

当我们的小艇向右转，朝5号海域驶去时，果然冲出一艘红色警艇，"呜呜——"吼叫着，向W号机器人驾驶的箭鱼形游艇追去。箭鱼形游艇十分淘气、机灵地在海面上呈"∞"形和警艇兜圈、捉迷藏，阿格壮抓紧时机，神不知鬼不觉地跳下箭鱼形游艇，潜游到了我们小艇的下方。阿莱娜立刻打开底舱舱门，把它迎接进来。

我举起望远镜：哈，W号机器人已笑吟吟地向两名章鱼人警察举手"投降"了——它表演得尽善尽美，完全在按我原来设定的"旨令"行动。我们不敢久留，直朝阿莱娜的幼儿五十六编队奔去。……

就这样，真正的澎澎成了K星两栖国蛙人少女达妮亚，成了移民五十六编队领队阿莱娜的助理。W号机器人成了冒牌的地球人少女澎澎，成了巴尔特警长的"阶下囚"。

哈，我们的"金蝉脱壳"的"调包计"成功了！

还有两天就开始移民行动。在小岛营地，阿莱娜教我如何照料那些幼小的鱼人、蛙人、鸟人孩子们，如何在枯燥的星际旅行中带领他们唱歌、做游戏，如何分配数额有限的食物。也许是天性吧，我很快就喜欢上了这些K星的孩子们，孩子们也很欢迎我。

嗯，W号机器人现在一定仍在继续执行我的"一沉默，二哭笑，三周旋"的行动程序，感谢它使我安然无恙。

现在，我向往KK星的心情丝毫不比K星人逊色，我在一分一秒地等着，盼着，心中涌动起阵阵激动的热浪。

出乎我的意料，宇宙飞船的近百个编队，并不是从K星的大海或陆地出发。那天半夜，阿莱娜把我唤醒，然后再叫醒每一个孩子。她沉静从容地和我一道带领160名儿童，登上了一条渡船。不多久，渡船"爬"上一座飞岛，"哧"——瞬间，我们便飞到了一颗人造卫星上，这里已有10架形态各异的宇宙飞船，在待命出航。

我们被安排在一艘"天使号"帽形飞船上，船舱分上、下两层。有位英俊的鱼人小伙子在驾驶座向阿莱娜和我含笑打招呼。孩子们一个个难得地聚精会神，不吵不闹，十分懂事地等待着决定他们命运的启航令的下达。

"K星的公民们！伟大的移民行动即将开始。我，格瓦鲁国王，首先预祝大家星际旅行顺利！成功！

"我们将要去遥远的KK星安家落户。那是一颗十分美丽的星球，和我们原来的K星十分相似。你们有幸被选中去美丽的KK星，是很荣幸的喔！

希望你们珍惜这个机遇，克服旅途中的种种艰难困苦，以一往无前的大无畏精神，向KK星挺进！

"此次共有一百个编队，分十个组，分别从十颗人造卫星启航。尚有十个编队，将于两周后由K星出发。

"现在，我下命令：K星移民行动开始！

"各宇航编队，按编序预备起飞。倒计时开始……

"第一组，一至十编队起飞！

"第二组，十一至二十编队起飞！

"第三组，二十一至三十编队起飞……"

黑黢黢的空中传来格瓦鲁国王洪亮果断的口令声。那声音穿云破雾，气势磅礴。

当口令发到"五十一至六十编队起飞"时，我们的"天使号"飞船无声无息、稳稳当当地亮起了绿色的光晕，紧随飞船编队，缓缓飞向半空，作整队盘旋。

突然，我透过舷窗看到，有个小甲虫似的东西，在卫星地面上手舞足蹈、又蹦又跳。

"嘿，达妮亚，看见了吗？那是巴尔特警长！"阿莱娜在我耳边悄声说，"看来他很焦急呢，想把你追回去。"

我窃窃地笑。

没有谁去理会那只"甲虫"。

满天都是绿色的、红色的、橙色的光华。宇宙飞船按编队在空中组成了硕大的人字形，就像地球上的大雁那样有序地向广漠的星空飞去，气势既壮观又肃穆。

宇航员抬起他的左手，默默向K星行告别礼。他的双眼蓄满了泪水。

孩子们一个个模仿阿莱娜，毕恭毕敬地站在宽敞的舷窗前，举手向他们的故星告别。他们眼中射出的绿光有几丝悲凉、几分留恋。他们幼小的心灵已经懂得，这里毕竟是生养他们的地方啊！

长大后，这些K星儿童还能记住这颗败落不堪的故星吗？老天保佑，但愿我们地球永远不会有这样一天，这是多么无奈的背井离乡啊！

还有许许多多老弱病残的K星人留在K星苟延残喘，就像两栖国的原国王、绿原国的"独腿将军"和许多体格难以胜任长途星际跋涉的妇女和儿童。他们将与K星共存亡！荆棘、毒烟、瘟疫、黑褐色的云雾、腐臭的空气、腥臭的海水……将伴随他们最后的生活……

飞船编队犹如一根根彩色飘带，轻柔地在宇宙的洪荒中飘荡。轻微的"嗡嗡"声温馨、飘忽、渺远而又热情，为冷寂的太空注入了活力和生机。远远近近、大大小小的星斗，好似在探头探脑、惊奇万分地注视着这一列列、一行行的宇宙不速之客。

地球在哪里？

噢，太阳系显得如此渺小！那颗蓝星静静地、悠然自得地在太阳身畔闪烁着莹莹蓝光。她看上去实在太遥远，太渺小了。可是此时此刻，她最让我牵肠挂肚。啊，地球母亲！你养育着千千万万像我这样的生灵，我该如何报答你？是的，我要把另一颗星球上的居民为什么离乡背井的故事带回去。我要告诉千千万万地球上的高级生灵：珍惜我们这颗美丽的星球吧！

我知道，爸爸正在第一编队，和阿依莎老师一道跟随着王室的"格瓦鲁号"飞船。由于我的同行，他不会感到寂寞；他会工作得很出色，而且会充满信心。

"达妮亚阿姨，教我们唱支歌！"孩子们嚷起来。

> 天上星星亮晶晶，
>
> 一二三四数不清！
>
> 一眨一眨好像小眼睛。
>
> 我要问你明天天可晴？

我把这首儿歌译成K星语，一字一句教给那些鱼人、蛙人、鸟人孩子们。

稚嫩的歌声在"天使号"宇宙飞船里回荡。

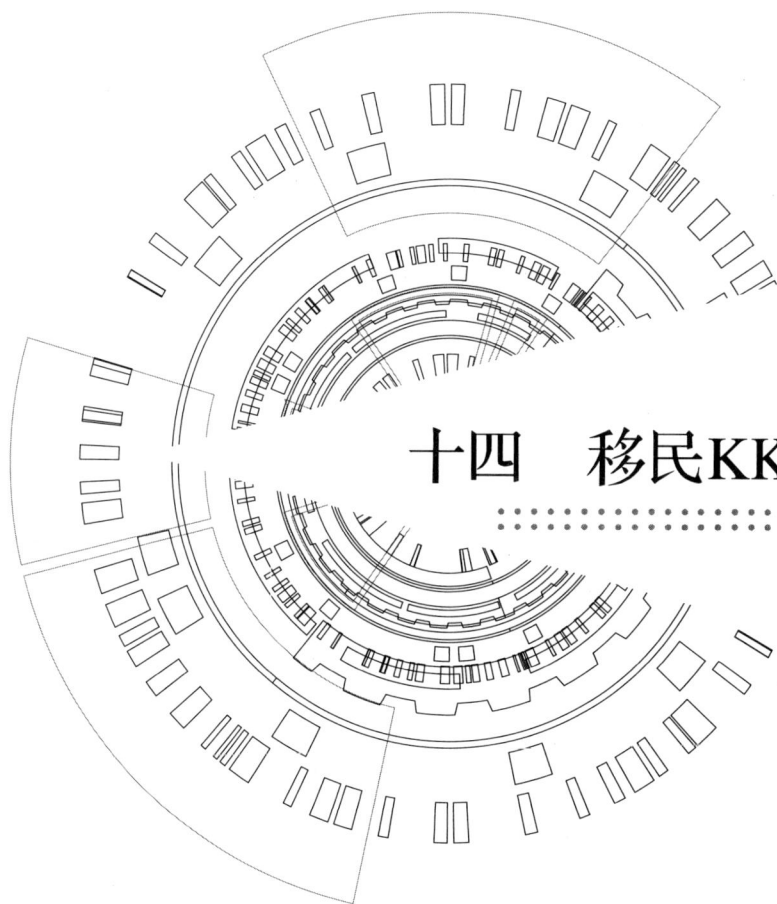

# 十四　移民KK星

· · · · · · · · · · · · · · · · · · · ·

太空旅游的新鲜感渐渐消退了，接踵而来的是寂寞、疲劳，尤其是食物不足。有的孩子开始生病：头晕，胃痛，嗜睡，烦躁不安。我和阿莱娜除了要克服自身的不适外，还要付出巨大的努力去照料孩子们。

我们把脱水的野菜掺和到食物中分给孩子们，给他们讲故事、唱歌，还为一些孩子按摩。到了第三天，有个五岁的鱼人女孩病危，她呕吐、抽搐，奄奄一息。据阿莱娜说，这孩子很可能在K星已受海水污染，体检勉强合格，谁知还是难以适应宇宙航行。为防止她的病情影响其他孩子的情绪，只好把她放进隔离室，由我专门照料。

我给她喂水，学着我小时候妈妈为我按摩那样为她按摩、推拿，可是无济于事。

"达妮亚大姐姐，还有多久到KK星？"

"还有三天。你要坚持，你一定能到达KK星，到了那儿一切就会好的！"

"那儿的水是甜丝丝的吗？"

"对。还有活蹦乱跳的鱼儿、洁白的海鸟、水晶宫般的房子……"

"我的身上再不会让海水弄得黏糊糊……大姐姐，我想和小朋友一道在KK星的大海里……游呀游……"她的鱼尾动了几下，又昏迷了。不久，她身体发僵，在我的怀中不动了。

"阿莱娜！快，她……啊，你快来！"我不知所措了。

阿莱娜急忙赶来。那女孩迷离的大眼渐渐失去了光彩。

阿莱娜出奇地冷静。她为孩子抚合上眼皮，把她从我怀中抱到小床上，蒙上一块海草布。

"澎澎，振作精神，还有那么多孩子需要我们！"

阿莱娜整整瘦了一圈。她的两眼显得更深、更大，变得俨然像一个三十岁的K星妇女，沉静、冷峻、严肃。

我抹去泪水，跟她一道走进大舱。我们强带笑容，继续护理那些受空中旅行折腾的孩子，变着法儿使他们高兴些。

此后两天，又有四个孩子陆续死去。死去的孩子一小时后就被送进尾舱，抛入浩瀚的宇宙。

阿莱娜说，在其他宇宙飞船中的K星人，会有更多的"牺牲"，这是出发前移民指挥部早就估计到的。因为相比之下，孩子的适应力更强些。

我的心情变得忧郁起来。我用不停地忙碌克制自己的情绪，把健康的、略大点儿的孩子组织起来去照顾小一些的、体弱的孩子。这样，我和阿莱娜的负担轻了许多。

只剩下一天一夜的时间了。宇宙飞船的编队在万花筒般的时间隧道里开始加速。偏偏在这节骨眼儿，我病了，症状和那些死去的孩子一模一样：恶心，目眩，胃疼，周身无力。我拼命忍着，跌跌撞撞地干活儿，可是到底支撑不住，便悄悄走进隔离室躺下。

我怎么这么不争气？唔，舷窗外的星斗为什么转得那么急？无数的星星像石子儿一样向我扑来，扑进了我的大脑、我的胸膛。我的身子快要炸裂开……天哪！难道我也快要死去，被抛入无边无涯的太空？爸爸，爸爸，您在哪条飞船上？这回，恐怕我真的要与您永别了……

阿莱娜终于发现我病倒了。她睁大惊恐的眼呼唤我："澎澎，亲爱的，你别吓唬我！你一直好好的，怎么突然间会变成这样？"她哽咽着，"你要挺住，只剩一天了，只要到达KK星，那儿就有康复医院等待着我们！"

"我……好像在K星受污染了……这几天的旅行也太疲劳……"我努力笑笑，"别管我，忙你的去。万一，我离去了，请转告我爸爸，我爱他，希望他早日回家……"

阿莱娜忍不住抽搭起来。

"阿莱娜小姐，请把达妮亚送到我身边！"驾驶舱传来飞船驾驶员果断的声音。

"可她……病得厉害！"

"在'天使号'宇宙飞船上，我是长官，你必须服从命令，请把达妮亚送进驾驶舱！"

啊，宇航员想干什么？是的，驾驶舱也有抛尸体的底舱……也许……他不愿让孩子们知道我的情况，想将我从那儿抛出飞船？

为了飞船上孩子们的安全，我挣扎着站起来，让阿莱娜扶着我，从隔离室侧门，径直走进驾驶舱，在宇航员身旁的副驾驶座坐定。

"长官……早点把我抛走吧——我不愿拖累你们！"为保持地球人的尊严，我主动请求。

"傻瓜！喏，这瓶'核毒散'药水，你喝下！"

"这可不行！"阿莱娜说，"这是移民指挥部专给每艘飞船宇航员特配的。"她深深叹了口气，又说，"万一在这最后一天你病了，我们的一百多名K星儿童都要和你同归于尽。而这些孩子，是K星的希望啊……"阿莱娜的声音颤颤的。

"那么，看着你的地球朋友见死不救？"

"啊，你怎么知道……她是……"

"朋友，别急，我也是绿色通道成员。"他绿光闪闪的目光柔和而又果断，"听我的，让她分三次喝完这一小瓶药水，她会很快康复。然后，我教会她驾驶飞船。万一我病了，就由她接替我驾船。如果我很幸运，一直健康，那我们皆大欢喜。只是这位达妮亚的工作，要由你一人辛苦代劳了！"

我第一次见到阿莱娜如此忘情地含泪搂住一位小伙子的脑袋左亲右吻。宇宙飞船的"长官"羞怯地笑了，用炽热的目光回报阿莱娜。我看得出，爱神的箭已向他们射出。阿莱娜几乎是用强制办法，逼我喝下第一口药水。

说来也真神奇，我第一口喝下那药水，就头不晕、心不慌了。两小时后喝第二次，胃不痛，身上有点力气了。

从这时开始，宇航员就告诉我如何看仪表，如何操纵方向，遇到流星雨该按动哪个键，以及如何减速、加速、着陆等等。又过了两小时，宇航员让我把那半瓶"核毒散"全喝光。我含泪坚决拒绝了，并要求回大舱去帮阿莱娜。宇航员答应了。也许，他看得出，我确实好多了。

"只剩下几个小时便可到达KK星了。达妮亚，如果我的身体能坚持到底，我不会烦劳你。但是，你务必随时做好接我班的准备！"过度劳累使宇航员小伙子显得很瘦，但责任心驱使他精神抖擞，"现在，你去帮阿莱娜！"

回到大舱，我发现孩子们都已度过艰难的宇宙旅行危险期，他们又开始活跃。笑声、歌声充满整个飞船。见到我回来，他们鼓掌欢迎，表现出很大的热情。"阿莱娜，你去吊铺上睡两个小时，行吗？"我几乎用恳求的口吻，对疲倦的阿莱娜说。

她没有拒绝，刚上吊铺便呼呼睡着了。

我在点名时发现，又有五个孩子的名字被勾划掉了。而我，却死里逃生。这都是那位宇航员用生命之泉救活了我，可他仍在冒着随时可能发病丧命的危险。

我更勤奋地工作，清理卫生，分配食物，照料想睡觉的孩子，带领清醒的孩子唱歌、做游戏，我甚至把地球儿童的击鼓传花、丢手绢、抬花轿等游戏，全都教给了这些K星孩子。他们感到新鲜有趣极了，在有限的空间里玩得不亦乐乎，忘了饥饿和疲劳，时间相对过得快多了。

老天有灵！那位宇航员小伙子始终没有生病，他简直像钢铸的。阿莱娜也沉沉地睡了不止两小时。等她苏醒时，KK星已遥遥在望！

"阿莱娜、达妮亚、小朋友们！我以万分激动的心情向你们报告：我们的飞行编队，已顺利穿越过时间隧道，来到了银河系东南侧的X星系。瞧啊，那颗绿莹莹的漂亮的KK星，就在我们的'天使号'前方。再过几小时，我们就会在KK星着陆！"

音匣内传来飞船驾驶员兴奋快活的声音。

"阿拉呼呼！""阿拉呼呼！"

这是K星人最高兴的欢呼声，相当于我们地球人高呼"万岁"。

孩子们又嚷又蹦，有的蹦到了半空，有的故意相互碰撞，船舱里像开了锅那样热闹。鸟人孩子振展双臂、跃跃欲飞；蛙人孩子蹦蹦跶跶、摇头晃脑；鱼人孩子在空中凭借失重状态过"游泳"瘾。

我和阿莱娜紧紧地拥抱……

那绿色的星球愈来愈近、愈来愈大。

一艘艘飞船依次穿过KK星的大气层，又缓缓在碧浪滔滔的大海的岛屿上凛然而降。

走出飞船舱门，一股清爽地夹带着大量氧离子的新鲜空气迎面扑来，我的五脏六腑顿时为之舒展，每颗细胞都为之活跃，血液也顺畅地流遍周身。孩子们个个舒服得眯起了眼。

哦，这是一个多么秀美、宁静、清新的绿色世界啊！天是透明的蓝绿色，海是粼粼的蓝绿色，小岛郁郁葱葱，远处的大陆苍翠欲滴。

不多会儿，十几艘乳白色的拱形船从碧波中冒出。人们按编队，井井有条地登上船去。

没有欢呼声，没有任何仪式。K星人都静谧地全身心地在尽情体会、享受这崭新的绿色世界带给他们的那份温馨。

啊，这颗新星远比他们料想得还要美、还要好，人人都有一种新生的感觉！尤其是孩子们，每个人的眼都亮得出奇，难得的微笑甜甜地挂上了他们稚气的唇角。他们和成人一样感到陶醉。

更令人惊讶的是，整洁壮观的海底都市，已伸开双臂迎接K星人。形态各异的古城堡式小楼，各式海螺、贝壳形状的建筑物，在千万盏彩色磷光菌灯的映照下熠熠生辉。商场、海底公园、庆典宫也都一应俱全，活脱脱是地球碧泱国的翻版，但面积远比地球碧泱国要大得多，气派得多！

我不得不钦佩K星人的聪明能干，也明白了地球碧泱国原来真的仅仅是K星人的一个模型或一幅立体蓝图。

每个编队的成员很快被送进各个海域的居民区。孩子们也被分别送入早已有机器人阿姨和先遣人员等候着的"家"。

我和阿莱娜送走孩子后，被分配进一幢有十多人居住的球形海底小公寓，并且每人分到了一艘小艇。

公寓里的机器人服务员送来了极其美味的晚餐：虾丸、海藻、鱼肉包子等等。我们狼吞虎咽，吃得直打饱嗝。接着，还痛痛快快地洗了澡。再接着，就是美滋滋地躺在软床上呼呼大睡。

半夜，淡紫色的朦朦胧胧的光雾，透过拱形窗渗进我和阿莱娜的卧室。我一觉醒来，觉得精神特别好。在好奇心的驱动下，我悄悄起床，穿好乔装"达妮亚"的蛙人服，走出公寓，驾驶着我最喜爱的那种海龟形小游艇，去饱览KK星的风光。

原来，这儿的大海、小岛、黎明的景色，竟和地球有许多不同之处。首先，海水的温度较高，所以各种颜色的底栖藻类十分茂盛，有的像带子，有的像树枝，还有的呈管状或者是呈圆片状栖息在海底，它们争奇斗艳，绿色、褐色、金黄色、红色，应有尽有。

海藻营养丰富，看来K星人不愁食物。加上他们从地球引来一些鱼类、海兽、贝类、头足类海洋生物，已经大量繁殖，所以，这儿的海洋开始生机勃勃。

这儿的海岛星罗棋布，不过形态已经过人工雕凿，有六角形的、圆形的、菱形的、方形的，但更多的像是K星碧泱国的地图形状。我不明白它们究竟是人造岛屿还是自然岛。我还是更加欣赏我们地球上的岛屿，因为它们是大自然鬼斧神工造就的。

幸亏那些加工过的岛上都已栽满花草树木，才稍稍令人欣慰轻松。

KK星上空的X恒星看上去比太阳大得多，近得多，显得富丽堂皇。它从海中升起时是金绿色的，然后渐渐变成金黄夹玫瑰红色、紫红色，光辉灿烂，看着它有些飘飘欲仙的感觉。更奇怪的是，伴随X恒星的上升，四周会有轻微的、类似仙笛的乐声从大海中响起。这使我想起老师讲过的地球上"鸣沙"的故事。据说，中国有一处沙漠，人从沙坡上滑下，就会听到沙漠的歌声。而这儿的大海，居然会为X恒星的升起鸣奏乐曲。

噢！美丽神圣的KK星！

我被深深地感动了，原来宇宙间还有那么多能和地球相媲美的星球。地球并不孤寂！

"万岁！"我在心底高呼。

"阿拉呼呼！""阿拉呼呼！"

我的耳畔响起一片欢呼声，回肠荡气，穿云裂石，直入苍穹。

环顾四周这才发现，在我的小艇周围，早已布满许许多多各式游艇，还有许许多多鱼人、蛙人遨游在碧波之中。哦，这些K星人比我更钟情KK星的拂晓，他们纷纷出海来观看自己新家园的"日出"。

当他们以极其崇拜的心情看到他们的"太阳"从海平线跃出，由绿变金黄、变玫瑰红，并听到大海发出的奇妙的伴奏乐曲声时，怎能不发自肺腑地欢呼，怎能不热泪盈眶啊？从此，KK星就是他们的家园了，他们将在此繁衍生息。

我想起爸爸此刻也可能在哪艘小艇上，便举起望远镜寻找。

我看到了一艘豪华的银光灿灿的大船，船前的密封透明罩启开了，格瓦鲁国王和王后正站在船前，朝四周的人们挥手致意。

"格瓦鲁阿拉呼呼！"

海上又响起一阵阵欢呼声。

在国王、王后身后的众多"宾客"中，我找到了爸爸。他神采奕奕。

他显然也很激动，我看到了他眼中的泪光，看到了他唇角露出的笑意。他一定在为K星人高兴，也为自己成功阻止K星人移民地球而自豪。与此同时，他还为自己对K星人移民行动付出过智慧和劳动而骄傲，为他的女儿能追随他来到KK星而欣慰。

不一会儿，爸爸也举起了望远镜。凭直觉，我知道他在寻找我，寻找他的女儿！

怎样让他明白附近有个普通的蛙人姑娘，正是他的女儿澎澎呢？我想了一会儿，干脆走出小艇舱室，登上甲板，双手伸出食指和中指搁在头上——依然做出"小兔子，长耳朵"的动作。

这一招还真灵，爸爸连同他的望远镜很快转向我。当我再度举起我的望远镜朝他看时，他正在冲着我点头微笑。

啊，我们都觉得彼此离得很近很近。在远离地球的异星，我们近在咫尺，是多么难得啊！爸爸，爸爸，等着吧，我们父女一道返回故星的日子为时不远了！

望远镜镜头里出现了阿依莎老师。她很善意而又果断地从爸爸手中拿走了望远镜，冲他含笑点头，分散他的注意力。

我明白，阿依莎老师担心爸爸会失态暴露了我。爸爸会意地转过身去。他俩行为默契。

K星人开始以极大的热情投入新生活。

一些在K星遭受过各种污染致病的人，被送进了康复院；其余的人根据自身特长，被分配到不同的岗位，由先遣人员和机器人带领开始工作。科学宫无须再建到人造卫星上，而是建造在一座小岛上。大海里开始船来人往，一派生机勃勃，连翠绿的浪花也好像在欢歌曼舞。

我发觉，同来的蛙人和鸟人出现了迥然不同的两种心境：有些人随遇而安，开始适应海底生活，去做一些力所能及的工作，大有迅速被碧泱国鱼人"同化"的势头；另一部分年富力强的蛙人、鸟人不甘寂寞，他们渴望去岸边，去陆地大显身手，但因KK星的前期移民工程，全是按地球碧泱国的模型放大的，根本没有考虑鸟人和两栖蛙人的生活方式，所以新建两栖国、绿原国困难重重。这些人开始愤懑不平，却又敢怒而不敢言。

为了寻找和爸爸进一步接触的机会，我依旧以一个蛙人少女达妮亚的名义，给格瓦鲁国王写了一封信。

尊敬的格瓦鲁国王：

感谢您恩准我们蛙人和鸟人随同碧泱国的鱼人，一同来到美丽的KK星。我们永世难忘您的大恩大德。可惜的是，当我们来到KK星后才发现，我们将会失去自我。岸边、陆地没有我们的家园。我们中的许多人要么会庸庸碌碌、自生自灭，要么会积怨在心，酝酿出新的人种仇恨。

我曾在K星科学宫听一位地球科学家讲过"天人合一"以及"智慧圈""生物圈"的讲座。我想，如果"智慧圈"仅在大海中发展，那么，KK星的陆地及海岸将会和大海严重失去平衡。

尊敬的格瓦鲁国王，为什么不提供一些帮助，让蛙人、鸟人到岸边、陆地去闯一闯，用他们自己的双手去开拓更多、更美好的新领域呢？那样，KK星会更加多姿多彩呢！况且，这样做碧泱国的负担会大大减轻！

如果有可能，请您安排我们蛙人、鸟人的代表，和那位地球科学家见见面，我们想请这位外星科学家为我们怎样去陆地和岸边生活，做一些可行性的分析和指导。据说，正是这位科学家和他的朋友，帮您找到了KK星；也正是他，深入考察过KK星。我想，他应该是很有发言权的。

敬祝国王陛下健康长寿！格瓦鲁国王阿拉呼呼！

敬仰您的蛙人姑娘达妮亚

信发出后不久，我便被获准参加科学宫关于KK星生态问题研讨会。阿格壮也接到了邀请信。

壮观气派的科学宫，原来正是K星上的那座卫星科学宫。这是K星人用高科技手段把它连同卫星一同迁移到KK星的。同是那个展览厅，只是新增加了许多移民行动中动人心魄、可歌可泣的资料。我从图片中得知，从K星到KK星的第一批先遣人员中，有80%牺牲了；就在前不久的大移民行动中，有20%的人死亡并永远丧失在太空。唉！真可谓"为有壮志多牺牲"！

老远，我就看到了阿格壮。这是我来KK星后第一次见到他。据说，他在移民行动指挥部的作用越来越大，他能有效地把从地球碧泱国带来的信息糅合到他现今的工作程序中。现在他正忙于安顿最后一批移民，使KK星移民安排工作有序化进行。

他也认出了我，眼中闪出绿色的光华，并示意我坐到他的身旁。我刚坐下，他那光滑的大手便紧紧握住我那蛙人服带蹼的蛙人掌。

187

国王来了。他比上次见到显得苍老，脸上肌肉松弛。看来，当国王并不容易。

"公民们，为了新生，我们付出了巨大代价。但从整个K星人的前途、命运考虑，这是值得的。

"既然我们已经在KK星安顿下来，我们就要学会从一开始就爱护这颗星球，所以，我们今天召开了这个研讨会，研讨KK星的生态平衡和环境保护问题。

"其中值得一提的是，有位叫达妮亚的蛙人姑娘给我写了一封信，她主张让蛙人、鸟人到咱们新故乡的海岸和陆地去开拓，去发展。她认为，这也是保持人种的生态平衡和对环境的全方位的'智慧'参与，将有利于KK星的文明发展。为此，我今天特意邀请了地球科学家彭教授，来与大家对话这个课题，希望公民们畅所欲言！"

爸爸健步迈出。令我为之一惊的是，他的第一句话竟是："谁是达妮亚？请站起，我们认识一下行吗？"我迟疑地站起，他向我走近。跟我握手的瞬间，他的目光渗透进我蛙人皮套的"眼"内。我从他的两眼中看到了泪花。他知我是他的女儿，用手紧紧地握了一下我的手，唇角浮起赞许的微笑。

"请坐！"

他转身走到簇拥在他四周的K星人之中，朗声说："格瓦鲁国王把这位达妮亚姑娘的信交给了我，并让我在今天的会上谈谈我的看法。

"我认为，来到一颗与以往故星不尽相同的新星，'适应'，作为生物与环境的本质联系，它的主要表现应该是'和谐'，其实质就是调节与制约。所有生物生活在一定的环境中，都必须接受特定的环境条件以及这些环境变化对他们的制约，接受这些变化和制约，这是一种'生存智慧'。

"与此同时，我们认识到：生态系统物质循环运动，是生态系统再生产的过程。K星人劳作，是人与自然物质交换的过程，也是KK星自然物质循环的新形式。人们为各生产系统投入物质和能量，又从系统取走大量产品，也就改变了天然生态系统物质循环性质，形成了新的生物、化学循环。

"我们必须从开始就掌握好循环和再生这种'生存智慧'。我们要建立物质循环利用、废物转化再生的绿色工艺流程，并为此立法。

"尤其应注意的是，随着K星人的到来，KK星的生物圈受到了新的力量——K星人的智慧和由智慧转化的生产力以及其他力量的改造。生物圈演化到了崭新的阶段——智慧圈。如果智慧圈能体现它的多样性，不仅仅在海洋，同时在海岸、在陆地并进，那样你们既可以继承原来K星的丰富多彩性，还可以充分发挥不同人种在各个领域的主动创造性和互补作用，把KK星建设得更加和谐美好。"

爸爸的话受到参加研讨会的全体代表的赞同，大家纷纷发言，就如何因陋就简，先让一批最聪明强壮的鸟人、蛙人去海岸和陆地开拓发展的问题进行深入探讨。

格瓦鲁国王因公务繁忙先退席了，但他嘱咐工作人员要把这次研讨的资料及时送交给他，以便他决策。

散会后，爸爸大步流星地走向我，微笑着对我轻声用地球上的中国普通话说："我为你骄傲、自豪，我的宝贝女儿。"

握手时，他塞给我一个小小的东西。我的心怦怦直跳。因为我明白，爸爸一定有极其重要的话对我说。我紧紧攥住那东西，点头向爸爸告别。

阿格壮陪我一道返回我和阿莱娜的海底公寓。刚进门，我就迫不及待地打开那个被我捏热了的小东西，——那是一个纸团。

亲爱的女儿：

天终于要亮了！我们很快可以返回故星。

阿依莎奉命将去地球碧浃国，完成精密仪器迁移KK星的工作。她答应将携带我们父女俩‘偷渡’回到地球！

赶紧做好准备，两天后的凌晨，我和阿依莎去接你！

爸爸字

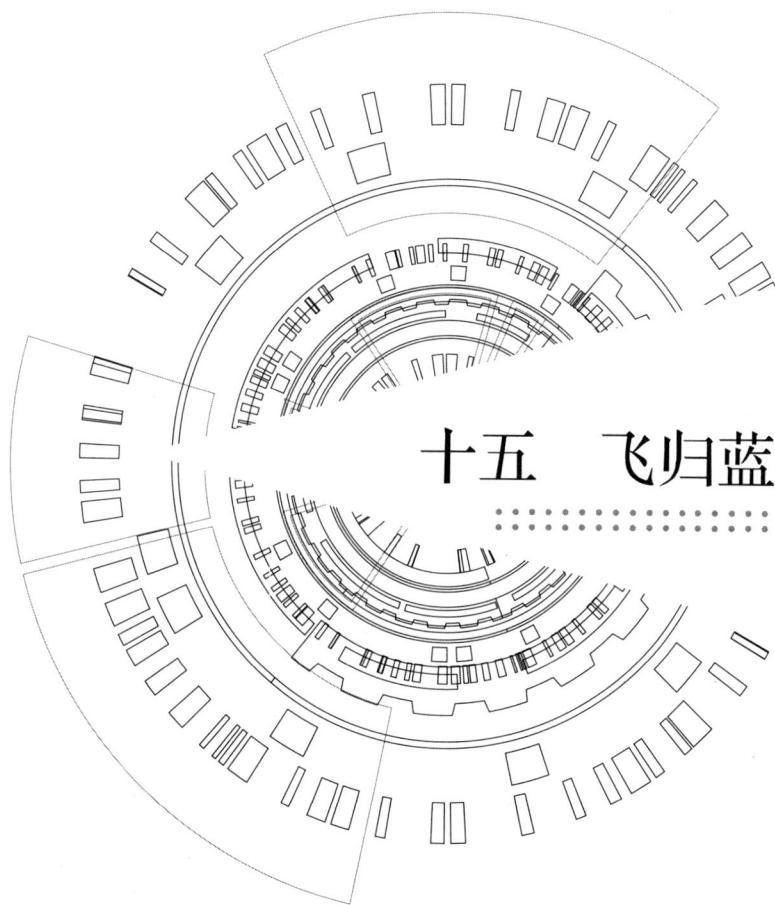

# 十五　飞归蓝星

我和阿莱娜两人合住的套间里光线柔和，宽大的拱形窗外有飘摇的水草和悠游的鱼儿。KK星的海底不像K星和地球的海底那么黝黑。也许是因为这儿的"太阳"光的穿透力比较强，又极易折射绿色，所以海底四处绿光闪闪。只有到了深夜，才有片刻的黑暗。

阿莱娜去幼儿园值班了，屋里静悄悄的。阿格壮半躺在那张鱼皮摇椅上，默默地、悒悒地凝望着我。

"我真想和你一道回地球，但是地球碧泱国不久就会撤离。我在那儿无立足之地。"他喃喃地说，显得很无奈、很伤感，和他平时的豪爽、刚强很不一样。

他那绿色的目光灼着我的双眼，透入我的心窝，使我的心酸酸的。

想起第一次见到他时，他满头绿色鬈发，又圆又大的绿宝石般的双眼向我闪出惊异的光华。如今他的绿色鬈发几乎披肩，目光沉稳了许多，腮边还长出了毛茸茸的绿色络腮胡荏子。

我想起我们一道逃脱巴尔特警长追捕，在极乐岛听蓝色极乐鸟唱歌、捕鱼捉虾，在海中并肩畅游、相互学习语言的欢乐时光。我更忘不了他曾像一位大哥哥那般对我的呵护。是他识破机器人冒充我爸爸的阴谋，是他从虎鲸的口中把我救出。在从地球飞往K星的宇宙航行中，是他及时扔掉了Q号机器人，千钧一发之际避免我被弃太空。我从绞刑架下脱险后被巴尔特追杀，又是他冒死把我救到水帘洞，为我医治受伤的胳膊……

如今我能够平安来到KK星和父亲取得联系，并即将返回地球，全是靠他，靠阿莱娜、阿依莎老师，靠"天使号"驾驶员以及其他许多K星人的热心帮助。

然而在我心里，阿格壮已不单单是一位热心的朋友和可亲可敬的大哥哥。从地球碧泱国到K星碧泱国，又到KK星碧泱国，在经历了许许多多坎坷和磨难之后，我已日渐长大、成熟。其实，这位帅气、热情、勇敢、聪明的K星小伙子，早已使我萌生了一种异样的感觉，我希望永远看到他那双会说话、会燃烧我心灵的大眼睛，我希望我们能永远像在极乐岛、水帘洞里那样温馨地相伴终生……可是，可是这只是幻想，我要陪伴爸爸回故星，他和阿莱娜要在KK星建设新家园……

"知道吗澎澎，你这一去，我们将要永远别离。我的心要被你带走了。"

"我也一样。阿格壮，我想，你不希望我说谢谢……我只想告诉你，我的初恋……就是你！"我觉得脸上发烫，轻声说了这么一句含糊话，他会明白吗？

他站起，向我走来："让我吻你一下，好吗？"他先拉住我的手，然后紧紧搂住了我。我踮起脚，怯怯地迎向他宽厚的双唇。我的心在剧烈跳动，不知怎的，泪水忍不住哗地淌了出来。

他用唇吮去我的泪水，轻轻说："我们应该高兴。知道吗？你的血是红的，我的血是蓝的，但我们彼此的心却一样的热。不是所有的人都有机会得到这样刻骨铭心的初恋呢。我会终生记住你！也许等我老了，星际间的交往会像在同一星球那样便捷。那时，我去看望你，你不会嫌弃我这KK星的外星老头儿吧？"

他想逗我笑，可我笑不出来，伏在他的胸口抽抽搭搭地说："别忘了……到那会儿，我也是个弯腰驼背的老太婆了！"

他久久地抱住我，拍我的肩背，像哄小妹妹似的轻声慢语地说着安慰我的话，一滴又一滴大颗的泪珠儿落进我的脖子里、背脊上。这是我第一次，也是最后一次见他这样。就像刚才，我第一次，也是最后一次接受了他情深意绵且让我终生难忘的吻……

阿莱娜回来了，还带来一位年轻的小伙子。我仔细一瞧，噢，那不正是把"核毒散"药水让给我的飞船驾驶员吗？他笑吟吟地跟我打招呼。他的目光是橙色的，显得神采奕奕。

"记得我吗，达妮亚？我是阿明！"

"怎么不记得？我的救命恩人呢！只是一直不知您的尊姓大名。现在我永远记住了——阿明！"

原来阿莱娜和阿明从绿色通道负责人阿依莎那儿得知我要回故星了，特意来看我。

我不免回忆起阿莱娜对我的帮助，是她把我带进地球的海底碧泱国，带到K星，又带到KK星。我和她难舍难分。可是阿莱娜并不伤感，她嗔怪我太多愁善感，明明是好事，快回家了，高兴还来不及呢，何必愁眉苦脸？

看得出，她和阿明很投缘，两人的眉宇间喜气洋洋，相互交换着掩饰不住的爱恋目光。我在心里默默为他俩祝福，希望他俩在KK星幸福快乐。

"嗨，澎澎，"阿莱娜想让我打起精神，故意唤起一些有趣的回忆，"知道吗，我第一次见你，总觉得你怪怪的：怎么脑袋两旁伸出两片大肉疙瘩？"

呀，我这才发现，原来阿莱娜、阿格壮和阿明都没有耳廓！藏在头发里的，只是两个小小的耳洞。相处这么久我才发现这个"秘密"，看来我真够粗心呢，我笑了。

"还有，你和那个渔民儿子二娃，双腿长得怎么那么长？长得像两根硬邦邦的长棍子！你们的头发为什么是黑的而不是绿的？你们的皮肤为什么是黄的而不是翠绿或青绿的？为什么你们的眼睛里发不出像我们这样的光芒？嗯，直到以后才渐渐发现，原来你们可爱又聪明，模样也不觉得古怪了！"

"聪明？"阿格壮夸张地说，"她分明是傻丫头一个。在庆典宫众目睽睽之下喊爸爸；后来呢，又错认Q号机器人为爸爸；在'格瓦鲁号'宇宙飞船上她居然还有闲心和Q号机器人下棋！嗯，到了绞刑架下该老实了吧，咳，这丫头又犯傻气，长篇累牍不顾生死发表了一篇演说！你说她胆大吧，在海里游泳的时候招惹来虎鲸，却吓得不知所措！还有那次从K星碧泱国逃出，该安分了吧，她偏又粗心大意暴露了目标，被巴尔特击伤了胳膊。哼，阿莱娜，都是你带来的这么个傻丫头，给我找了那么多麻烦哟！好了，好了，她快回地球了，我乐得轻快。"

阿格壮的这番话使我又气、又窘、又羞、又好笑。

阿莱娜和她哥哥抬起杠来："啧啧！哥哥你别得好卖乖。是谁对我说，澎澎是位勇敢执着又聪明的好姑娘？是谁告诉我，一定要保护好这女孩，因为她和她的父亲对K星的移民行动有贡献？又是谁长吁短叹，说澎澎回地球后，他会一辈子思念她的？哼，从实招来！"

阿明仰头，大声笑个不停。

阿格壮讪讪不语，含情脉脉地向我投来绿莹莹的温柔的目光。

我涨红了脸，不依不饶地追打阿莱娜，把她按倒在鱼皮垫上挠她的痒，她蹬去假肢，任银光灿灿的鱼尾随着她咯咯的笑声翻卷着，抖颤着。

笑够了，闹够了，我的心才豁然敞亮。

我开始觉得自己实在太幸运了。为了去碧泱国寻父，不但目睹了K星的衰败，还欣赏到了KK星的勃然生机；我不但寻到了父亲，还得到了异星人的友情，感受到了初恋的欢乐。比起我所经历的风险和坎坷，我得到的远远多于付出。我是命运的宠儿！我应该愉快地离开KK星，不让阿格壮、阿莱娜等人牵肠挂肚。

于是，我给他们唱歌，讲地球上的笑话、趣事。他们心领神会，也回报给我微笑和鼓励。我们几乎彻夜未眠。

接着，我又睡了整整一个白天，养精蓄锐，准备和爸爸一道飞回我日夜牵挂惦念的地球。

　　临行的那天夜晚，阿莱娜、阿格壮送我到宇宙飞船基地。在一座偏远的岛屿上，正停着一行六架小型帽状宇宙飞船。登岛时，一位海马人警察验查了我的证明："达妮亚，随皇室医师阿依莎前往地球碧浹国迁移国王御用医疗仪器。"落款是"移民指挥部"。

　　我顺利地上了岛。粉红色的灯罩使一盏盏磷光菌灯的光变成了淡紫色。灯光下，我见到了阿依莎老师和爸爸，他们正在亲切地谈话。爸爸戴了绿发套、绿面套，但走路的姿态依然如故，有点儿外八字脚。看到我来了，故意只是淡淡地点头打招呼。

　　阿莱娜没有合适证件，被拒绝上岛，她干脆坐到海龟形小艇的"背壳"上目送我。阿格壮有移民指挥部的证件，理直气壮地陪着我直到飞船跟前。

　　不多会儿，飞船驾驶员也到了。嗬，是阿明，他很神气地冲我们微笑着，为我的惊讶而高兴。

　　阿明用手中的袖珍遥控器，打开了最前边那架印有"命运"字样的宇宙飞船舱门，放下舷梯，然后他伸出手臂响亮地说："两位医师、一位助医小姐，请登机！"

　　我忍不住紧紧地、紧紧地拥抱了阿格壮。他却轻轻推开我，小声说："记住我，达妮亚！一路保重，后会有期！"

　　我的泪水不争气地从眼中滴落，我使劲儿咬住嘴唇，扭头返身快步跟随阿依莎老师和爸爸踏上舷梯进入飞船。

　　一切似乎都很顺利……

　　恰在这时，飞船基地上空传来值班调度员的声音："'命运号'驾驶员请注意——从地球碧浹国飞来的'鳄鱼号'飞船马上降落。为避免相撞，请你推迟十分钟启航！"

　　阿明从容地用遥控器收回舷梯，关闭好舱门，自己悠闲地在岛上踱步。

细微的嗡嗡声传来，我好奇地向窗外张望，一架小型的陀鳄鱼形飞船，正在耀眼的橘红色光晕中，徐徐降落到左前方的停船坪上。

使我和爸爸惊骇的是，走出"鳄鱼号"飞船的，竟是那个胖墩墩、满脸杀气、目光阴沉的巴尔特警长！

他刚下飞船，见到立于"命运号"前的宇航员，稍愣了一下，便举起从不离身的望远镜朝我们的飞船张望，随即挥手招来他身后的海马人、章鱼人警察，把阿明围了起来。他迅速查看基地警察的登记后，立刻气冲冲地用对讲机朝我们发话："阿依莎女士，我是巴尔特警长！为了KK星的安全，我有权对'命运号'进行检查。阿明驾驶员，请开舱门！"

阿明以沉默拒绝巴尔特的要求。

"巴尔特警长，我执行王室和移民指挥部的命令，你无权干涉！"阿依莎老师用对讲机答。

"非常时期，我愿为KK星的安全肝脑涂地！哼，你带领的男士和蛙人少女，极可能是地球人彭教授和他的女儿。"巴尔特咬牙切齿，"该死的地球人姑娘，害死了我的Q号机器人，又用W号机器人取代她让我上当！现在，我命令你把地球人父女交出来！"

猝不及防的意外使我心慌意乱。爸爸也屏声敛气，密切注意事态的发展。

"女士，要么由你打开飞船门，把地球人交出，要么将由我用光子枪向他们射击。你一定明白，光子枪可以透过任何物体击中目标。现在，给你三分钟考虑的时间！"巴尔特恶狠狠地挥了挥他手中亮闪闪的筒形小枪。

阿依莎老师回过身，严肃地问我："澎澎，从K星来KK星时，阿明教过你如何操纵宇宙飞船，对吗？"

我惶惑地点头。她冷静地说，情况紧急，她必须下去应付巴尔特。如果她向我们挥手，我务必马上按动"起飞键"；待红色指示灯闪亮后，再选择"6号时间隧道键"按下……

"不用她，"爸爸说，"我早已研究过飞船驾驶。只是阿依莎，你不要下去，我们一起走！我需要你。"

"巴尔特会向你们开枪的。只有我可以和他周旋，我不会有危险的。"阿依莎老师突然泪光闪闪，绿莹莹的目光直向爸爸射去，"教授，我想告诉您的是，我一直爱着您！"她把头靠到爸爸肩上，无声啜泣。

"那么……愿你幸福，阿依莎！"爸爸迟疑了一下无奈地把阿依莎老师轻轻推开，"多保重！"

阿依莎老师忧伤、苦涩地笑了笑，匆匆拥抱了我，示意爸爸尽快进入驾驶舱，然后用对讲机说："巴尔特警长，容我先下飞船，向您解释一切误会，然后您再行动也不迟！"阿依莎老师走到舱门前。

"嗯，没有宇航驾驶员，谅他们也飞不了。好吧，女士，我可以肯定，那两位确实是地球人！要知道，我的望远镜带透视功能。现在你请下，我们统一看法、统一行动！"巴尔特放下了举枪的胖手，晃了晃另一只手上的望远镜。

阿依莎老师一步一步缓缓地走下舷梯。巴尔特和阿依莎老师开始议论起来，不一会儿，他们争吵起来。爸爸乘机把舷梯收回。我看见阿格壮走过去，故意遮住巴尔特的视线，以便我们准备操纵飞船飞离地面。

"舷梯，舷梯！该死的地球人，他们收缩了舷梯！"一个海马人警察大呼小叫。

"喂！教授，别耍花招！"巴尔特粗鲁地推开阿依莎老师，用对讲机冲着我们喊话，"快老老实实地打开舱门，快走下来！否则你们必死无疑！"

爸爸实在忍受不了了，他对着巴尔特怒吼："巴尔特警长，别为难你们的女同胞！是我胁迫她带我们父女回地球的。我是地球人，要求返回家园有什么罪？我为K星人做出过不小的贡献，难道还不允许我和女儿回家共享天伦？告诉你吧，巴尔特警长，不论你怎样耍威风，我们走定了，谁也阻拦不了，即使我和女儿葬身宇宙，也在所不惜！

"阿依莎！听着，我爱你！有朝一日你再去地球，我愿在海底建造一座小屋，陪你共度余生。我等着你……"

"啊，该死的地球人，"巴尔特警长忽然暴跳如雷，"你想逃跑？还想诱拐我们至高无上的K星人？噢，不——现在是至高无上的KK星人！你……你休想！呸！"

巴尔特气急败坏，眼中闪出蓝紫色火焰。他恶狠狠地举起手中的光子枪……

天哪，千万别向我的爸爸开枪！我失声尖叫，吓得浑身哆嗦。

千钧一发之际，阿格壮猛扑了上去，紧紧抓牢巴尔特的手臂，要夺他的枪。

阿依莎老师奋不顾身，张开双臂挡在我们的飞船前面。

不幸的事发生了！阿格壮和巴尔特搏斗时，腿被一名警察的噪声波手枪击中倒地。也就在同一瞬间，巴尔特的光子枪射出一束冷冷的白光，阿依莎老师义无反顾地举起两臂一跃而起，冷光正好击中她的颈部。她沉重地跌倒在地。

……一摊绿得耀眼的鲜血，汩汩地流淌在停船坪上。

巴尔特一下愣住了，他忽然丢下枪，跪到阿依莎老师面前，失态地呼叫："阿依莎，阿依莎，别怪我，我无心伤害你！其实我一直在爱着你啊，哎！"他双手猛烈地捶打着胸部。

爸爸冲动地站起来，满脸泪水，对着舱外喊："挺住，阿依莎，我来了！"他离开了驾驶舱。

"教授！您若真爱我，就照我说的……去做！"对讲机传来阿依莎老师虚弱的声音，"我等着您……在地球造一座海底小别墅……"

爸爸站在舱门前，分明看到阿依莎老师在巴尔特的搀扶下奋力坐起，向我们高高举起双手，无力地挥动，挥动……

对讲机里传来巴尔特急切的吼声："快来人！快去叫医生！就地抢救！"他忘了关闭挂在胸前的微型对讲机，慌乱地喊着，"绷带，我要绷带！"

阿依莎老师一直在竭力挥动手臂……阿格壮躺在地上也向我拼命挥手。

"爸，走吧！留下来反而给阿依莎老师添乱。听她的话，走吧！也许她会被救活的，以后我们和她后会有期……"我说。

爸爸冷静下来，痛苦地回到驾驶舱。

飞船"嗖"地腾空飞起，向小岛投下一簇簇玫瑰红的光花。

"命运号"在阿依莎老师、阿格壮的上空恋恋不舍地停顿了一下，只见甲虫似的巴尔特双脚跳着，向我们咒骂。但不知为什么，他好像忘了捡起枪支。

我跑进驾驶室，用对讲机哭喊："我忘不了你们，阿依莎老师！阿格壮！阿莱娜！"

爸爸已控制住情绪，亲切而温和地说："我等你，阿依莎！我一定为你造一座不华丽却温馨的水下小别墅……"

天色朦胧，显得有些苍茫的绿山飘远了！莹莹的绿海消融了！迷蒙中，一轮圆圆的绿水球浮现在我们眼前。这就是KK星——它类似K星，又很像地球。只是它很绿很绿，像翡翠一般绿。

仪表闪出红色信号，啊，有流星雨扑来了！

爸爸有点儿茫然，他仍沉浸在对阿依莎老师的担忧和思念中。红色信号的猝然亮起，使他一时慌了神，右手抬起，又犹豫地停在半空……

我眼疾手快地按下了一个驱动键。"哧——哧——"一阵阵铁灰色光雾很快消融掉迎面而来的流星雨。

飞船重新稳稳地在繁星点点的宇宙中航行。

"多亏了你，孩子！"爸爸回转脸，对我露出慈爱的笑容。

我默默脱下蛙人皮套，露出我的"庐山真面目"。

爸爸两眼一亮，动情地说："唉！直到今天，我才真正看到了我的女儿。你长大了，澎澎。你乌黑的短发替代了稀疏的黄发，眼睛更有神了，嗯，小翘鼻子也变得秀气起来了。只是这张嘴，还像小时候：唇角往下撇，一股子倔劲儿！唉，你已经是个大姑娘啦，难怪我的鬓角长出了白发呢！"

爸爸冲我苦苦一笑。他只字不提阿依莎老师。

我也勉强对他笑了笑，只字不提阿格壮和阿莱娜。

我拿起宇航图细细看着，帮爸爸导航。

没有了空气散射那颗X恒星的光芒，太空显得黑乎乎的。也正由于没有空气遮挡，星星才显得分外明亮，就像一粒粒璀璨的钻石，发出诱人的异彩，一派火树银花、神秘莫测的景象。

"命运号"平稳地步入旅程轨迹。我们可以稍稍松弛一下紧张的神经了。

我的脑际不由自主地浮起阿依莎老师和蔼可亲的脸，以及受伤后她身下那一摊碧绿碧绿的鲜血。阿依莎老师，您还活着吗？您为我们地球人的安危，操碎了心。您负责的绿色通道组织，挽救了多少地球人的性命啊！您无怨无悔、任劳任怨，究竟为什么？是的，这是一种高级智慧生灵的崇高品格：爱惜每一个高级智慧生灵的生命，不论是同一星球，还是异星球的。

记得我的高中生物老师曾说过，生命来之不易，高级智慧生灵的生命更加来之不易！就拿我们地球人的细胞来说吧，每个细胞几乎就是一个小宇宙，是蕴含着200万亿个分子的微小原子群。我们细胞中那46条丝状染色体连缀起来，长达1.8米，但是容纳它们的核，直径却不及千分之一厘米！还有细胞膜、细胞核、染色体、核仁、内质网、中心粒等等，都在这小小的细胞中有极其严密的分工。由此可见，人体细胞是多么神奇，多么珍贵。由这些细胞组成的人体，又该是多么珍贵啊！

阿格壮，但愿巴尔特击中的，只是你的假肢。如果你那刚健的尾鳍被击伤，你还能在大海中自由自在地遨游吗？要知道，我多么惊叹你在大海中游泳的高超本领啊！如果你伤得很重，能治得好吗？你将怎样面对生活呢？你还那么年轻，生命之路还很长远呢……

我不敢再往下想。为排遣愁闷，我要求替换爸爸驾驶飞船。他答应了。

"其实，越是高级的宇宙飞船，越容易操纵。因为它的系统更简练，结构更合理！"他说着，和我交换了位置，坐到副驾驶座上。

爸爸默默地、久久地看着满天星斗。

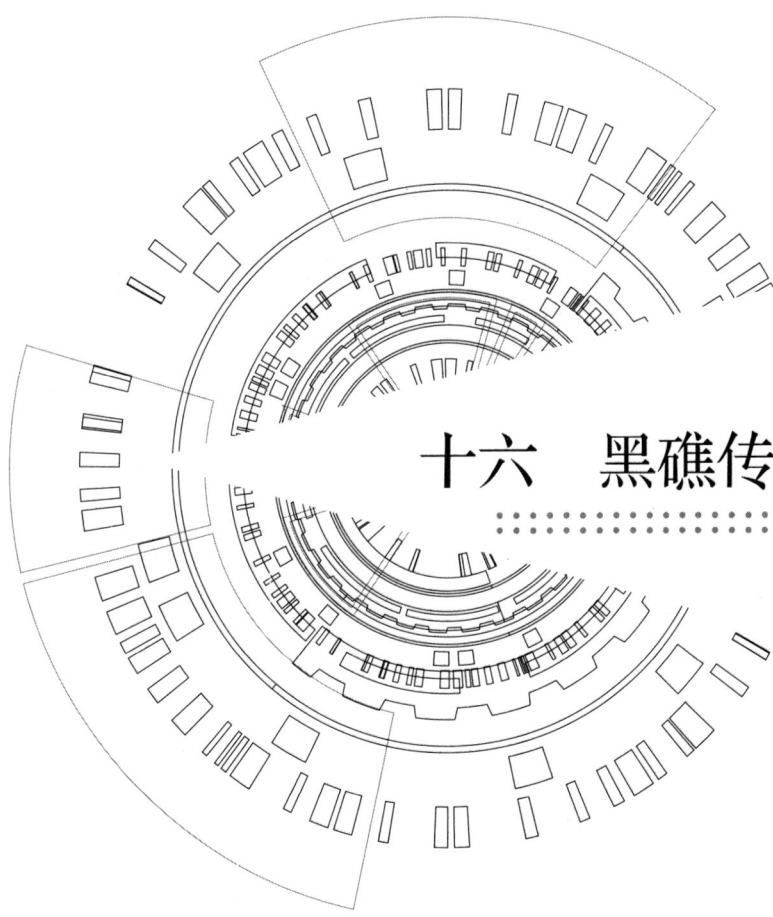

# 十六　黑礁传信

· · · · · · · · · · · · · · · · ·

原来以为，我和爸爸会随阿依莎老师一起顺利凯旋，巴尔特警长的突然出现，完全搅乱了我们的计划。我和爸爸内心都很郁闷。

爸爸越是努力克制自己，越让我心酸。于是，我不再回避谈及阿依莎老师。

“爸，您最后对阿依莎老师说的话，是为了安慰她，还是真心的？您怎么知道我妈爱上别人了？”

爸爸总算打开了话匣子：“其实，我一直忘不了你的母亲。我俩从小青梅竹马。结婚后，她是一位贤妻良母，工作上也很努力。所以，当我被K星人劫持后，不论在地球的模拟碧泱国，还是到K星、KK星碧泱国，我都一直在思念她，思念你。你们母女俩是我决心好好活下去、争取有朝一日逃离K星人控制返回家园的精神支柱。

“阿依莎一直默默关照我、帮助我。开始，这种关照和帮助，仅仅出于K星人绿色通道组织的人道主义。她同时帮助过不少其他误入碧泱国或被劫持来的地球人。随着时间的推移和接触的增多，我们越来越默契，感情发生了微妙的变化。但因为我爱你母亲，所以对她的情感采取‘冷处理’。

“你的到来，使我欣喜若狂。我坚信是你母亲派你来的，我感动得彻夜难眠。后来，我无意中遇到阿莱娜这位心直口快的女孩，是她把你赴汤蹈火来碧泱国寻父，以及你母亲以为我去世已经和你陆伯伯相爱的事，一股脑儿告诉了我。

“我一时心灰意冷，曾想过是否应该再回地球。可是澎澎，你的执着、你的勇敢、你和我的父女亲情鼓舞了我，使我很快振作。我决定和你一同回地球家园。对阿依莎，我觉得很歉疚。她是一个很难得的、很好的异星人。在我们地球上，心理学家曾把人的意识分为本我、自我、超我三类。本我，仅是一个自然体，是为生存本能而行动的我；自我，是已懂得自尊、自重、自爱，能抑制自己不合理的要求的有理智的我；而超我，则是一个能超越本能和自身一己私利，能够全面地为他人着想的智慧的我。阿依莎就是一位有着卓越超我意识的K星人，同时也是一位很温柔的K星人女士。我愿意在不损害地球利益的前提下为K星人服务，正是受了阿依莎宽阔胸怀的影响。

"你知道吗，爱情，有一见钟情的，也有逐步发展起来的；有唯利、唯欲的，也有崇尚精神的；有的明朗，有的却像雾里看花。爱，往往可以创造奇迹。我在阿依莎最需要的时候说出我对她的真实情感，是希望她受伤后出现奇迹，在血泊中生还……澎澎，你能理解爸爸吗？"

我很欣慰，知道爸爸一直爱着妈妈。我也理解爸爸对阿依莎老师的那份情意，因为我拥有了和阿格壮的那份感情经历。我更乐意的是，爸爸像朋友似的跟我谈心，这说明我确实长大了。

"爸，回地球之后，你和妈妈、陆伯伯依旧可以做朋友哦。至于阿依莎老师，她一定挺得住，她会养好伤，来地球找您的。其实，我也喜欢她。"

爸爸两眼闪亮，对我感激地笑笑。他的心情好了起来。

"命运号"飞船已在万花筒般千姿百态的时间隧道中按程序自主航行。爸爸和我的话渐渐多了起来，我们讲述各自在模拟碧洪国和K星的经历，彼此安慰、彼此鼓励，我们的心情越来越好。

我们替换着驾驶飞船，替换着休息、用餐。来了精神，还会扯开嗓子合唱一首我们父女俩共同会唱的歌。许许多多美好的共同的回忆，使我们倍感温馨。这毕竟是人间最浓厚的一种感情——天伦之情啊！

不知不觉，眼前蓦然敞亮，"命运号"已飞出时间隧道，缓缓来到太阳系了！亮灿灿的金星，如火如荼的红色火星，带环状气体的土星，神秘虚渺的冥王星、海王星，等等，与小小的、蓝湛湛、水汪汪的地球相映成趣，美不胜收。看着如此壮丽的宇宙美景，我感动得想哭、想笑。太神奇、太伟大，哦，太阳系，多姿多彩的太阳系！

渐渐地，地球变大、变圆。从太空看上去，它全然是只蔚蓝色的大水球！渐渐地，啊，我们看到了延绵的、土黄色的长城，还有蚯蚓般细长的灰色的荷兰防浪堤……

我和爸爸屏声敛气，被我们自己的美丽的星球深深地感动了。

啊，地球，我们回来了！回来了！

往哪儿降落呢？碧泱国的飞船基地？不行，不行，那不是自投罗网吗？

某个国家的飞机场？不行，不行，"命运号"随时会被当作来犯的外星飞碟击伤。

爸爸犹豫着，让"命运号"在地球大气层外盘绕。

"那儿，爸，咱家那座海滨城市的金沙湾附近，不是有个无人的小岛吗？停到那儿去。"

"嗯，对。天色将暗，正是悄悄降落的好时机，澎澎，你帮我观察地形！"

于是，"命运号"悄然穿过大气层。远远看来，我们的飞船一定像一颗闪闪发亮的流星，坠进了茫茫大海。

经过轻微的颠簸，我们落到了方圆仅有十多公里的无人荒岛上。记得这座小岛形如蛤蟆，岛上布满光秃秃的岩石，附近渔村里的人都称它为蛤蟆岛。由于小岛与金沙湾遥遥相望，我和爸爸终于看到了闪闪烁烁的人间灯火，甚至还在静谧中听到了远处轮船的鸣笛声和扩音器放出的歌曲声。

爸爸让我取出蛙人皮套，然后和我一道用树枝、干草把"命运号"遮掩起来……

"孩子，你穿好蛙人服先游到金沙湾，上岸后记得脱下蛙人服藏好，然后去找当地渔民用小船渡我上岸。你就说我们的游艇让风刮跑了。因为你会游泳，体力又好，所以先上岸……"

"为什么不告诉他们实话呢？你说过的，我们回来后，要向有关部门报告我们的经历，让地球人懂得应该千倍、万倍爱惜我们的生存环境！"

"傻丫头，你以为谁都会轻易相信我们的经历？更何况，你不担心海底碧泱国的K星人会对我们父女进行监视？"爸爸的声音很凝重，"一切需小心从事哦，我们必须考虑周密。"

唔，爸爸言之有理，是我太幼稚了。

"那么，上岸后我们先回家？"

"是的。但你必须先回去向你母亲打个招呼，以免惊吓了她。对你妈和陆伯伯，可以照实说明一切，他们是可以信赖的！"

黑暗中，我看到爸爸聪慧的眼睛十分明亮。他的精明，他的豁达，让我感到自豪。

"噢，澎澎，回到地球了，我要送你一件礼物……"

他从怀中掏出一团用海草包得紧紧的东西递给我。

那团东西热乎乎的，带着爸爸的体温，放在我的手心。我小心翼翼地剥去一层层干海草。"哇——多好看的鹦鹉螺壳啊！"我欢叫着，搂住爸爸脖子，在他脸颊上亲了一下，"爸，这是我一直想要的礼物。三年前，您随'雪豹号'出海，曾答应过会送我鹦鹉螺壳的。但是历经了那么多的风风雨雨、坎坎坷坷，我以为您不再记得这件小事了。万万没想到，您找到了它，保存了它，而且把它交到了我手上。爸，您真好。"

螺壳在星夜里闪着橙红、灰白的光，花纹优雅。爸爸拉着我的手说，这螺壳是他被K星人劫持前觅到的。

"澎澎，你看，这鹦鹉螺壳里有许多分隔开的小室，最末一间是居室，其余的是气室。小室里那一条条清晰的环纹，便是生长线，每个壁上三十条，恰好记录着月亮绕地球一周的日数：每月三十天。"爸爸还像我小时候那样给我讲解科普知识："可是距今六千九百五十万年前的鹦鹉螺化石的内壁，只有二十二条生长线。距今三亿二千六百万年前，它们只有十五条生长线。由此可见，地球历经沧海桑田之变，月亮绕地球一周的天数越来越多，月球离我们越来越远……"

"爸，这些我早知道的，现在我该走了！"

"不，我是要你明白，尽管K星人的宇宙飞船很先进，KK星类似地球，但'天上一日，地上三年'的老话依然存在。其实，我离开你妈不止三年了。你在K星、KK星感觉上仅过了几个星期，但地球上实际已经一晃六年。到家后，你妈妈会为你失踪六年又回来而大吃一惊。你以后上学也会遇到同学好友都已工作或成家生子的窘境。但是这一切比起我们父女俩这段罕有的人生阅历，就显得无足轻重了。我相信你能从容面对现实。"

我傻愣愣地捧着鹦鹉螺壳，不相信这是真的！十八岁的我，实际已经二十四岁？原以为只过了三四个星期，实际上地球已过去六个春秋？我还要再去考大学吗？难道我还要面对亲人和同学们一张张惊愕的脸？我使劲儿摇摇头，甩甩发，但愿这一切不是真的！

但是在老爸亲切、信任的目光注视下，我很快调整了心理，套上蛙人服，把鹦鹉螺壳放进我的小行囊，轻盈地跃入大海。

游到对岸时，天全黑了。

我叩开了一幢小别墅的门。开门的是一个肤色黑黝、眼睛黑亮的帅气少年，大约十五六岁。听着我的诉说，他瞪大眼睛盯着我看了许久，随即露出洁白的牙齿笑了：

"嘿，你不就是六年前那个夏天晚上，和绿姐姐一起在海边同我玩耍的大姐姐吗？"

"噢——你就是那个叫二娃的小男孩？呀，你长得快比我高了！"

他不好意思地笑笑，红了脸问："绿姐姐呢？那年夏天绿姐姐常来这儿游水，不知怎的，以后再没见过她。"

"她……回国了。"

"哪国？我们老师说，地球上根本没绿色人种，一定是我的眼有毛病。大姐姐，你是不是也看到她是绿肤色、绿头发？原来我以为她是染的，后来越看越不像，她落下的头发我都留下了！"

"是的，她长着绿色的头发，不过她没告诉我她的祖国在哪儿。好了，求你帮帮我，我爸爸还耽搁在蛤蟆岛呢。"

他爽快而又高兴地答应帮我忙。

"这不费事。我家有一艘摩托艇，走，我这就跟你一道去蛤蟆岛！"

在二娃的帮助下，爸爸顺顺当当回到了金沙湾。

一迈上岸，他就屈身跪倒在地，双手抓起一大把泥沙紧紧贴在脸颊上，随后又捂到胸口。他那虔诚的样子，看得二娃惊愕地瞪大了眼睛。

"大姐姐，他……怎么啦？"

"他受惊吓了吧，他九死一生，终于见到家乡的土地……"我含糊着回答。

我们向二娃借了点零钱，走出渔村。

大街上多了许许多多的高楼，多了许许多多红红绿绿的霓虹灯和大大小小的汽车。爸爸那身老式西装、我的那身老旧学生装，和来来往往人潮中的时髦装束极不协调。我们搭乘公交车到了我家所在的海洋大学教师宿舍楼附近。幸好，那小小的街心花园、幽幽的路灯依然如故。爸爸坐在街心公园的小亭内，等待我先去向妈妈报信。

我上了楼，按了电铃。好久好久，妈妈才披着一件毛衣来开门。

"你？啊！……是不是我在做梦？"妈妈的头发几乎全白了，她嗫嚅着，"澎澎，是你吗？……难道真是你？"妈妈瞪大凹陷的双眼，张开双臂。

我扑进妈妈的怀里，呜呜痛哭。然后，我进屋，先问："陆伯伯呢？"

"你失踪后，我们决定不结婚了。我一直认为你是接受不了他才出走的！他已经另外成家了。……澎澎，你长高了许多，这些年你都去了哪里啊？"

"妈，快打电话把陆伯伯请来，也许只有他会相信这一切——我找到我爸了！而且，爸爸有重要的事找陆伯伯商量。"

看到妈妈的那份惊喜，我才明白，妈妈还爱着爸爸。我把事情向她简单地说了一遍。

"唉，"妈妈边抹泪水边擤鼻涕，"你把你爸放在街心花园亭子里，深更半夜，会着凉的！"她又用食指戳着我的脑门，嗔怪我。

爸爸回来了，由于相隔十多年，他和妈妈显得生疏而又客气。妈妈默默地去为我们做饭。当我和爸爸捧起妈妈做的炸酱面和煎荷包蛋时，一股难以名状的激动，使我们三人紧紧拥抱在一起。

陆伯伯很快到了。爸爸和他没有任何寒暄，只是双手握了又握，随后便走进我的那间小屋，整整谈了一夜。

我和妈妈睡在一起，睡得迷迷瞪瞪、香香甜甜。醒来后，爸爸已和陆伯伯去海洋研究所了。妈妈说，他们决定通过研究所，先向宇航部门报告我和爸爸的奇特经历。爸爸让妈妈嘱咐我，暂时对谁也别说这件事。并且让妈妈帮我联系一所私立大学，先去上学。

我读的这所大学免试入学，但必须按部就班，经过一次次、一门门的合格考试才能毕业。

我选读了海洋生物系。在爸爸同有关部门联系的那些日子，我十分专心地学习。——因为我能更多地感悟到生命的可贵、青春的无价，还有宇宙的宏伟。我想学成之后，为大自然生态平衡和海洋环境保护做贡献。妈妈说我"野心勃勃"。

"澎澎，"一天爸爸回家后对我说，"宇航局派我携带你一道去碧泱国。有四艘潜艇、一架飞机和我们同行。国家有关部门认为，我们有必要和K星人的模拟碧泱国建立联系。"

我很乐意接受这个美差。

几天后，在飞机上爸爸确定了碧泱国的方位，再由我带着潜艇去拜访碧泱国。潜艇上还有各国的特派官员、科学家、摄像人员和军人。

我在海底找到了几个熟悉的小山包。奇怪的是，那儿完全空空荡荡，我和阿莱娜住过的螺壳形公寓楼杳无踪影；我又带领他们去找庆典宫，可是连庆典宫所坐落的平顶山，都夷为平坦的泥沙了。我又急又慌。难道找错了地方？

过了一天，爸爸替换我率潜艇再次潜入海底寻找，仍旧失望而归。但是他带回了一些建筑物的碎片。有的专家却说，在许多海域的海底都可能找到这类东西。例如传说中的大西国，可能是地球古文明被大海湮没的一种记忆，海底常常会出现古人类遗留下的东西，但它未必是外星人的。

有一位科学家说，根据飞机上的遥感录像分析，这一带海底确有一个明显的都市轮廓，并且有许多建筑物拆迁的痕迹。甚至还发现这片海域有几个海底山丘不翼而飞了，海面上也有几座小岛无影无踪，不知去向。

"大自然千变万化。小岛忽隐忽现，海底地壳变化也是常有的事。"有位专家不以为然，"我们没找到更有力的证据说明碧泱国的存在。彭教授和他的女儿，也许由于经历过类似旅游迷途、长期隔绝人类世界的磨难，产生了心理障碍和幻觉。"

爸爸想了想，从口袋中掏出一枚精致的石制勋章，上面刻有曲曲弯弯的蝌蚪形文字，让我翻译给大家听。"奖给尊敬的地球人科学家彭正辉教授。衷心感谢您为K星人移民行动所做的卓越贡献。——格瓦鲁国王颁发"。

有的专家说："这是一枚罕有的海底玉，文字也奇特，一般地球人很难觅到这样的玉石。"

有的则说："这玉毕竟是地球海底之物，而这文字，也无法论证是外星智慧生灵的文字。"

就算这些证据都没有用，我和爸爸还有一个最好的证据啊，那就是被我们用树木藏起来的那艘小小的宇宙飞船，它能说明一切的。当我和爸爸带领专家们来到金沙湾附近的那个蛤蟆岛时，却什么也没发现，好像有人故意开玩笑，把它变魔术似的变没了。

就这样，我和爸爸陷入了极为尴尬的境地。唯一使我们感到安慰的是，根据我的叙述，经联合国调查，北京国际福利中学确有三位残疾人少年，多年前落水失踪，两年以后，却又出现在海滩，身体竟然奇迹般完全康复了。——他们肯定就是我在碧泱国见到的强强、菲菲、艾丽。可惜的是，他们对自己多年间究竟在哪里，身体是如何康复的，全都一片茫然。在屏幕电话中，他们三人看到我，也只说似曾相识，但什么也记不清了。

现在，只有妈妈和陆伯伯坚信有碧泱国存在过。妈妈常常喃喃自语："唉！那个阿依莎真可怜，但愿她还活着。"

爸爸对我说："澎澎，好好学习，毕业后跟爸爸一道成立一个绿色环保通道，专门拯救濒临灭绝的动、植物，尤其是海洋生物。"

"老彭啊，你不必介意专家们关于碧泱国是否存在过的争论，"陆伯伯向爸爸建议，"你仍旧回海洋学院授课，业余写一部有关K星人和模拟碧泱国的科幻小说，用你父女俩经历的故事提倡和平、保护自然环境、维护生态平衡，这比争论要有价值得多。"

"嗯，好主意！只是我们写论文出身的写科幻怕写不好，也许叫澎澎来写会更好，她的思维更贴近青少年。但是小说结尾应该是怎样的呢？……"

爸爸走向家里小客厅的落地窗前，仰望着熠熠闪光的满天星斗，对着室女星座遐思。他一定在牵挂阿依莎老师呢。

阿格壮和阿莱娜的绿色大眼睛和银灿灿的鱼尾，也经常浮现在我的眼前，勾起我不尽的思念。

太平洋中的那个碧泱国究竟到哪儿去了？K星人难道一丁点儿遗迹也没有留下？不，至少阿格壮和阿莱娜会惦记我，也许，他们会设法给我一点儿音讯。

对，为什么不去我和阿莱娜初次相识相会的地方瞧一瞧？

我早早睡下，又早早起床，在朦朦胧胧的晨雾中蹬着我的山地自行车，径直奔向金沙湾。

金红色的太阳就像调皮的小娃娃那样，吐出含在嘴里的一滴红葡萄酒似的海水，一巅一簸地跃出海平线。随之喷薄而出的绚丽霞光，把整个大海染得美丽无比。

蓦地，我见到在朝霞的映射下，那块阿莱娜曾经坐过的岸边黑礁石，石壁上斑斑驳驳、星星点点的亮光在向我闪亮。我的心扑通扑通地欢跳起来。

我扑向黑礁石。一行行蝌蚪、蚯蚓形曲曲弯弯的文字，十分清晰而又亲切地跃入我的眼帘。我努力按捺住狂喜的心，一字字、一句句轻声阅读。

啊，这是阿格壮、阿莱娜写给我的信！文字像是用砂石镶嵌进礁石的。我把这封信读了一遍又一遍，几乎一字不落地全背下了：

澎澎：——亲爱的地球人挚友！

这封信，我们是托你认识的那位宇航驾驶员阿明捎往地球的。他奉命去摧毁我们K星人设在地球海洋中的碧浃国——因为这个碧浃国的使命已经完成。

知道吗澎澎，那天，你和彭教授乘"命运号"宇宙飞船刚飞走，巴尔特警长便请示格瓦鲁国王：是否要用光子导弹击毁"命运号"？当国王得知地球少女不远迢迢亿万里来K星、KK星寻父时，竟深受感动，下令停止追捕，更不允许击毁你们乘坐的"命运号"。

你和你的父亲一定万分关心阿依莎老师的情况吧？我们不得不以哀痛的心情告诉你们，她被巴尔特警长误伤后不久，就辞世了。弥留之际，她微笑着对我们说："听到彭教授临别的话，我心满意足了！……其实，我知道他不可能在地球海底为我建造别墅，我也离不开我们的KK星……请捎信告诉他，他的心意，我永远铭记在心了。请他告诉所有的地球人，要以我们K星为戒，不要污染环境，不要战争，要维护生态平衡。……唉，我们K星人付出了血的代价，摧毁了自己的家园，九死一生才移民到KK星！但愿地球人是明智的，与大自然和谐相处，建造一个不辜负于地球这颗蓝色星球的美好家园……"

阿依莎老师走了，但她创建的绿色通道后继有人。我们将会把所有被劫持来的地球人安全送回地球！

为了K星人的安全，以免泄露"天机"，地球上的海底碧泱国被彻底击毁了！你们父女的经历将无人相信，或者只会成为人们心中永恒的问号。但这又何妨？你们父女曾一再告诫我们K星人，不要侵犯你们的地球大海。因为地球人在陆地人满为患、资源枯竭时，将会去海洋探求新的生存之地。是的，我们转移了移民目标，寻到了更适合我们的KK星。

摧毁地球海底碧泱国，正是我们K星人向地球人"永不再犯"的承诺啊！在这样重大的承诺面前，你们父女俩的K星之旅是否会被你们地球人信任，就显得无足轻重了，你说对吗？

澎澎，但愿你振作起来，摆脱烦恼，努力学习，将来致力于保护你们地球家园的美好事业。有朝一日，如果能把你的"K星寻父"经历写成故事，那就很有意义了。

噢，你一定还惦念我（阿格壮）受伤的尾鳍吧？请放心，在我可爱的妹妹阿莱娜的精心照料下，我已经痊愈，游水时和以往一样刚健有力。

嗨，澎澎，你还记得我（阿莱娜）和你在金沙湾这块黑礁石上初次相见的情景吗？我为有你这样一位聪明、勇敢的异星朋友而骄傲。顺便告诉你，我和宇航员阿明相爱啦！其中原因之一，就是在飞往KK星时，他把拯救生命的药水让给你喝！他的豁达胸怀使我感动。

地球上已经没有我们的立足之地，我们将不可能"故地重游"。永别了，亲爱的澎澎！我们兄妹永远思念你，深信你也永远想念我们！

最后请转告彭教授，阿依莎老师的亡灵永远怀念他，她走的时候，脸上的表情安详幸福……希望彭教授也幸福！

K星好友：阿格壮、阿莱娜

留言于地球碧浃国被摧毁前夕

面对被海水冲刷得很光滑的黑礁石，我痴痴迷迷。正是朝霞满天红艳艳的清晨，我却忘不了和阿莱娜初次相遇的那个薄雾缥缈的夜晚，忘不了月朗星稀与阿格壮在极乐岛海湾戏水畅游的欢乐，忘不了水帘洞中友谊的温馨。

"咳，这姑娘怎么对着块石头看不够？"

"犯傻呢，也许有心事。"

"别这么说，也可能是学地质的，在研究这块礁石！"

不知什么时候，我的四周围了一群人。他们带着水壶，背着小包，头戴遮阳帽。啊，今天是星期天，不知从何时起，连僻静的金沙湾，也成了都市人难得的消闲旅游之地！见我站起来，不痴不傻，一切正常，人们才慢慢散去。

我看到二娃向我跑来，刚走近礁石，他便用满腹狐疑的目光打量我，又打量黑礁石："大姐姐，这块礁石上过去从不见有这么多曲曲弯弯的花纹和斑点，是前些天才突然出现的！"他很肯定地说，"这一定和你，和你爸爸，和那个绿姐姐有关，对吗？"

"你为什么这么想？"

"六年前，我还小，不懂事；可现在我上高中了。我看过许多关于太空、宇宙、外星球的书。书看得多了，就觉得那绿姐姐一定有来历，你和她一定有什么联系。"

"那么二娃，如果我说，这大黑礁石上有一封外星人留下的'天书'，你信吗？"

"信！"

"为什么？"

他向四周环顾一圈，在我耳畔小声说："因为我见过绿姐姐，还在月光下见到她的鱼尾，那鱼尾在海里游得可欢呢！我一直不说，是怕别人伤害她！"

"如果不是你，是别人，看到这礁石上的花纹，我说是'天书'，他们会信吗？"

"不会。他们会说这是常见的石纹。如果有人真认为它的石纹像天书，那可能会把它割下，高价出卖，或当值钱的奇石收藏！"

"那么，我们永远、永远不说它是'天书'！"

"行，只是你得把绿姐姐的故事告诉我。"他黑黝黝的脸上掠过一阵腼腆的红光，"不瞒你说，我怪想她。"

"行，咱俩一言为定！"我和他击掌为约，永远保守关于"绿姐姐"和"天书"的秘密。

二娃还忧心忡忡地告诉我，渔村里的人在附近打不到鱼了，因为不远处有家拆船厂，排出的油污和敲击的噪声把鱼全撵跑了；村里的宁静也消失了，来海边玩的人很多，他们把塑料瓶、罐头空盒和垃圾扔进大海，或留在沙滩上；还有，以往常见的灰色的海燕、白色的海鸥，已很少再来这儿了，前些日子由于海水污染，海湾出现了赤潮……

太阳升高了。虚渺的苍穹下面，大海依然闪耀着蓝湛湛的光辉。二娃的话，却为这沁人肺腑的蓝色抹上了一笔令人忧心的淡淡的灰色。

我决定回家后和爸爸商量：我们不向任何人再提及大黑礁石的"天书"。因为地球人要靠自己来唤醒环境意识。我必须发奋学习。古人说："志不强者智不达。"唯有立下人生壮志，才能走出辉煌的道路。

在回家的路上，我看见朝霞已把天空映成了金黄色。

有一群少年提着塑料桶，唱着歌去海滩捡垃圾。

有几个朝气蓬勃的孩子站在小山坡上，打开鸟笼，放走了几只黄雀和相思鸟。他们稚气的、晶亮的眼睛看着小鸟扑棱着翅膀向天空飞去时，一个个美滋滋地笑了，笑得如同路旁的迎春花那般灿烂。

我还看到有位姑娘弯腰去扶直几株不知什么原因歪倒的小树，洁白的休闲裤上粘上了泥也满不在乎。我跳下自行车去帮她，我们相视而笑。

我的心中，那一片灰色渐渐飘远了……

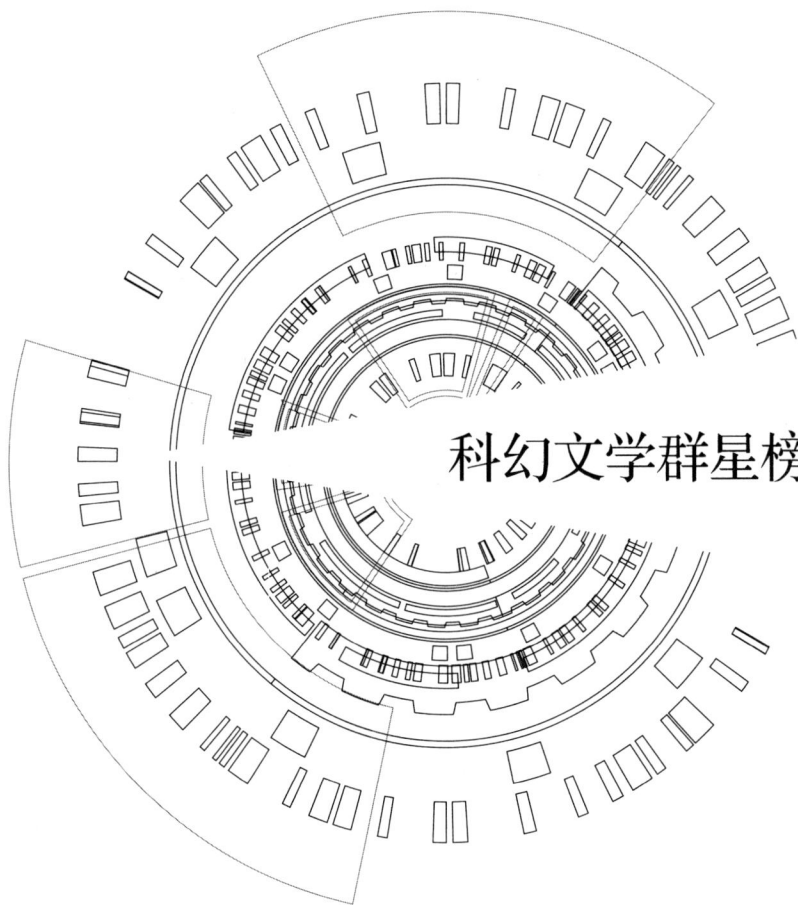

科幻文学群星榜

| 序号 | 作者 | 书名 |
|------|------|------|
| 1 | 郑文光 | 侏罗纪 |
| 2 | 萧建亨 | 梦 |
| 3 | 刘兴诗 | 美洲来的哥伦布 |
| 4 | 童恩正 | 在时间的铅幕后面 |
| 5 | 张静 | K星寻父探险记 |
| 6 | 程嘉梓 | 古星图之谜 |
| 7 | 金涛 | 月光岛 |
| 8 | 王晋康 | 生死平衡 |
| 9 | 刘慈欣 | 纤维 |
| 10 | 潘家铮 | 子虚峡大坝兴亡记 |
| 11 | 韩松 | 青春的跌宕 |
| 12 | 星河 | 白令桥横 |
| 13 | 凌晨 | 猫 |
| 14 | 何夕 | 异域 |
| 15 | 杨鹏 | 校园三剑客 |
| 16 | 杨平 | 神经冒险 |
| 17 | 刘维佳 | 使命：拯救人类 |
| 18 | 潘海天 | 饿塔 |
| 19 | 拉拉 | 永不消逝的电波 |
| 20 | 赵海虹 | 月涌大江流 |
| 21 | 江波 | 自由战士 |
| 22 | 宝树 | 人人都爱查尔斯 |
| 23 | 罗隆翔 | 朕是猫 |
| 24 | 陈楸帆 | 动物观察者 |
| 25 | 张冉 | 灰城 |
| 26 | 梁清散 | 欢迎光临烤肉星 |
| 27 | 七月 | 撬动世界的人于此长眠 |
| 28 | 杨晚晴 | 天上的风 |
| 29 | 飞氘 | 讲故事的机器人 |
| 30 | 程婧波 | 第七种可能 |
| 31 | 万象峰年 | 点亮时间的人 |
| 32 | 长铗 | 674号公路 |
| 33 | 迟卉 | 蛹唱 |
| 34 | 顾适 | 为了生命的诗与远方 |
| 35 | 陈茜 | 量产超人 |
| 36 | 刘洋 | 单孔衍射 |
| 37 | 双翅目 | 智能的面具 |
| 38 | 石黑曜 | 仿生屋 |
| 39 | 阿缺 | 收割童年 |
| 40 | 王诺诺 | 故乡明 |
| 41 | 孙望路 | 重燃 |
| 42 | 滕野 | 回归原点 |